Laila Baalabakki

Ich lebe

Roman aus dem Libanon

Aus dem Arabischen von Leila Chammaa

Mit einem Nachwort von Hartmut Fähndrich

Lenos Verlag

Arabische Literatur im Lenos Verlag
Herausgegeben von Hartmut Fähndrich

Die Übersetzerin
Leila Chammaa, geboren 1965 in Beirut. Studium der Islamwissenschaft an der FU-Berlin. Studienaufenthalt an der Bir-Zeit-Universität in der West Bank. Übersetzerin. Lebt seit 1975 in Berlin.

Titel der arabischen Originalausgabe:
Anâ aḥyâ
Copyright © 1958 by Laila Baalabakki, London

Copyright © der deutschen Übersetzung
1994 by Lenos Verlag, Basel
Alle Rechte vorbehalten
Satz und Gestaltung: Lenos Verlag, Basel
Umschlag: Anne Hoffmann Graphic Design, Basel
Foto: Marina Tetzner, Hamburg
Printed in Germany
ISBN 3 85787 229 2

Ich lebe

1. Teil

1

Auf dem Weg von unserem Haus zur Strassenbahnhaltestelle dachte ich: Wem gehört eigentlich dieses warme Haar, das sich über meine Schultern breitet? Es gehört doch mir, so wie jedes andere Lebewesen auch sein Haar hat, mit dem es tun und lassen kann, was ihm gefällt. Ich darf mich doch wohl über dieses Haar ärgern, das die Blicke auf sich zieht, so dass ich nur seinetwegen zu existieren scheine!

Ich darf doch wohl dem Herrn über das Rasiermesser das Vergnugen gönnen, die Locken abzutrennen und sie zwischen seine Füsse zu streuen, damit der Herr über den Besen sie dann in einen verrosteten Blecheimer wirft! Ich darf doch wohl ausserdem den Herrn über das Rasiermesser mehrmals aufsuchen, um mich am Anblick der scharfen Gegenstände sattzusehen, wenn sie klappern und fressen! Und töten!

Heute abend, nach der Arbeit, werde ich mich mit schweren Beinen dorthin schleppen, wo die scharfen Instrumente sind. Denn ich verspüre die unbändige Lust, der Zerstörung zu lauschen, abgehackte Körperteile zu besichtigen, gewaltige, brutale Finger zu betrachten, die kein Erbarmen kennen.

Doch dies wird erst am Abend sein. Nun aber thront der Morgen mit gekreuzten Beinen über diesem Tag, der Regen verströmt eine angenehme Kühle in meinen Körper, die sich in den Fingerspitzen und Knien niederlässt.

Dies wird erst am Abend sein. Ach, der Abend scheint noch so weit!

Was? Nur ein paar Stunden bis zum Abend? Man sagt ganz einfach: Am Abend hat sie eine Verabredung. Als wären diese vielen Millionen Minuten und Sekunden – als wären sie nichts!

Ich jedenfalls werde von jetzt bis heute abend meinem Leben eine Zukunft bauen. Obwohl unser neues rotes Auto vor der Haustür steht, werde ich in die Strassenbahn steigen. Mitten in der tosenden Stadt werde ich aussteigen. Gedankenverloren durch das Gedränge auf der Strasse irren. Nach links in eine enge schmutzige Gasse einbiegen. Unweigerlich werden mir die Knie ein wenig zittern, wenn ich ankomme. Mein Herz wird sich verängstigt zusammenziehen und in einem Winkel verstecken. In den Schläfen wird das Blut pochen, so stark, dass mir schwarz wird vor den Augen.

Ich sagte, ich würde in die Strassenbahn steigen, aber wie soll ich einsteigen, wo der Gehsteig an der Haltestelle unter den vielen Wartenden fast bebt?

Ich warte. Warte. Und die Zeit schleicht. Schleicht.

Ich wünsche mir, die Zeit wäre etwas Greifbares. Ich würde die Menschen um mich herum ignorieren, mich auf die Zeit stürzen, sie mit den Fingernägeln zerfetzen und ihre abgehackten Körperteile mit den Zähnen zermalmen. Dann würde ich sie auf die Strasse spucken, damit sie sich verängstigt und kleinlaut zwischen meinen Füssen verkriecht. Befähle ich ihr: „Bleib stehen!", erstarrte sie. Befähle ich ihr: „Flieg weg!", verschwände sie aus meinem Leben. Ich aber hielte, zwischen ihren Flügeln liegend, die Zügel.

Ich warte.

Ich kann dieses Warten nicht länger ertragen. Ich fahre mit dem Sammeltaxi. Bin ich blöd! Wie konnte ich nur all die prächtig bunten Autos übersehen mit ihren leisen, verführerischen Motoren?

Solange ich lebe, werde ich arbeiten, und es wird wunderbar sein; solange ich lebe, werde ich die Fahrtkosten von meinem eigenen Verdienst bezahlen. Und so werde ich im Taxi sitzen. „So" heisst „erhaben"! Meinen Kopf drehe ich zur Seite, um die glühende Wange an der Fensterscheibe zu kühlen. Mit den Fingerspitzen halte ich das Fünfundzwanzig-Piaster-Stück, das ich dem Fahrer zuwerfe, ohne mich umzublicken.

Das ist aber noch nicht alles, was ich heute tun werde. Auch über meinen Vater, sein Auto und sein Geld will ich spotten. Jeden Tag aufs neue will ich ihm meine Missachtung deutlich zeigen.

Nun aber muss ich mir ein Auto aussuchen, das farblich zu meinem dunkelgrauen Mantel passt. Was soll ich wählen: Rot? Grün? Blau und weiss? Vor Begeisterung könnte ich aufschreien: diese schicken Autos! Ich werde die Hand ausstrecken, um dem Fahrer ein Zeichen zu geben: Stop!

Mir fiel ein, dass ich meine Hand lieber in die Tasche stecken sollte, um meine Schätze zusammenzusuchen. Fünfundzwanzig Piaster sind mein ganzer Reichtum! Fünfundzwanzig Piaster brauche ich, um zur Arbeit zu gelangen, mit dem Taxi. Aber wie komme ich zurück? Wäre der Fahrpreis vom Staat auf fünfzehn Piaster pro Person festgelegt, hätte ich noch zehn Piaster für die Rückfahrt mit der Strassenbahn übrig. Dann wäre ich in meinem Leben an einem Punkt angelangt, wo ich keinen einzigen Piaster besässe. Später aber werde ich die im Schweisse meines Angesichts verdienten Reichtümer zählen – und zwar als Pfundnoten. Könnte mein Vater doch hören, wie ich mit diesem schwierigen Geldproblem ringe. Ich wünschte, er würde mich hören, und ich könnte den Ausdruck auf seinem blassen Gesicht sehen.

Fünfundzwanzig Piaster.

Als ich sie aus der Handtasche kramte, entströmte dem Zehnpiasterschein ein Tabakduft. Die drei weissen Aluminiumstücke versanken auf dem Grund. Der Geruch von Geld stört mich, sein Anblick macht mich glücklich. Ich kann es nicht ertragen, diesen Dreck auf der Handfläche liegen zu haben. Er zerrt an meiner Hand, zerfrisst sie. Ich werde das Geld in den schmutzigen Rinnstein werfen. Genüsslich werde ich zusehen, wie der Geldschein sich auflöst und die Geldstücke glitzernd versinken.

Bin ich blöd! Wie soll ich denn zu meinem Arbeitsplatz gelangen, wenn ich es wegwerfe? Mit einer schnellen Bewegung legte ich das Geld zurück, schloss die Handtasche und lief weiter durch den Regen. Ich liebe es, durch den Regen zu laufen. Heute gehört das Leben mir, ich fühle mich berauscht, erfolgreich und ratlos.

O, diese verworrenen Gedanken! Ich blieb stehen: eine schmutzige Gasse. Die Menschen vereinzelt, sie haben blasse Gesichter und rotgefrorene Nasen. Und da steht das grosse Schild. Hier also werde ich arbeiten. Das Gebäude hat zwei Tore, das eine ist klein und im Winkel. Das andere gross und prächtig, hier ist der Haupteingang.

Schnurstracks ging ich durch das grosse Tor, ohne mich umzublicken und die Fragen des armen Pförtners zu beantworten. Mit raschen Schritten verschlang ich die vielen Stufen bis zum zweiten Stockwerk, wo mich ein Wachmann empfing. „Bitte?" fragte er kühl. Abwechselnd blickte er auf mein erregtes Gesicht und meine feuchte Kleidung und lächelte. Ich lächelte kühl zurück.

„Zum Chef!" entgegnete ich.

Noch bevor er sich rührte, hatte ich an eine kleine, prachtvolle Tür geklopft und sie zu öffnen versucht. Sie war verschlossen. Es fiel mir ausserordentlich schwer, den Kopf zu wenden und zu sehen, mit welchem Gesichtsausdruck er auf mein Handeln reagierte. Immer noch umspielte ein müdes Lächeln seine Lippen, als er mir einen kleinen gelben Schlüssel entgegenstreckte.

Mit der offenen Hand zur Tür deutend, stammelte ich verwundert: „Ist ... er ... nicht hier?"

Er gab keine Antwort, kam statt dessen näher. „Der werte Name des Fräuleins?" erkundigte er sich.

„Werte" als Beschreibung für meinen Namen gefiel mir, ebenso, dass sich seine Gesichtszüge entspannten, als er meinen Namen hörte. Ausserdem gefiel mir dieser Blick: dieser verstörte, scheue, ängstliche, verwunderte, dann unterwürfige Blick, und auch die Geste erzwungener Fügsamkeit, mit der er den Schlüssel im Schloss der prachtvollen Tür drehte und sich verneigte, bevor ich eintrat.

Ich betrat ein geräumiges Büro, lehnte mich an die Tür und liess meinen Blick durch diese fremde Welt schweifen. Mein Blick blieb an meinen Händen haften. Sie waren so rot, als bluteten sie. Ich hatte Angst, und plötzlich wollte ich losheulen. Sofort riss ich den Blick von meinen Händen und warf ihn auf meine Beine, auch sie drohten zu bluten! Da blickte ich, im Zimmer nach der Farbe Rot suchend, auf. An der Zimmerdecke blieb mein Blick hängen: an roten Lichtern, aus denen Blut sickerte.

Diese Lichter sind aufregend. Die Wärme im Büro ist aufregend. Die Ledersessel mit dem glänzenden Holz sind aufregend. Die weissen Blumen an einem Arbeitsplatz und mitten im Winter sind aufregend. Und auch die Stimme, die mich begrüsst, ist aufregend.

Ich hatte die verrückte Idee zu gehen. Gehen. Nacheinander hämmerten die fünf Buchstaben in meinem Kopf: Gehen. *Gehen.* Soll ich gehen?

Ich riss meinen Blick von den Lichtern los und starrte in den gegenüberliegenden Teil des Raumes: Zwei Augen, wie die einer Katze, blitzten aus der heissen, roten Atmosphäre auf und beobachteten meine Bewegungen. Als ich die Augen bemerkte, wurde ich ruhiger, denn sie hatten einen spöttischen Ausdruck, der mich ermutigte, meine Gedanken zusammenzunehmen, und so bewegte ich mich über den Teppich zum Chef des Betriebs.

Ich näherte mich, bis mein Körper den grossen Tisch berührte, streckte meine Hand aus, um den „Ledersessel" zu begrüssen, und setzte mich. Liege ich falsch, wenn ich diesen Mann als Ledersessel bezeichne? Ich habe die Angewohnheit, Menschen nicht beim Namen zu nennen, weil ich der Ansicht bin, dass der Name meist nicht mit dem Charakter der dazugehörenden Person übereinstimmt, und weil manchmal einzelne Personen auf eine bestimmte Gruppe von Menschen verweisen: Einige sind Kinder, andere Katzen, Füchse, Schweine, Düfte, Dinge oder Götter.

Jedenfalls macht der Mann mir gegenüber die Einrichtung dieses merkwürdigen Raumes erst komplett: Er ist der lebendige Sessel. In diesem Sessel haben, wie ich folgerte, zwei Grossmächte Platz genommen, die die Weltpolitik beherrschen — oder besser gesagt, zu beherrschen versuchen —, und zwar von uns aus: vom „Nahen Osten" aus, aus dem Inneren der arabischen Staaten.

Der Sessel begann zu sprechen. Ich hatte seinen spöttischen Blick gesehen und liess mich von seiner angenehmen Stimme nicht täuschen.

„Ich wollte nicht glauben, wessen Besuch mir der Wachmann gemeldet hat", sagte er. „Du bist also Lîna Fajjâd!" Schweigend forschte er in meinem Gesicht nach der Wahrheit. „Dein Vater ist mein Freund", sagte er vertraulich.

Mein Vater ist der Freund aller, die Nutzen aus den politischen Verhältnissen ziehen, dachte ich und lachte verärgert auf.

Der Wachmann blickte dem Ledersessel wieder in die glänzenden Augen. Es waren ängstliche Blicke. Verwunderte Blicke. Plötzlich erwachte sein Kopf zu einer Geste, einer Geste der Fügsamkeit, des Gehorsams und der Ehrfurcht.

Ich hörte auf zu lachen. „Ich habe die Anzeige in der von Ihrer Firma herausgegebenen Tageszeitung gelesen. Und ich betrachte mich als qualifiziert, den Anforderungen zu genügen."

Sich auf die linke Hosentasche stützend, erhob er sich. „Du! Du willst arbeiten?" rief er. „Du bist doch noch ein Kind! Nein, Verzeihung, ich meine, du bist doch die Tochter eines reichen Mannes!"

Nach welchen Kriterien beurteilt mich dieser Idiot? Meint der, ich sei mit neunzehn Jahren noch ein Kind? Habe ich nicht das Recht zu arbeiten, wenn mein Vater, und nicht etwa ich, über Millionen verfügt? Ich verachte meinen Vater. Und ich verachte seine Millionen. Auch diesen Ledersessel, dem meine Selbständigkeit missfällt, verachte ich. Weiss der eigentlich nicht, dass ich weder meinen Vater noch diesen widerlichen Sessel zum Vater aussuchen würde, wenn ich die Wahl hatte?

Ich sprang auf und erwiderte gemessen: „Ich bin hier, um

zu arbeiten und nicht, um verhört zu werden. Wenn es eine Stelle gibt, dann bitte ich Sie, mir die Einzelheiten und Bedingungen zu erläutern, wenn nicht ..."

Sanft hielt er mich zurück. „Sachte, sachte, komm morgen früh um neun Uhr zur Arbeit. Bedingungen gibt es keine."

Mechanisch reichte ich ihm zum Abschied die Hand und rannte aus dem Gebäude. Als mir Regentropfen ins Gesicht purzelten und sich die eisige Kälte wieder in meine Glieder und auf die Nasenspitze legte, rieb ich mir die Augen und lief durch den Regen. Berauscht schlenderte ich wie durch ein blühendes Feld, wo die Sonne im Geäst schlummert und die Vögel in den Sträuchern singen. Alle, die mich sahen, hielten mich wahrscheinlich für geistesgestört. Als wäre Wasser in meinen Verstand gedrungen und hätte seine Tätigkeit beeinträchtigt. Ich betrachtete die Auslagen in den Schaufenstern um mich herum.

Die merkwürdige und furchtbare Begegnung mit dem Ledersessel beunruhigte mich nicht. Auch meine Rückkehr nach Hause, jawohl, nach Hause, beunruhigte mich nicht. Nur schwache Bedürfnisse binden mich an zu Hause, dorthin zieht es mich nur, um zu essen, zu schlafen und an einigen Diskussionen, Streitereien und Problemen teilzuhaben. Nun aber, weit weg von zu Hause, auf dieser verregneten, lauten Strasse, bin ich nicht in der Lage, mir ein Bild davon zu machen.

Hier stand ich nun auf der Strasse. Meine Aufmerksamkeit wurde hierhin und dahin gelenkt. Da der Flakon im Schaufenster von „Amatouri", dort die Samtkleider in der Auslage von „ABC", drüben das Hupen der dichtgedrängten Autos in der Kurve, die nervösen, gewandten Handbewegungen eines Verkehrspolizisten; in der Schusterwerkstatt „New York" hatte ein Mann seine Füsse auf einen Stuhl gesetzt, ein grauhaariger Mann putzte ihm die verschmutzten Schuhe. Hier auf der Strasse fiel mir ein, dass ich in einem gewaltigen gelben Hochhaus wohne, an einem ruhigen Strand Beiruts.

Dann liess ich mich von einem plötzlichen Regenguss mitreissen, der alle überraschte, die ihren Regenschirm nicht aufgespannt hatten. Eine heisse Wonne überkam mich. Ich konzentrierte mich auf meinen Gang, machte kleinere Schritte; die heisse Wonne stieg mir in den Kopf, umgab ihn mit flammendem Gewirr, riss ihn schliesslich vom Getöse fort und bettete ihn unter die weiche blaue Wolldecke zu Hause.

Meine Vorstellung von zu Hause setzt sich aus lauter ungeordneten Bildfetzen zusammen, die mich bedrücken. Mich zieht es dorthin, und gleichzeitig stösst es mich ab. In stürmischen Nächten wächst mein Verlangen nach zu Hause, dann schliesse ich die Fenster und ziehe die Vorhänge zu. Mit geschlossenen Augen wärme ich mich in meinem Bett, stecke die Finger in die Ohren – und töte die Angst vor Donnergebrüll, furchterregender Finsternis, vor dem rätselhaften, gefährlichen Geflüster unter den Möbeln.

Der Regen fällt, es wird kälter, ich bin eine wandelnde graue Säule, die sich auf dem Gehsteig dahinschleppt und die Passanten hindert, sich in die Hauseingänge zu drängen. Ärgerlich schieben sie mich aus dem Weg. Sie fürchten den Regen am Tag, murmle ich. Und ich fürchte ihn in der Nacht. Diese Angst lähmt mich! Sie haben Angst, dass ihre Kleidung vom Matsch beschmutzt und vom Wasser ruiniert wird, und ich habe Angst vor Donner, Wind, Finsternis, Blitz.

Ich eilte zu einem kleinen Tor auf der Rückseite des Restaurants „Tanjûs", stellte mich unter, zu zwei Männern und einer Frau, um mit ihnen das Ende des Schauers abzuwarten. Ich warf einen prüfenden Blick auf die Frau und die beiden Männer. Ich kannte sie nicht. Bequem an die Mauer gelehnt, öffnete ich die Handtasche und holte ein Taschentuch heraus, um mir den Schlamm vom Bein zu wischen. Einer der Männer bot mir beflissen seinen Arm als Stütze an, worauf ich mich stolz aufrichtete und ihm einen wütenden Blick zuwarf. Mit roten Ohren entschuldigte er sich auf französisch und streckte den Kopf ins Freie, um die Wetterlage zu erkunden. Die Frau und der andere Mann waren in süsses Geflüster versunken. Ich spitzte die Ohren und wünschte mir, auch einen sympathischen Mann an meiner Seite zu haben, in dessen Nähe ich meine Angst vor den Winternächten mit süssem Geflüster und anderem überwinden könnte.

Da fuhr mir eine widerwärtige Szene mit meinem Vater durch den Sinn: Heimlich beobachtete er eine fette Nachbarin im Haus gegenüber. Es war Anfang des Sommers, als ich eines Nachts vor Zahnschmerzen nicht schlafen konnte. Ich wälzte mich im Bett hin und her. Die schläfrige Stille und das Dröhnen in meinem Kopf, das von diesem verfluchten Zahn ausging, bekämpften sich. Ich legte mir das Kissen auf den Kopf, fast erstickte ich dabei. Mit gekreuzten Beinen setzte ich mich im Bett auf, mein Kopf drohte zu zerspringen und in Einzelteilen gegen die Wand zu klatschen. Ich glitt auf den Fussboden, nahm einen Stofffetzen vom Stuhl und wickelte ihn mir um den Kopf. Ich riss den Mund zu einem höhnischen Gelächter auf, denn ich stellte mir das verdutzte Gesicht meiner älteren Schwester vor, wenn sie mich mit ihrem neuen Rock als Bandage für Kinn und Kopf entdecken würde. Au, mein Zahn. Es zieht. Ich schloss den Mund und stolperte ins Esszimmer, um ein Aspirin zu schlucken, als ich auf dem Balkon einen Schatten sah.

Es war mein Vater in seiner Baumwollunterwäsche. Regungslos stand er an die Wand gepresst und stiess nervös Zigarettenrauch aus. Sein Bauch war dick, seine Beine dünn geworden, er ist wie alle anderen auch nur ein Mensch. An seinem Körper hat der Zahn der Zeit genagt, doch dies verbirgt er unter seiner glänzend weissen Kleidung. Ich verlangsamte meinen Schritt, schlich auf Zehenspitzen, um meinen Vater nicht aus seinen Träumen in der Dunkelheit zu reissen, umgeben von der Brise des Meeres, das zu Füssen der Felsen in tiefem Schlummer lag. Ich reckte den Hals, und der Schmerz reckte sich, reckte und verzweigte sich. Da prallte mein Blick auf das Licht, das aus einem Fenster des Nachbarhauses strömte.

Ich wich zurück und wäre beinahe an den Tisch mitten im Zimmer gestossen, hätte ich nicht einen ausserhalb der Stuhlreihe stehenden Stuhl gestreift und mich daran festgehalten. Mit der Hand hielt ich den Atem zurück und schloss einen Moment die Augen. Dann bemerkte ich eine Frau, die sich im gleissenden Licht ihres Zimmers Stück für Stück auszog. Sie entkleidete sich vollkommen gelassen, ruhig und ungezwungen, als sei sie sicher, dass ihre Nachbarn zu dieser späten Nachtstunde alle schliefen. Oder als sei sie sicher, dass mein Vater sie erwartete, um sie mit den Augen zu verschlingen.

Vor Scham hätte ich mich auflösen können. War es reiner Zufall? Oder war es eine feste Verabredung zwischen der Fetten und meinem Vater? Ich erstarrte. Ebenso der Schmerz in meiner linken Mundhälfte. Als ich mich in mein Bett fortstahl, dachte ich an den Respekt und die Achtung meinem Vater gegenüber und die Angst vor ihm, die schwer auf mir lasteten.

Er hatte uns gelehrt, ihn zu ehren, weil er der Urheber unserer Existenz sei. Weil er der Urheber unseres Wohlstandes sei. Und weil er die Paläste unserer Zukunft erbauen werde. Wenn er wüsste, dass ich über ihn nur lachen kann, dass ich für meine Mutter nur Mitleid übrig habe und dass sie mich anekelt!

Es regnete und regnete. Der Mann, wie ich allein, hatte das Warten satt. Er tippte mit der Schuhspitze an die Kante, stellte seinen Mantelkragen hoch, trat mit einer ruckartigen Bewegung auf die Strasse und verlor sich schliesslich zwischen den flüchtigen Beinen auf dem Gehsteig. Die Frau drängte sich eng an den anderen Mann, hörte auf zu flüstern, um ihm mit verführerischem Blick ein Geheimnis anzuvertrauen. Nervös biss ich mir auf die Lippen, um ihr ratloses Zucken zu unterdrücken.

Ich bin ein Nichts, ein Nichts, auf die Strasse gespuckt. Ich bin ein Nichts, ein Nichts ...

Erneut stürzte ich mich in den Sprühregen. Da kam mir die Idee, die Frauen auf der Strasse zu zählen. Eine. Drei. Vier. Sechs. Neun. Und ich, sind zehn Frauen. Aber nein! Ich darf mich nicht zu den anderen Frauen zählen. Ich verschwinde in der Masse von zehn. Hundert. Einer Million. Zu meinen, ich sei etwas Besonderes unter zehn Frauen, hundert, unter ... Das ist ein Irrtum, dem ich aufsitze. Obwohl das Gefühl, ein Nichts zu sein, tief in meiner Vorstellung verwurzelt ist, verjagte es meine Mutter an unserer Wohnungstür: „Wo hast du dich den ganzen Vormittag herumgetrieben, wie eine Schnecke auf den Strassen?" schalt sie. „Wo hast du deine Zeit verplempert?"

Stummes Mitleid mit ihr erfasste mich, und ich dachte: Wo werde ich mein ganzes Leben verplempern?

„Pass auf", tobte sie, „wenn du unbedingt aus der Reihe tanzen willst und Streit suchst, überlasse ich dich deinem Vater. Der wird dir die Flausen schon austreiben!"

Ich lachte. Feige ist sie. Wieso hat sie nicht den Mut, zu ihren eigenen Interessen zu stehen? Vielleicht weil sie ahnt, was für eine Kraft jeden Menschen durchflutet, der einmal den Wert seiner Individualität und seiner Freiheit gekostet hat?

Mein Gelächter machte sie wütend, und um mich einzuschüchtern, brüllte sie noch lauter: „Dich kümmert dein Vater wohl nicht, sag nur, dass du vor ihm keine Angst hast. Los, gib's zu!"

Sie kam näher, verärgert wich ich zurück. Ich streifte die kalte Wand und lachte heiser. Wieso mischt sie sich in meine Angelegenheiten? Wieso muss ich aus Angst vor ihr und meinem Vater zittern? Wieso kümmert sie sich nicht um ihre eigenen Probleme und passt nachts auf den Mann an ihrer Seite auf, statt sich dem Schlaf zu überlassen, während er ihre Arglosigkeit ausnutzt und sich zu einem Rendezvous im Dunkeln fortstiehlt – und dann ins Bett zurückkehrt, rein wie der hellichte Tag.

„Hör endlich auf zu lachen!" befahl sie.

Ihr Fehler ist, dachte ich, dass sie mager ist, wo ihr Mann doch dicke Frauen begehrt. Wieso kümmert sie sich nicht um ihre Gesundheit? Wieso stopft sie nicht die Köstlichkeiten dieser Erde in sich hinein, um die buhlende Witwe zu bekämpfen? Ich lachte.

Als sie mich an der Schulter packte und heftig schüttelte, tauchte ihre Hand in die Wassermassen, die in meine Kleider gesickert waren. Die Mutterliebe siegte. „Schnell, zieh dir die nassen Sachen vom Leib! Mach schnell!" rief sie.

Ich nutzte ihre Schwäche und fragte: „Kannst du mir fünfzig Pfund leihen, ich gebe sie dir Ende des Monats zurück?"

Sie erstarrte auf der Stelle. Ihre Hand auf meiner Schulter wurde schwerer, als wollte sie sie zertrümmern. Anstatt zu antworten, stiess sie mich verächtlich in mein Zimmer und ergriff die Flucht. Dort empfing mich meine ältere Schwester mit hinter Brillengläsern weit aufgerissenen Augen. Ihr folgte der unschuldige Blick meiner jüngeren, blonden Schwester, den sie nur mir gegenüber aufsetzt. Und der kleine verwöhnte Bassâm spielte mit seinem neuen roten Gewehr.

Die Blonde sprang von ihrem Stuhl auf. „All unsere Träume werden in Erfüllung gehen", zwitscherte sie. „Los, du brauchst nur zu sagen, was für Kleider du diesen Winter kaufen möchtest. Nur die Namen!" Mit einer dramatischen Geste schwenkte sie die Hand in der Luft, neigte mehrmals den Kopf und wartete mit gespielter Ungeduld darauf, dass die Worte zwischen meinen Lippen hervorsprudelten.

„Die Wunschliste überreichen wir dann unserem wohlhabenden, grosszügigen, gütigen Vater", beeilte sich die Dunkelhaarige zu erklären.

Sie tauschten einen verschlagenen Blick. Die Worte meiner älteren Schwester prallten von meinen Ohren ab, als kämen sie aus der Tiefe eines verschlossenen Glases. Die eine ist blond, die andere dunkelhaarig, dachte ich. Die eine ist jünger, und die andere älter. Die Blonde will nichts als heiraten, und die Dunkle hat nichts anderes im Sinn, als möglichst viele Zeugnisse zu erwerben.

Ich bin weder dunkelhaarig noch blond. Männer interessieren mich nicht. Mich reizt auch kein Diplom. Vergeblich suche ich nach einer Beziehung mit diesen Personen. An ihre Anwesenheit in meiner Nähe habe ich mich gewöhnt, ich berühre sie, spüre sie aber nicht. Ich schaue sie an, sehe sie aber nicht. Für mich sind sie wie Bäume, Flüsse, Sterne und Steine. Dinge, mit denen man nicht reden kann, weil sie aus einem anderen Material geschaffen, weil sie bewegungslos sind und keinen Einfluss haben auf das immerwährende Pulsieren in uns.

Mit ihrer verwöhnten schrillen Stimme bedrängte mich die Jüngere: „Nenn die Kleider beim Namen. Sag nur die Namen, nur die Namen ..."

Unwirsch brachte ich sie zum Schweigen: „Ich brauche Vaters Geldbeutel, seine Fürsorge und seine Grossmut dieses Jahr nicht. Ich habe Arbeit gefunden."

„Wie? Wo? Was?" schrien sie gleichzeitig.

Ich bildete mir ein, das Brillenglas schmelze und laufe meiner älteren Schwester über die Augen und in den Augen der Jüngeren befänden sich winzige Männer, die, umzingelt von der Iris, in ihren Büros rauchten, pfiffen und flirteten. Meine Schulter und meinen Hals mit ihren steifen Fingern befummelnd, stürzte sich die Blonde auf mich, als hätte ich mich in ein wichtiges Wesen verwandelt, das ihr ihre Stellung streitig machen wollte. Ich stiess sie von mir und brüllte: „Die Hand schlag ich dir ab, wenn du mir noch einmal an den Hals langst!" Sie streckte mir die Zunge heraus und lief weg.

„Bist du verrückt geworden?" fragte mich die Ältere ängstlich. „Wie willst du denn arbeiten ...?"

„Scher dich um deine Angelegenheiten!" unterbrach ich sie.

Sie raffte ihr Gerippe zusammen, rückte die Brille auf ihrer Nase zurecht und wollte abziehen. An der Tür hielt ich sie flüsternd an: „Gib mir fünfzig Pfund, du bekommst sie Ende des Monats zurück."

„Ich leihe dir die fünfzig Pfund", lachte sie betrübt.

2

Absichtlich kam ich erst um neun Uhr dreissig in der Agentur an. Der Chef bat mich in einen kleinen amerikanisch eingerichteten Empfangsraum. Nachdem ich Platz genommen hatte, setzte er sich in einen roten Sessel und sagte: „Du bist eine mutige junge Frau und dazu noch gebildet. Ich werde dich mit einer einfachen Aufgabe betrauen." Dann schwieg er.

In Gedanken zerkaute ich seine Worte. Mutig. Junge Frau. Gebildet. Mutig. Ich hatte Lust, so wie der Chef das Bein auf einen Stuhl zu legen. Aber ich regte mich nicht. Vor mir lag ein ungewöhnliches Feuerzeug, mit dem ich spielte. Ich zündete es an und liess das Feuer dann wieder erlöschen.

„Zigarette?" Er griff nach der Metalldose neben dem Feuerzeug.

„Nein danke. Danke", antwortete ich verwirrt. Er raucht bestimmt nicht, dachte ich, denn er hat keine Zigaretten bei sich.

Plötzlich erhob er sich, und auch ich stand auf. Lächelnd wies er auf eine Tür: „Bitteschön." Ich folgte ihm quer durch sein Arbeitszimmer zu einem hübschen kleinen Büro. Auf der Schwelle blieb er stehen, hielt den glatten Türknauf mit seiner grossen Hand umschlossen und sagte: „Das ist dein Büro. Gefällt es dir? Sobald ich deine Dienste brauche, werde ich persönlich nach dir verlangen. Ansonsten besteht kein Anlass, dich zu stören."

Er schloss die Tür hinter sich und liess mich mit der Einrichtung des schmalen Zimmers zurück. Von dem, was er gesagt hatte, verstand ich kein einziges Wort. Mein Blick haftete noch an der blanken Holztür, und ich rührte mich nicht. Dann erst, sachte, sachte, löste ich meine Aufmerksamkeit von der Tür und richtete sie auf die grasgrüne Wand, dort versank mein Blick in den Augen eines faszinierenden Affen auf einem Kalender. Ich lächelte, denn das Bild des Lebewesens leistete mir Gesellschaft inmitten der furchterregenden Stille des Zimmers. Schlaff schleppte ich mich zu dem Bild und berührte es mit der Hand. Da durchströmte Mut meinen Körper, ich drehte mich um und untersuchte die Dinge, die mich umgaben. Die beiden grünen Sessel, die Kristallplatte auf dem Tisch, den kleinen leeren Schreibtisch, das Fenster, das die Wand in ihrer ganzen Breite ausfüllte. Das Gefühl des Fremdseins und der Verwirrung verschwand.

Das Leben hier verläuft in den gleichen Bahnen wie bei uns. Mein Vater ist ja auch der Freund dieses Chefs.

Am Abend des ersten Tages in der Agentur blieb nur das Bild des faszinierenden Affen in meinem Gedächtnis haften. Mein Vater sass auf seinem Stuhl und markierte den starken Mann, während ich vor ihm stand, kleinlaut, unterwürfig, wie gelähmt. Er verhörte mich. „Du respektierst mich wohl nicht als Herrn im Haus. Du und deine Geschwister, ihr habt euch an mich zu wenden, bei jedem Schritt, den ihr unternehmt! Wer hat dir gestattet, Arbeit zu suchen?"

Die Angst vor ihm erwachte wieder und zerstückelte die Worte in meiner Kehle. In meinem Schuh wuchs die unbändige Lust, ihm in die Nase zu treten. Nach aussen zeigte ich mich demütig, doch ich wünschte mir, mit meinem Hass, meiner Verachtung und Geringschätzung sein Ohr zu versengen. Liebend gern hätte ich ihn vom Balkon ins Zimmer der fetten Nachbarin gestossen, damit er sich entblössen und ihr die Kleider zerreissen könnte. Ich aber würde ihm in schallendem Gelächter entgegenschleudern, dass ich sein wahres Gesicht kenne, und mit der Glut meiner Worte sein Augenlicht löschen!

„Wozu habe ich dich an der Amerikanischen Universität eingeschrieben", schrie er mich an, „und deine Gebühren bezahlt?"

Plötzlich hatte ich Lust, ihn anzulügen, und erklärte seelenruhig: „Ich bin dem Chef der Agentur zufällig im „Nussûr-Klub" begegnet, und gleich auf den ersten Blick hat er erkannt, dass ich die Tochter eines engen Freundes bin. Er war beeindruckt von meinem tiefsinnigen Denken und meiner starken Persönlichkeit. Deshalb riet er mir, ich solle mich unter die Menschen begeben, um sie aufzuklären über unsere Qualitäten und unsere Fähigkeiten!"

Es klappte. Die gelbliche Färbung wich von seiner feinen Nasenspitze. Seine Pupillen weiteten sich. Er sann über den Namen dieses Freundes nach und runzelte dabei die Stirn. Ich tat, als bemerkte ich seine Neugier nicht und spannte ihn noch mehr auf die Folter. „Doch kaum hatte Herr Saîd Badr meine Zweifel bemerkt", fuhr ich fort, „klatschte er bedauernd in die Hände: Ich hätte dich gern so temperamentvoll wie deinen Vater. Warum bist du nur so ohne Schwung? Ich bin überzeugt, dass dein Vater in dieser Tätigkeit hohe Leistungen von dir erwartet. Nein, er wird bestimmt nichts dagegen haben ..."

Die Worte „nichts dagegen haben" stürzten ihn in einen inneren Konflikt. Dann lächelte er stolz und erklärte: „O ja,

Saîd, er ist immer noch derselbe: voller Mut und Elan. Er ist ein treuer Freund, mit ihm habe ich schwere Zeiten im Iran, in Deutschland und in Nordafrika verbracht ..." Was hat er plötzlich? Ein Schleier von Trauer und Verlegenheit legte sich über seine Augen. „Ich war gerade dabei, ein Handelsgeschäft abzuschliessen, und er war auf Urlaub ..."

Mein Vater lügt, genau wie ich. Glaubt er denn, ich kenne seine Vergangenheit nicht? Und ich könne daraus keine Schlüsse über die Vergangenheit des Firmenchefs ziehen?

Meine Mutter kam zur Tür herein und riss uns aus dem Lügenmeer, in das ich eingetaucht war und ihn hineingestossen hatte. Meine arme Mutter, ich habe nur Spott übrig für sie und ihr abgehacktes Lachen, und bei meinem Vater beschwört ihr Anblick den Schatten der fetten Frau herauf. Mein heftiger Lachanfall löste meinen herrischen Vater aus seiner Erstarrung. „Wenn du unbedingt arbeiten willst", warnte er, „weise ich dich darauf hin, dass ich dir nicht auf den Leim gehe. Ich bin ja nicht blind."

In seinen Augen sind Menschen Handelsware, er macht keine Verluste, dachte ich. Wut über meine Mutter schüttelte mich, als sie schluchzend näherkam und die Finger ihrer linken Hand in mein gestutztes Haar bohrte: „Wann, wann hast du dein schönes Haar abschneiden lassen? Warum hast du dein zartes unschuldiges Gesicht so zugerichtet, dass du jetzt aussiehst wie ein Flegel? Reicht es nicht schon, dass deine Geschwister eigensinnig sind?"

Ich heftete den Blick an ihre Lippen, aus denen sich ein ergreifendes Schmähgedicht ergoss. Sie beklagte samtige Locken, denen es bestimmt sei, zu wachsen und zu gedeihen und auf meine Schultern herabzufallen. Sie hatte über ihre

Sauberkeit gewacht, hatte sie meisterhaft frisiert und sie mit kindischen Geschichten besungen, die ich inzwischen alle auswendig kenne: Lînas Haare sind Sternenlichter. Lînas Haar verströmt einen Duft wie von weissen Jasminblüten, die dahingestreut sind auf die Zweige unseres Baumes, der sich an der Gartenmauer entlangrankt. Lîna hat das schönste Haar von allen kleinen Mädchen.

Mit ihrer Sorge um mein Haar hatte sie mich die Kunst der Arroganz und des Hochmuts gelehrt, so dass mir überall, wohin ich auch ging, nachgesagt wurde, ich sei hochmütig. Auf diese Weise war ich immer mehr unter ihren Einfluss geraten. Auf der Abiturfeier vor einigen Monaten hatte ich zufällig einem Gespräch zwischen zwei jungen Männern zugehört.

„Wer ist die da mit dem langen glänzenden Haar?"

„Eine Mitschülerin meiner Schwester, es muss eine ihrer Mitschülerinnen sein."

„Ich flehe dich an, du musst mich ihr vorstellen, ihr Haar ist so wunderbar. So wunderbar."

Auf der Stelle hatte ich die Party verlassen und beschlossen, mich von den Zwängen zu befreien, die meinen Wert als Mensch erstickten. Ausserdem wollte ich die Pläne meiner Mutter durchkreuzen, die Spass daran fand, aus mir ein Götzenbild zu formen, von dem sie selbst gepriesen würde.

Heute habe ich die Pläne und den Einfluss meiner Mutter ebenso wie die Bewunderung des jungen Mannes in den Mülleimer gesteckt, ins Meer versenkt, zum Teufel gejagt.

Den Mut, mich umzuschauen und der Missbilligung meines Vaters, der beharrlich schweigt, die Stirn zu bieten, habe ich nicht. Ihn fürchte ich immer noch, obwohl ich verbissen an mir arbeite, um der ganzen Welt die Stirn bieten zu können. Die Drohungen meines Vaters brachen über mich herein und häuften sich zu meinen Füssen, nachdem ich sie erfolgreich von meinen Ohren hatte abprallen lassen.

„Mädchen, auf wen hast du da bloss gehört?"

Das sind doch alles abgedroschene Reden, dachte ich. Wenn die ihre Vorhaltungen doch nur mal anders darbieten würden, könnte ich mich für die beiden begeistern und würde mir gerne anhören, was sie zu sagen hätten.

Übereilt dachte sich mein Vater eine Strafe aus, die ich mir sehnlichst gewünscht hatte: „Verschwinde! Geh mir aus den Augen. Lass dich nicht mehr blicken, bevor dein Haar wieder gewachsen ist..." Mein Vater ist ein Idiot. Er hätte merken müssen, dass ich es satt habe, ihn jeden Tag, wirklich jeden Tag zu sehen. Mich zu zwingen, ihm von Sonnenaufgang bis Mitternacht Gesellschaft zu leisten, wäre eher eine Strafe gewesen. Hinter zusammengepressten Lippen verbarg ich ein heiteres Lächeln, das in meiner Kehle wuchs. Ich wandte mich zum Gehen. Seine Blicke brannten auf meinem Nacken, deshalb rieb ich ihn mit den Fingern. Mein Vater hustete, was mich an seine Vergangenheit denken liess.

Er wuchs in mittelständischen Verhältnissen auf. Das einzige Hobby meines Grossvaters war die Fortpflanzung gewesen, dennoch hatte er ein Grundstück gekauft, auf dem ein altes Haus stand, und einen Kurzwarenladen im Abu-al-Nasr-Markt eröffnet.

Wenn er von seiner Kindheit erzählte, beschränkte sich mein Vater auf diese Trivialitäten über seine Familie, um selbst zum Dreh- und Angelpunkt, zum Urheber seines und unseres Ruhms zu werden.

Er hatte auf sein Recht, die Ausbildung abzuschliessen,

verzichtet, um seinem Vater beim Verkauf der im Laden gestapelten Ware zu helfen. Sein anspruchsloser Vater dagegen qualmte den lieben langen Tag Wasserpfeife. Er stürzte sich in die Arbeit, schuftete unermüdlich wie ein Mühlrad, damit sich Abend für Abend in den Schubladen das Kapital der Familie mehrte.

Nach dem Tod meines Grossvaters bestand er darauf, dass der eine Bruder das Medizinstudium an der französischen Fakultät abschloss und dass sich der andere Bruder mit einem eigenen Laden selbständig machte. Seinen Schwestern kaufte er eine Aussteuer und verheiratete sie. Dann heiratete er selbst.

Das Feuer des Zweiten Weltkriegs entbrannte auf der Erde, und siehe da, das Leben wandelte sich und verlief in rasendem Tempo. Und nun sind wir reich! Wir sind Kriegsgewinnler!

War es Glück oder Freundschaft oder eine göttliche Vorsehung oder war es die Wachsamkeit meines Vaters, die uns in den Rang der Notablen dieser Stadt aufsteigen liess? Man zählt die Mitglieder unserer Familie zu den „vornehmen Persönlichkeiten des Landes". Einige Säcke Getreide, die mein Vater vor dem Krieg beiseite geschafft hatte, brachten uns Aktien in etlichen Firmen ein und erlaubten es uns, das alte Haus gegen eine ganze Strasse mit prächtigen Gebäuden auf beiden Seiten einzutauschen.

Ein Kilo reines Mehl kostete vor dem Krieg wenige Piaster. Und siehe da, ein Kilo Mehl kostete nach dem Krieg mehr als ein Pfund.

Wir sind, wie es sonst nur in Märchen geschieht, innerhalb eines Augenblicks reich geworden.

In aller Unverfrorenheit prahlt mein Vater mit seiner Fähigkeit, Reichtümer anzuhäufen, und mit seiner Freundschaft zu den Franzosen während der Kolonialzeit. Als beruhe der Wohlstand, in dem er schwimmt, nicht auf der Not Tausender von Familien, die von den Franzosen nur Mehl aus Lupinen, Gerste und Mohrenhirse zu essen bekommen hatten.

3

Die erste Woche in der Agentur vertrieb ich mir die Zeit damit, das hellgrüne kleine Zimmer zu betrachten. Stundenlang übte ich die passende Haltung auf dem Drehstuhl. Ich öffnete die Schreibtischschubladen, holte stossweise vergilbtes Papier heraus und fütterte damit den metallenen Papierkorb, der versteckt in der Ecke stand. Dann blies ich den angesammelten Staub von wertvollen Geschichtsbänden, die nachlässig in den Bücherschrank geräumt worden waren.

Ich fand keine Gelegenheit, mir über meine merkwürdige Aufgabe Gedanken zu machen.

Doch nachdem ich mich heute in meinem Zimmer prüfend nach einer Aufgabe umgesehen hatte, mit der ich etwas verändern konnte, und mir sicher war, dass ich bis jetzt noch keine ernsthafte Arbeit geleistet hatte, riss ich die Tür auf und stürzte in den engen Vorraum. Der Wachmann blickte mich mit unverschämten Augen fragend an und lächelte. Ich schaute finster drein, schob den Vorhang, der vor einem Durchgang auf der linken Seite hing, beiseite und trat in einen breiten, erhellten Gang. Sofort machte ich kehrt. Das Lächeln in den Mundwinkeln des Wachmanns verzog sich zu einem spöttischen Lachen: „Die Toiletten sind da drin."

Ich tat gleichgültig, spürte aber, wie die Wut in mir hochstieg. Ich öffnete eine Tür neben dem Vorhang und ging hinein. Was denn, war ich so leise? Oder hatte man mich in diesem Zimmer erwartet? Sind die tot?

Ich trat näher, aber die beiden jungen Frauen blickten nicht auf, und der Kugelschreiber glitt weiter übers Papier, er wurde nicht einmal langsamer. Ihr Benehmen irritierte mich. Ich näherte mich der hageren Frau und schaute ihr ins Gesicht, ihre Lider zuckten. Ohne beim Schreiben innezuhalten, entwich ihren Lippen ein schneller Gruss.

Fürchtet sie sich vor mir? Jage ich den Menschen Angst ein? Wehe dieser Frau! Ich will nett zu ihr sein.

„Welche Aufgabe haben Sie?" fragte ich sie.

Mit ruhiger tiefer Stimme antwortete sie: „Ich bin die Chefredakteurin, und die da ist meine Assistentin."

Ich wandte mich zur Seite, um mir „die da" anzusehen. Sie hatte „die da" gesagt, ohne aufzublicken, hielt in der einen Hand einen Stift, der unaufhaltsam über das Papier raste, die andere Hand lag reglos auf dem Tisch.

„Die da" ist der beste Name für die andere Frau. „Die da" ist eben die da, wie diese und jene. Wie die meisten Frauen, die man antrifft. Eine unbedeutende durchschnittliche junge Frau. Nur die Tatsache, dass sie in dieser Agentur arbeitet, unterscheidet sie von anderen Frauen.

Ich verliess die beiden und betrat das benachbarte Büro. Hier befanden sich vier Männer. Einer stand in der Mitte des Zimmers unter der Lampe und las die Morgenzeitung. Ich reckte den Hals, um einen Blick auf seine Brille zu werfen, doch der Mann hatte gesunde, interessante Augen. Er blickte von den Zeilen auf und lächelte mich an, als würde er mich kennen und es normal finden, dass ich mich, wie all die anderen Dinge auch, in diesem schmalen Zimmer aufhielt.

Der zweite Mann führte ein Telefongespräch. „Ja. Nein. Ich werde ihn fragen", murmelte er. „So hat es der Chef gesagt. Ja. Nein. Das ist ein Befehl ..." Er legte den Hörer leise auf, öffnete eine Schublade, zog einige Blätter heraus und starrte lange auf die Buchstaben.

Der dritte schrieb fremdsprachige Nachrichten nach einer Tonbandaufnahme. Der vierte übersetzte sie ins Arabische. Ich blieb ungefähr eine halbe Stunde, lehnte mit dem Rücken an der Wand und starrte sie an. Ihre Körper bewegten sich unaufhörlich.

Die Männer gingen aus dem Zimmer und kehrten gleich darauf zurück. Sie zündeten sich Zigaretten an, rauchten wortlos und drückten die Stummel im Aschenbecher aus. Als einer von ihnen ein Sandwich bestellte, hielt ich das für ein gutes Zeichen. Langsam vergingen die Minuten. Plötzlich schoss ein zehnjähriger Junge mit einer Schürze wie ein Pfeil durch das Zimmer. Er rempelte mich an, ohne sich zu entschuldigen. Der Junge hatte das Brot nicht fallen gelassen. Er warf es achtlos auf die Schreibtischkante und verschwand so schnell, wie er gekommen war. Der Mann biss in das Sandwich, ohne von den Zeilen aufzuschauen und nachzusehen, womit das Brot belegt war.

In jener kurzen, endlosen Zeitspanne im Büro mit diesen Maschinen bildete ich mir ein, erstarrt zu sein. Ich versuchte, die Finger zu bewegen — sie liessen sich bewegen. Ich versuchte meinen Kopf zu bewegen — er war schwer. Ich versuchte meine Beine zu bewegen — sie waren an den Fliesen festgenagelt. Ich bewegte meine Hand ein drittes und ein viertes Mal, dann meinen Kopf, dann meine Füsse. Endlich konnte ich diesen Ort verlassen und in mein Büro zurückkehren.

Hatte ich nicht genug gesehen, um zu wissen, mit wem

ich es zu tun hatte? Es reicht, die da zu beobachten, mir jedenfalls reicht es, um eine Vorstellung von der Arbeit zu bekommen. Vom Lohn. Von der Arbeitszeit. Vom Verhalten. Ich beschloss, mir erst gar nicht die Mühe zu machen, Kontakt zu den anderen Angestellten der Agentur zu knüpfen.

Angst strömt vom Drehstuhl in meine Augen, sie strömt vom Fenster, vom kleinen Bücherschrank, von den beiden grünen Sesseln. Ich fürchte mich! Ich zog die Vorhänge vor. Ich sperrte die Tür von innen ab. Ich knöpfte meinen Mantel zu. Umsonst, ich fürchte mich immer noch! Diese Stille ängstigt mich, die menschlichen Maschinen ängstigen mich, die so schnell und stumm arbeiten!

Ich stand vom Stuhl auf, stellte mich davor und trat mit dem Fuss dagegen, so dass er gegen die Wand prallte und umfiel. Als er die Glasscheibe des friedlichen kleinen Bücherschranks in der Ecke zerbrach, verlor er sein Bein. Meine Angst verflog. Ich lachte siegesgewiss und hielt mir die Hand vor den Mund. Los. Soll doch einer nachsehen, soll er mich doch retten. Ich wartete. Doch die Tür wollte sich nicht öffnen. Stille kehrte wieder ein, ich hatte Angst. Ich verfluche alle hier! Sind die taub? Ich zittere!

Um dem Schauder ein Ende zu setzen, musste ich jemanden sehen, irgendeinen Menschen, mit dessen Ruhe ich meine Angst bekämpfen konnte. Ich gehe zum Chef. Ich muss ihn sehen. Ich muss. Ich muss.

Müde lächelnd kam mir der Chef zuvor: „Bist du immer noch hier?"

Was? dachte ich. Er müsste mich doch eigentlich fragen, was kurz zuvor in meinem Zimmer geschehen ist, zumal unsere Zimmer nur durch eine Tür getrennt sind. Bist du immer noch hier? Bist du immer noch hier — bedeutet meine Anwesenheit in dieser Agentur denn nichts weiter, als an den Drehstuhl gekreuzigt oder nicht daran gekreuzigt zu sein?

Auch ich täuschte ein Lächeln vor. Mit deutlichen, überlegten und schlichten Worten sagte ich ihm: „Ich würde gern zur Universität gehen und möchte Sie bitten, mir Zeit für mein Studium einzuräumen. Wäre das möglich?"

„Weisst du denn nicht", unterbrach er mich spöttisch, „dass die Vorlesungen an der Universität vor mehr als anderthalb Monaten begonnen haben?"

Dieser Idiot! Er weiss offenbar nicht, dass mein Vater mich längst eingeschrieben und die Gebühren bezahlt hat. Er weiss auch nicht, dass ich nur auf die Uni gehe, um all die vielen, vielen Stunden totzuschlagen.

„Glaubst du", unterbrach er mein Schweigen, „dass man auf die Universität gegangen sein muss, um eine vorbildliche Persönlichkeit werden zu können?"

Er hat recht, warum soll ich mein Studium beenden? In meiner Begeisterung über die Stelle hatte ich vergessen, dass ich an der Uni eingeschrieben war und man mich für mein häufiges Versäumen der Vorlesungen zur Verantwortung ziehen würde! Ich werde eine der Besten sein, nicht wahr? Ich biss mir auf die Unterlippe, um ein Lächeln zu unterdrücken.

„Vertraust du mir?" fragte der Chef ernsthaft.

Was bedeutet schon Vertrauen? fragte ich mich. Vertrauen. Liebe. Freundschaft: Das sind leere Worte.

Auf dem Gesicht des Chefs zeigte sich ein ehrliches Interesse. Aus freien Stücken ging er das Risiko ein, mich die

Grundsätze des Vertrauens, der Liebe und der Freundschaft zu lehren. Sanft sagte er: „Ich gestehe dir in aller Bescheidenheit, dass ich nicht auf die Universität, ja nicht einmal auf die Oberschule gegangen bin. Trotzdem war ich im Leben erfolgreich und überstand schwärzeste Schwierigkeiten, die anderen unüberwindbar schienen. Frag deinen Vater. Er wird dir erzählen, was ich für ein einsamer, standhafter Kämpfer war."

Beklommen schüttelte ich den Kopf und versuchte, meine Antwort freundlich klingen zu lassen: „Ich brauche kein Vorbild, um mein Leben zu gestalten."

Sein heftiges Lachen nahm meiner Antwort die Schärfe. „Macht nichts, macht nichts", sagte er. „Das sind die Gedanken der Jugend. Dir fehlt es an Erfahrung. Schreib die Zeiten auf, die du nicht da bist, und sag mir morgen Bescheid. Auf Wiedersehen."

Ich hatte Glück, heil anzukommen. Eine unbewusste magische Kraft zog mich zur Universität. In meinem Kopf erlosch jedes Bild, jeder Gedanke und jede Regung. Nur meine rechte Hand bewegte sich. Sie hielt ein dünnes Heft und einen Kugelschreiber umklammert.

Ich sprang von der Strassenbahn und schritt durch das mächtige Eisentor, stolz und wie berauscht. Meine Lungen sogen die kühle Luft ein, dir mir von immergrünen Baumwipfeln zuströmte. Plötzlich schreckte mich eine weibliche Stimme auf: „Dies ist die technische Fakultät. Das Gebäude der philosophischen und naturwissenschaftlichen Fakultät liegt etwa auf der Mitte des unteren Weges. Ja, dort entlang."

Verwundert blieb ich stehen. Freundlich zeigte sie mir das

Gebäude. Ich rannte los. Ich glaube, sie verlangsamte ihren Schritt und warf mir überrascht einen etwas ärgerlichen Blick nach. Ich hatte ihr nicht gedankt, ihr nicht zugenickt und sie auch nicht zuversichtlich angelächelt. Ich hätte mich bedanken müssen. Aber wie sollte ich ihr danken, da ich mich doch zur ersten Vorlesung über englische Literatur verspätet hatte? Ein Dankeswort, begleitet von einem ernsten Lächeln und einem fragenden Blick, hätte mich wertvolle Zeit gekostet. Deshalb habe ich ihr nicht gedankt.

Am Eingang kam mir der Gedanke, auf der stillen Schwelle niederzuknien, die den Geruch von Büchern, Stühlen, Stiften und Trockenheit ausströmte. Ehrfurchtsvoll, mit schwerem Schritt ging ich ... Dann blieb ich wie angewurzelt stehen, wandte mich um. Ich suchte nach den Augen, die mich prüfend beobachtet hatten. Aber ich sah nur geschlossene, helle, stumme Türen, deren Ruhe von Schritten, die sich näherten und wieder entfernten, gestört wurde. Ich griff nach dem kalten Messingknauf und drehte ihn. Die Tür öffnete sich, und ein Saal tat sich vor mir auf, in dem es von Köpfen wimmelte.

Flüchtig verharrte ich auf der Schwelle. Der Professor ignorierte mich. Mein Erscheinen störte die Aufmerksamkeit der Studentinnen und Studenten und gab ihren Gedanken eine andere Richtung. Behutsam setzte ich einen Fuss vor den anderen, um mich auf einem freien Platz in den hinteren Reihen des Saales niederzulassen.

Ich höre die Stimme des Professors nicht. Ich sehe ihn nur. Ich sehe die Bewegungen seiner Lippen, seine schmale Hand, die in der Leere dieser beleuchteten Schachtel hangt, das rätselhafte Datum an der Tafel und die Köpfe der Kommilitonen. Ich ersticke! Warum sind die Fenster dieser weissgekalkten Schachtel verschlossen? Glaubt der Dekan, dass die Worte des Professors einen Zauber enthalten, der Leben spendet, selbst wenn wir von der Luft abgeschnitten sind? Ich ersticke. Etwa, weil ich keine Silbe von den Worten des Professors höre?

Der Kopf des Kommilitonen vor mir wird zu einer Trennwand, die keinen Satz an mein Ohr gelangen lässt. Der Kommilitone keucht, weil er seinen und meinen Anteil von dem ewigen Wissen einfängt, das aus dem Mund des Professors hervorsprudelt.

Ich wollte ihn bitten, sich ein wenig vorzubeugen, damit auch ich meinen Anteil an Kenntnissen über die englische Literatur erhielte, für die ich schliesslich bezahlt habe. Ich bewegte meine Hand, wollte sie ausstrecken, da fiel mein Blick auf seinen nackten Hals. Ich erschauerte. Sein Nacken war wie der windzerzauste, schwarze Weg draussen. Er bemerkte mein Unbehagen und drehte seinen Kopf um. Mich ergriff ein Schwindel, als ich sah, wie sich sein Hals im Raum drehte. Es war wie die Krümmung eines endlosen schwarzen Weges, der den Himmel spaltete.

Als der Kommilitone vor mir erstarrte und das Wort „Romantik" aus dem vorderen Teil des Saals den Weg zu meinem Ohr fand, nahm ich meinen Mantel von der Stuhllehne. Einen Moment später war ich auf der Strasse. Die Strasse seufzte wie nach einem gewaltigen Sturm. An der Ecke zum Restaurant „Faissal" kaufte ich eine amerikanische Zeitschrift und stieg in die Strassenbahn nach Hause.

4

Sonderbare Bilder über mein Innenleben gehen mir durch den Kopf, seit ich zu arbeiten angefangen habe. Ich bin eine herrliche Festung, so prächtig wie die Festungen römischer Kaiser. In dieser Festung gibt es Sklaven, Kaufläden und Tiere. Alle lebensnotwendigen Dinge sind vorhanden, so dass keine Hilfe von ausserhalb der hohen Festungsmauern erforderlich ist. Zwischen den Mauern und den mehrstöckigen Häusern befinden sich Wassergräben, die niemals austrocknen und den Weg in das grosse Königreich versperren.

Das bin ich, eine autarke Welt, deren Lauf durch kein äusseres Ereignis beeinflusst werden kann, durch nichts, das nicht aus mir selbst, aus meinem persönlichen Antrieb entspringt.

Es ist wohl wahr, dass ich mit meiner Mutter, meinem Vater, meinen beiden Schwestern, der dunkelhaarigen und der blonden, und mit meinem verwöhnten Bruder Bassâm zusammenlebe, aber ich spüre sie nicht. Sie sind völlig ausserhalb der Mauern meiner Welt. Sie sind sogar ausserhalb der randvollen Wassergräben.

Die Undurchsichtigkeit, die das Leben in unserem Haus seit dem bewaffneten Angriff auf Ägypten, als Folge der Nationalisierung des Suezkanals, durchdringt, macht es mir schwer, mich auf die Zusammenhänge dieses neuen Problems zu konzentrieren.

Frei heraus erkläre ich, dass mein Verstand nicht scharf genug ist, Mathematikaufgaben zu lösen, ein Drama von Shakespeare zu erörtern oder eine Lösung für das Palästinaproblem, den Konflikt in Kaschmir oder Algerien zu finden. Mich beschäftigt vielmehr, wie ich meine Nerven trainiere, um den Vorlesungen bis zum Schluss folgen zu können, und wie ich mich mit dem Chef über die Aufgabe auseinandersetze, die ich bis jetzt noch nicht erhalten habe, und wie ich es schaffe, zum ersten Mal in Schuhen zu gehen, die mich sieben Zentimeter vom Boden heben. Bricht der Absatz ab, wenn ich durch die Strassen haste?

Durch die Wolldecke und das weisse Laken hindurch drang mir das Gespräch zwischen der Blonden und der Dunkelhaarigen in die Ohren, als es sieben Uhr schlug:

„Meine Lederjacke hat alle Kommilitoninnen verrückt gemacht. Lâmia al-Rifâi ist vor Neid fast geplatzt, sie hat den Mund verzogen und gleichgültig getan, als sie mich fragte, wieviel sie gekostet hätte und ob es sie auch in Rot gäbe. Alle haben am Eingang auf mich gewartet, um zu gucken, was uns Vater dieses Jahr für wunderbare Kleider geschenkt hat. Oh, wie grosszügig Vater ist, ich vergöttere ihn."

„Hast du die Tochter des Botschafters gesehen? Sie ist völlig lächerlich. Zum Totlachen, sie färbt sich die Haare mit grellen Farben wie ein Zirkusclown und zupft sich die Augenbrauen, um sie sich dann wieder mit anderen Farben nachzuzeichnen. Einfach ekelhaft."

Das Geflüster verstummte, als es an der Tür klopfte und Vater in trockenem, zittrigem Ton sagte: „Guten Morgen, meine Kleinen ..."

Ich stellte mich tief schlafend und dachte, für ihn sind wir auch dann noch die Kleinen, wenn unser Kopf voll grauer Haare ist.

„Schläft Lîna immer noch? Abscheulich, diese Faulheit."

Er kam an mein Bett. „Und ihr beiden, ihr kommt noch zu spät zum Unterricht! Los, kommt her und gebt mir einen Kuss, in einer Stunde reise ich nach Kairo." Ich schüttelte mich unter der Decke. Nach Kairo? Ausgerechnet nach Kairo, wo man sich verzweifelt gegen die Einmischung der Kolonialmächte wehrt und das Land nach eigenen Vorstellungen aufbaut.

Offensichtlich bemerkte er, dass ich mich bewegte, denn er zog mir die Decke vom Kopf und sagte spöttisch: „Ich wette, dein Haar wird dir bis an die Füsse reichen, ehe du dich von deinem Papa verabschiedest, wenn er wegfährt, los!" Er zog mich aus dem Bett. Ich stellte mich auf die Zehenspitzen, damit er mich auf die Stirn küssen und ich ihm rasch einen Kuss auf die Wange spucken konnte.

Wenige Minuten später fuhr er allein mit dem Taxi zum Flughafen. Meine Mutter erklärte sein Verhalten damit, dass wir seine Reise vor den Leuten geheimhalten müssten. Müssen, sagte sie ausdrücklich. Ihre knappe Erklärung überzeugte mich nicht. Um ihr die wahren Gründe für Vaters Reise zu entlocken, folgte ich ihr in die Küche.

„Warum ist dein Mann nach Kairo gereist?"

„Ist denn mein Mann nicht auch dein Vater?" fragte sie, und ihre Lippen zitterten.

Ich lachte, um die Anzeichen von Schamröte zu verwischen, die mir ihre Frage ins Gesicht trieb. „Wir sind Ausbeuter", sagte ich provozierend, „gib doch zu, dass er gefahren ist, um neue Beute aus dem Krieg zu schlagen! Sag die Wahrheit, denn ich bewundere euch beide, dich und ihn! Gib schon zu ..."

Sie fiel über meinen Eigensinn her und zerfetzte ihn mit

ihrem Bekenntnis: „Was verstehst du schon vom Kampf deines Vaters, du schaust dir doch nur Berichte über Schauspieler an, mit ihren schamlosen Fotos, abartigen Geschichten, geschmacklosen Marotten! Hast du jemals eine Zeitung oder eine anständige Zeitschrift in die Hand genommen und dich damit beschäftigt, was um dich herum und in der Welt geschieht? Geh in mein Zimmer, dort findest du die Morgenzeitung auf meinem Kopfkissen, lies die Meldungen, besonders die eine: ‚Knoblauch vom Markt verschwunden und Zwiebelpreis gestiegen.' Es ist eine kurze Meldung, die von den meisten Menschen nicht gelesen wird, aber ..."

Aber für uns eine Millionenquelle! dachte ich. Mein schwacher Verstand wurde vom Bekenntnis meiner Mutter aufgerüttelt: „Wir sind es, die den Knoblauch vom Markt aufgekauft haben und einen grossen Teil der Zwiebelernte. Dein Vater wird ägyptische Zwiebeln kaufen, um sie nach Beirut zu verschiffen. Und vom Hafen Beiruts in die Häfen Frankreichs und Englands!"

Ich hätte ersticken können am Gestank der Ausbeutung. Am Gestank der Millionen Franc und Pfund, am Zwiebelgestank und am üblen Gestank des Knoblauchs.

Sie zerrte mich an der Schulter: „Komm her. Ich will nicht, dass uns das Dienstmädchen hört, komm her." Langsam, langsam, wie die feige Heldin in einem billigen Krimi, schob ich mich an sie heran, und sie flüsterte mir ins Ohr: „Wenn das Geschäft erfolgreich verläuft, eröffnet dein Vater für jede von euch ein Bankkonto mit fünfundzwanzigtausend libanesischen Pfund!"

Das ist ja wirklich grossartig! Der Stuhl in meinem Büro ist repariert worden. Und der kleine Bücherschrank hat eine makellose Glasscheibe bekommen. Auf einer Mappe vor mir sind die Reparaturkosten des von mir angerichteten Schadens aufgelistet, dazu die Warnung vom Direktor der Agentur, falls ich dies noch einmal täte, würde mir der Betrag vom Gehalt abgezogen. Das ist ja wirklich grossartig. Noch grossartiger ist, dass der Chef mich in sein Büro bittet. Endlich wird er mir eine Aufgabe erteilen.

Er hielt mir einen verrosteten Schlüssel hin, und sein Lächeln wanderte zwischen dem Schlüssel und mir hin und her. Scheu streckte ich die Hand aus. Da durchfuhr mich ein Schauder, Knie und Lider zitterten. Sofort wich ich zurück und zog die Hand mit dem Schlüssel an meine Brust. Der Chef hatte mir das braune Stück Eisen mit einem Seufzer in die Hand gelegt, als hätte er mir das Lebendgewicht aller Angestellten der Agentur anvertraut: Wesen, die ihre Kraft bereits vor langer Zeit verbraucht haben.

„Schau jeden Morgen in den Briefkasten", befahl er, „das hier ist der Schlüssel zum Briefkasten im Keller."

„In den Briefkasten, in den Briefkasten", murmelte ich beim Gehen, „werde ich hineinschauen."

Kaum war ich mit dem Schlüssel wieder in meinem Büro, tastete meine eine Hand, obwohl es hellichter Tag war, nach dem Lichtschalter, an der Wand. Die andere hob ich an den Mund und segnete die neue Aufgabe, die an dem verrosteten Schlüssel hing; zuversichtlich überhäufte ich ihn mit Küssen.

Von warmer Freude erfüllt, ging ich zur Uni. Bereits an der Tür des Hörsaals zog ich den Mantel aus. Berauscht atmete ich tief ein. Dann tauchte ich Brust, Beine und Hüfte in das fahle, im Saal gefangene Licht. Ich spürte, wie mir die stechenden Blicke der jungen Männer auf der Brust, den Beinen und der Hüfte brannten, ihr stummes Dringen verletzte die schönsten Stellen meines Körpers!

Vielleicht gefällst du ja diesen jungen, durstigen Köpfen, dachte ich, und sie wollen dich umwerben mit einer unschuldigen Einladung ins Kino, die sie dir ins Ohr säuseln. Oder vielleicht schärfen sie ihren Blick, mit dem sie dir, wenn auch nur für einen kurzen Moment, das Gewand deines spöttischen Schweigens entreissen wollen. Vielleicht haben sie ja auch schon Erfahrungen mit ihrer Männlichkeit gemacht und glauben nun, sie könnten dich dazu bringen, dich in Seide zu hüllen, dir die Schultern zu parfümieren und einen Drink nach dem anderen hinunterzustürzen, um dann mit ihnen den Panzer der Beherrschung hemmungslos zu sprengen und ihn unter den Fusssohlen in einem Wahnsinnstanz zum Schmelzen zu bringen.

Ich wählte einen abseits stehenden Stuhl, breitete meine Blätter vor mir aus und nahm die Kappe vom Füllfederhalter. Der Professor sass aufrecht auf seinem Stuhl und diktierte uns die Titel einiger Nachschlagewerke. Die geneigten Köpfe folgten den Sprüngen der Hände, die die Worte zeichneten. Die Kommilitonen um mich herum verwandelten sich in eine Herde schwarz-brauner Ziegen, die weisse Blätter kauten. Sind die Blätter weiss? Nein, sie schienen bunt zu sein, beim Niesanfall eines Kommilitonen und der ruckartigen Bewegung eines anderen war der Akt der Verwandlung vollendet.

Ich knirschte mit den Zähnen, war drauf und dran, meine

Tasche zu öffnen und ein Taschentuch herauszunehmen, um es mir auf das Gesicht zu legen. Meine Blicke prallten an die Decke, glitten dann hinab auf das Gesicht des Professors, der mich aufmerksam beobachtete.

Der Professor beobachtet mich, gleichzeitig stösst er mit den welken Lippen wohlgeordnete, ausdrucksvolle, reife Sätze aus. Ich verweilte auf seinen Lippen und fragte mich, wie er zwei schwierige Dinge gleichzeitig tun kann: mich mustern und Gedanken entwickeln?

Er liess mich einen Moment aus den Augen. „Dies ist ein französisches Nachschlagewerk", erklärte er, „es ist zwar sehr teuer, aber nützlich und wichtig. Auch in der Universitätsbibliothek stehen wertvolle Werke, die sich mit der Philosophie befassen." Dann beobachtete er mich wieder. „Los, notiere jeden einzelnen Buchstaben, den ich aussende", ermahnte er mich mit ausdrucksvoller Stimme, „um dir und den kommenden Generationen den Weg zu weisen! Du bist ein hohler Kopf. Nein. Du bist Löschpapier, das die Tinte meines Wissens aufsaugt."

Verächtlich lächelte ich; der Professor dachte wohl, ich hätte die Absicht, ihn zu verführen, denn er verbarg seinen Blick zwischen den Köpfen der anderen Studenten und verlor sich in der hungrigen Herde, die er fütterte, tränkte und beschützte.

Ich warf einen Blick auf meine Handtasche. Das ist er also, der Philosophieprofessor! Und wieso halten die meisten Professoren ihre Augen mit diesen blendenden Gläsern gefangen?

Die ganze Herde erhob die Köpfe und heftete den Blick an die Lippen des Professors, um das Wissen zu verschlingen. Ich tastete nach dem rostigen Schlüssel, notierte mir den Titel des wichtigen Buches, nahm meinen Mantel und zog mich aus dem Saal zurück, wie aus dem Kino bei einem langweiligen Film.

Sachte, sachte, sachte. Der Rhythmus des Regens auf der Strasse beruhigte meine Gedanken, die durch die leidenschaftliche Stimme des Professors in Aufruhr geraten waren. In den wenigen Augenblicken, nachdem ich vom Stuhl aufgestanden und zur Tür gegangen war, klang im Tonfall des Philosophieprofessors die Bitte an, ich möge doch zu meinem Stuhl zurückkehren, ich möge doch wieder lauschen, mich dann auflösen und dahinschwinden im Aufbau des vollendeten, den Spuren der Schönheit, der Wahrheit und des einen Gottes folgenden Satzes bei Aristoteles, Platon, Sartre, Heidegger – und bei anderen Philosophen und Scheinphilosophen.

In den wenigen Augenblicken, nachdem ich vom Stuhl aufgestanden und zur Tür gegangen war, hatte ich die passende Lösung gefunden. Zu meinem Stuhl werde ich nicht zurückkehren, und mich interessieren weder Platons Hypothesen noch das Gefasel des Professors. Wichtig sind mir nur: der rostige Schlüssel in der Tasche, die Aufgabe, die seinem Rost anhaftet, und der Betrag von fünfundzwanzigtausend Pfund.

Auf der Strasse blickte ich zum bewölkten Himmelsbaum auf, um milde, erfrischende Wassertropfen einzufangen. Vor mir liegen noch einige Stunden, dachte ich, die für die Uni gedacht waren, ich könnte jetzt zur Agentur zurückgehen, um in den Kasten zu schauen.

Ich sprang die wenigen Stufen hinunter und bahnte mir

mit den Augen einen Weg durch die Dunkelheit im Keller. Ich suchte nach dem Briefkasten, den der Chef an der Wand hatte anbringen lassen, damit seine Angestellten ihre schriftlichen Beschwerden in einem gestempelten Umschlag in den Schlitz im oberen Teil hineinwerfen konnten.

Ich sah den Briefkasten — in einer unerforschten Gegend des Kellerraums neben einem Spinnengewebe! Ich beeilte mich, den Unterschlupf des konstruktiven Tieres niederzureissen, stellte mich auf die Zehenspitzen, um mit dem Schlüssel an das Schloss zu gelangen. Als ich den Schlüssel drehte, drang mir ein Stimmengewirr in die Ohren und hallte in meinem Kopf wider. Ich dachte, es seien Hilfeseufzer aus dem Inneren des Kastens. Ich war verwirrt, versuchte hartnäckig, mich auf den Zehenspitzen zu halten. Doch ich schaffte es nicht gleich beim ersten Anlauf, den Kasten zu öffnen, das Gleichgewicht zu halten und dabei eine zweite Spinnwebe zu zerstören. Noch einmal stellte ich mich auf die Zehenspitzen und steckte den Schlüssel ins Schloss. Ich riss die Spinnenbehausung nieder und glaubte diesmal, die Stimmen seien erstorben und würden, der nahenden Rettung gewiss, geduldig warten.

Ich öffnete die Klappe des Briefkastens. Ich hörte Schritte, die mir leise flüsternd eine bittere Enttäuschung ankündigten. Ich griff in den Kasten, die Schritte in der Dunkelheit kamen näher. Ich drehte mich um. Es war ein Angestellter, der mit gleichmässigem Schritt die Stufen hinabstieg. Er warf mir einen spöttischen Blick zu und unterdrückte ein verargertes Lachen. Dann verschwand er in dem Gang, der aus dem dunklen Kellerraum führte.

Der Briefkasten ist leer. Leer! Die Angestellten sind Maschinen, die stumm vor sich hin arbeiten. Leer! Und ich bin dafür zuständig, ihre Wünsche und Forderungen zu erfüllen, um ihre Motivation zu erhöhen.

Ich schloss den Briefkasten und stieg in das obere Stockwerk, wo Licht die Räume durchflutet, wo Ölgemälde an den Wänden hängen, wo schicke Ledersessel stehen, wo es Lilien gibt.

5

Meine Mutter schwirrte in der Wohnung umher, schloss jeden von uns in ihre mageren Arme und las uns Vaters Telegramm vor: „Reise erfolgreich. Küsse euch."

Was für ein Geschenk wird wohl die Fette von gegenüber bekommen? dachte ich.

Nein, ich will meinen Kopf nicht mit unnötigen Gedanken über die Trivialitäten meines Vaters und anderer Leute belasten. Der Briefkasten in der Agentur verwirrt mich so sehr, dass ich das Treiben auf den Strassen nicht mehr richtig wahrnehme. Ich lebe nur noch von einem Morgen zum anderen, um in den Briefkasten zu schauen. Heute morgen war er leer.

Dieser im Dunkeln der Erde verlorene Briefkasten erfüllt mich mit Wut und Hass auf diese Angestellten. Nicht genug, dass sie stumm sind. Sie gehen auch an mir vorbei wie an einem Gegenstand, ihre Miene verrät kein bisschen Anerkennung, kein Anzeichen von Aufmerksamkeit, keinen Schimmer von Interesse. Begegne ich ihnen zufällig auf der Treppe, auf dem Weg hinunter in den dunklen oder hinauf in den hellen Raum, sehe ich ihren Augen an, dass ich mein Ziel nicht erreichen werde: in den Besitz eines gestempelten Briefes zu kommen. Ich verabscheue sie. Und zweifellos macht sich der Chef hinter der Tür, die mein Büro von seinem trennt, lustig über mich. Ich sprang auf vom Drehstuhl und drehte aufgebracht am Türknauf.

„Ich weiss nicht, ob du einen triftigen Grund hast, meine Zeit zu verschwenden. Also, worum geht's? Worum geht's?

Aber fass dich kurz. Was willst du?" kam mir der Chef überheblich zuvor.

„Sie haben nicht nach dem Briefkasten gefragt." Vor Wut stotterte ich.

Nachdenklich runzelte er die Stirn: „Welcher Briefkasten? Ach so", erklärte er dann ruhig, „ich habe es nicht nötig, dich nach irgend etwas zu fragen, da ich am besten weiss, was in der Agentur und im ganzen Land vor sich geht."

„Also. A...h..." Ich versuchte, etwas herauszubringen, doch dann schaute ich mir lieber diesen schrecklichen Chef an, dessen Gesicht vor Selbstvertrauen nur so strotzte. „Was hat denn meine Anwesenheit hier überhaupt für einen Sinn?" erkundigte ich mich.

„Eine bemerkenswerte Frage. Hier übst du dich in der Aufgabe, die du in Zukunft einmal erfüllen wirst", erwiderte er.

Was denn für eine Zukunft? Was denn für eine Aufgabe? „Aber, aber ich tue hier doch nichts. Ist das vielleicht eine moderne Ausbildungsmethode, die Sie sich ausgedacht haben? Wir können morgen darüber sprechen. Jetzt muss ich in die Buchhandlung, um ein wichtiges philosophisches Nachschlagewerk zu kaufen."

Er hielt mich mit einem Ratschlag zurück: „Sprich nicht im Plural von dir selbst. ‚Wir' darf nur ein König oder ein Familienoberhaupt sagen, da du aber zum Volk gehörst und ausserdem ein Fräulein bist, gewöhne dich ab sofort daran, es nicht zu gebrauchen."

Ich machte einen Schritt nach vorn. Doch sein gemeines eingebildetes Gesicht liess mich zurückweichen.

„Du bist arrogant", fuhr er fort. „Und deine Aufgabe hier ist es, die Arroganz in dir zu töten, und zwar eigenhändig."

Er wies auf meine rechte Hand, ich bewegte sie. Dann ging ich hinunter auf die breite Strasse.

Hat sich dieser Chef vorgenommen, meine Persönlichkeit zu verändern? Er ist sich seiner wohl so sicher, dass er glaubt, er könne meinen Willen brechen, weil ich mich fügen muss, wenn ich unbedingt frei und unabhängig sein will. Am liebsten würde ich die Agentur verlassen. Am liebsten würde ich ... Aber, wo soll ich mir die Zeit vertreiben?

Als ich die Buchhandlung betrat, sprang der Verkäufer von seinem Stuhl auf und rieb sich affektiert die dunklen hageren Finger. Er hiess mich willkommen und verneigte sich dabei ein wenig. Das kümmerliche, trockene Lächeln, das seine Augen und seinen Mund umspielte, nervte mich, und um meine Beklemmung zu verbergen, verschlang ich mit den Augen die Bücher, die in den Ecken und an den Wänden des Ladens in langen Reihen gestapelt waren. Derweil hüpfte der dunkelhäutige junge Mann vor mir herum und sagte immer wieder: „Herzlich willkommen, mein Fräulein. Willkommen. Womit kann ich dienen?" Mit den Augen rang er meinen Lippen den Buchtitel „Die Philosophie der Metaphysik" eines französischen Autors ab. Dann brach er gemeinsam mit mir in heiteres Lachen aus, da ich Mühe hatte, den Namen des Autors auf dem Papier zu entziffern.

„Sie können kein Französisch und möchten trotzdem ein französisches Buch kaufen?" fragte er und schaute mir prüfend ins Gesicht. „Es wundert mich nicht, dass alle Mädchen die Wünsche ihrer Professoren erfüllen. Professoren sind wie Hollywoodstars: der Traum einer jeden Jungfrau – und wir jungen Männer haben unser Leben lang das Nachsehen!"

Was? Ist dieser Mann noch bei Trost? Seine Bemerkung

brannte jeden Gedanken an Chef, Angestellte, Briefkasten und Zuhause aus meinem Hirn. Nichts blieb als nur das Bild des Philosophieprofessors und seiner im Raum schwebenden Hand, die wie die Hand eines Zauberkünstlers alle Aufmerksamkeit auf sich zieht.

Er riss mich aus meinen Gedanken. „Das Buch kostet vierzig Pfund. Überlegen Sie doch mal! Überlegen Sie doch mal! Hören Sie auf mich!"

Was heisst hier überlegen Sie doch mal! Es ärgerte mich, dass dieser ordinäre Verkäufer meinen Professor schlecht machte. Merkt der denn nicht, dass er damit mich herabwürdigt?

Vor dem „Cinéma Capitol" blieb ich stehen, um mir die Filmplakate der Woche anzuschauen. Kirk Douglas als van Gogh. Die Kinokarte kostet ein Pfund und zehn Piaster, das Buch dagegen vierzig Pfund. Wieso sollte ich also nicht die Nachmittagsstunden im Kino totschlagen, statt dass sie mich in der Universität totschlagen?

Als ich mich umdrehte, rempelte mich ein junger Mann absichtlich an, um mich dann, sich entschuldigend, aufzufangen. Mit einem Lächeln lockte mich der Kartenverkäufer an seinen Schalter, und ohne mich zu fragen, wo ich sitzen wolle, oder mir Gelegenheit zum Einspruch zu bieten, zeichnete er die Platznummer auf die Karte. „Der beste Platz im Saal. Ein Sitz am Rand der sechsten Reihe. Sie sind mit meiner Wahl doch einverstanden?"

Mein Gesicht wurde ganz blass. Ich bereute es, mich in dieses gefährliche Unternehmen gestürzt zu haben: allein einen Film anzusehen!

Der Kartenverkäufer versetzte mir einen Stich, als er sich

vergewisserte, dass ich ein Abenteuer wagte. „Eine Karte, nicht wahr? Eine einzelne? Eine." Unverschämter Kerl.

Ich bot ihm die Stirn: „Jawohl, eine Karte ..." In das Wort „eine" legte ich all meinen Trotz, faltete die rote Karte, verbarg sie in meinem kleinen Notizbuch und begab mich nach Hause: um meinen Platz am Esstisch einzunehmen.

Meine Angehörigen assen gemächlich und genussvoll, während ich das Ölgemälde betrachtete, das mein Vater bei der Vernissage der Herbstausstellung für Fotografie und Bildhauerei im Haus der Unesco gekauft und ins Esszimmer gehängt hatte. Das Bild ekelte mich an: Eine verdreckte Frau, das Haar zerzaust und die Kleidung zerrissen, zieht ein Kind, das den Passanten seine Hand entgegenstreckt, hinter sich her wie einen kranken Welpen.

Ich stand auf, die Münder verlangsamten ihre Kaubewegung, und setzte mich an einen anderen Platz, so dass ich das Bild im Rücken hatte und es im Spiegel, noch lebensechter und noch ekelerregender, sehen konnte. Auf diese Weise wollte ich mich dem Elend im Bild aussetzen und dessen Besitzer herabwürdigen. Forschend schaute mir meine Mutter ins Gesicht. Hatte sie etwa die Spuren des gefährlichen Abenteuers entdeckt? Ich sprang vom Stuhl und ging in mein Zimmer, um nach der Kinokarte zu sehen. Hier ist sie, verborgen im kleinen Notizbuch. Ich lachte übers ganze Gesicht, als ich an den Esstisch zurückkehrte.

„Wie geht es an der Universität voran?" fragte meine Mutter lachend.

Um nicht antworten zu müssen, leerte ich einen Löffel voll Suppe in meinen Mund. Wenn sie wüsste, dass ich allein, ganz allein, ohne sie, ohne meine Schwestern, ohne meinen

Vater ins Kino gehen werde! Wenn sie das wüsste, würde sie sich auf die Wangen schlagen und meine Kleider zerreissen, um mich davon abzuhalten, einen solch ungeheuerlichen Skandal zu verursachen.

Ruhig entfernte ich mich aus dem Esszimmer. Verwundert über meine Friedfertigkeit, schaute sie mir nach, denn sie war daran gewöhnt, dass ich auf jede Äusserung von ihr, von meinem Vater oder meinen Schwestern heftig reagierte. In meinem Zimmer öffnete ich das Fenster, um nach dem stürmischen Wetter zu schauen.

Die Strasse geht unter in den schlammigen Wasserfluten, der Himmel ist durch Schnüre aus grossen Regentropfen an die Erde gebunden, die Passanten haben sich in die Hauseingänge zurückgezogen und zittern vor Kälte. Die Autos schwimmen in den Wasserfluten wie bemalte Blechdosen, die die Wellen an den Strand gespült haben, wo sie sie nun waschen.

Das Meer heult. Ich reckte den Hals, um das Meer zu sehen, das mein Vater hinter dem emporragenden Gebäude verborgen hat. Auf diese Weise verwehrt er mir die Gesellschaft des Träumenden im Sommer und des Klagenden, des Schluchzenden, des Zornigen im Winter.

Das Meer, nur wenige Meter von unserem Haus entfernt, lehrte mich, mir ein Netz aus Wunschträumen zu weben und neue Gedanken zu schöpfen. Zuweilen wünsche ich mir, die Erde wäre flach, damit ich die Länder auf der anderen Seite der Welt sehen könnte, und manchmal frage ich mich, warum es nicht möglich ist, auf der Wasseroberfläche zu gehen wie in der Nacht zuvor im Traum. Und manchmal stopfe ich mir Watte in die Ohren, um die aus den Tiefen des blauen Wassers hervorbrechenden, im Mondschein säuselnden Lieder der Meerjungfrau fernzuhalten, oder ich spitze die Ohren und atme die trockene Brise ein, die vom sandigen Strand herüber in mein Bett schlüpft.

Das Meer heult. Nein, ich warte nicht, bis es verstummt. Ich warte, um ins Kino zu gehen, nicht, bis auf den Strassen die Wasserfluten getrocknet sind oder darauf, dass die Passanten wieder unter freiem Himmel über die Gehsteige schleichen. Ich bitte um Vaters Auto. Nein, ich bitte nicht darum. Sonst muss ich einen detaillierten Bericht darüber ablegen, wann ich gehe, wann ich wiederkomme, wohin ich fahre, wo ich aussteige und so weiter und so fort.

Ich zog meinen Regenmantel an, band mir einen Schal um den Kopf, rannte durch den strömenden Regen zur Strassenbahnhaltestelle und warf mich ins erste Taxi, das vorbeifuhr. Ich zahlte dem Fahrer fünfundzwanzig Piaster und stieg beim Kino aus. Erschöpft wartete ich am Eingang. Ich wartete auf den Augenblick, in dem das Licht gelöscht würde, um im Schutz der Dunkelheit zu meinem Platz zu gelangen. Nein, ich traue mich nicht, im Licht zu stehen, wo man mit dem Finger auf mich zeigt: Allein. Allein. Sie ist allein im Kino. Allein.

Mir wurde bange, als ein junger Mann an mich herantrat und mich ganz unverfroren ansprach: „Dein Freund hat sich verspätet. Willst du nicht statt dessen mit mir vorliebnehmen?"

Ich schaute finster drein. Vor Wut und Scham hätte ich verrückt werden können. Der Schmarotzer entfernte sich mit den Worten: „Wünsche viel Erfolg!" Da wünschte ich ihm, vom Blitz erschlagen zu werden!

Ich nahm den nassen Schal von meinem kurzen Haar und zog Mantel und Handschuhe aus. Ich zitterte erleichtert, als die Glocke läutete und das Licht erlosch. An der Tür zum Saal begrüsste mich freundlich der Platzanweiser. Hinter mir zog er den bordeauxroten Samtvorhang zu. Kaum hatte ich den Blick an die Leinwand geheftet, als er mir mit der Taschenlampe ins Gesicht leuchtete. Als ich einen Satz nach hinten machte, kam er näher und erkundigte sich: „Wo ist deine Karte? Bist du allein?"

Allein. Allein. Das Wort „allein" zerrieb jegliches Bewusstsein in mir, so dass ich mich in ein schwaches, zögerndes, ängstliches Etwas verwandelte. Ich folgte ihm zu meinem Platz, und erst nachdem er mich noch mehrmals mit dem Licht seiner Taschenlampe geohrfeigt hatte, kümmerte er sich um die anderen Besucher.

Ich bin allein. Was mag der grauhaarige Mann zu meiner Linken wohl von mir denken? Ausserdem, wer wird sich auf den leeren Platz zu meiner Rechten setzen? Könnte ich diesen Platz doch reservieren, dann wäre ich vor einem lästigen Nachbarn sicher.

Wo sind meine Eltern? Wenn sie sehen könnten, dass zwei Fremde ihre Plätze besetzen! Einen Aufstand würden sie machen und mich zu Hause einsperren. Das ganze Haus wäre von ihrem Geschrei erfüllt. Und dann, welche Strafen würden sie noch verhängen? Würden sie vielleicht meine Freiheit wieder einschränken und mir Grenzen setzen? Wieso muss ich mir gefallen lassen, nur in ihrer Begleitung Filme ansehen zu dürfen, die ihnen passen, und nur, wenn es ihnen gefällt? Ihre Schatten habe ich satt: Einer zur Rechten und einer zur Linken, halten sie die Blicke der Männer von mir ab. Ich habe es satt. Ich habe es satt, von ihnen bewacht, verfolgt und beherrscht zu werden.

Unmut bohrte in mir, dennoch beunruhigte mich der leere Platz. Nein, dem, der jetzt hereinkommt, gehört der Platz bestimmt nicht. Er kommt näher. Nein, Gott sei Dank setzt er sich auf einen Platz am anderen Ende meiner Reihe. Ich streckte den Arm aus und legte ihn auf die Rückenlehne des Sitzes, dabei murmelte ich: „Lieber Gott, mach, dass dieser Platz frei bleibt!" Lieber Gott, lieber Gott, lieber Gott. Mit Gott und dem Sitz schwebte ich aus dem Saal, weit weg. Und während Gott, der Sitz und ich so tuschelten, verstrichen einige ruhige Minuten, in denen ich mich in Sicherheit wähnte.

Der Film begann. Gott kehrte flatternd in seinen Himmel zurück, und in eben diesem Moment liess sich eine geschminkte Frau mit ihrem ganzen Gewicht auf dem Sitz nebenan nieder. Ich versuchte, meine Aufmerksamkeit an die Leinwand zu klammern und in dem Film aufzugehen. Doch vergeblich! Vor mir sehe ich lauter Köpfe und Schultern. Wie soll ich denn über diese Reihe von Schultern und Köpfen hinweg mit meinem Blick an die Leinwand gelangen? Wie soll ich das Krachen der Nüsse hinter mir und das Stampfen meines Nachbarn überhören?

Unbehaglich zappelte ich auf meinem Sitz, da blickte mich die Frau von der Seite an und schnaubte unwirsch, und der Mann versuchte, im Dunkeln mein Gesicht zu erkennen. Verärgert zwang ich mich, still zu sitzen. Um die Szene zu verfolgen, war ich gezwungen – wie man eine Treppe Stufe um Stufe hinabsteigt –, Kopf um Kopf, noch einen Kopf und noch einen, über Dutzende von Köpfen zu springen. Da endlich, auf der Leinwand ist ein Kornfeld zu sehen.

Um die Melodie zu hören, musste ich mich mit quietschenden Schuhen und einem schreienden Kind, blöden Kommentaren, Gekeuche und Gepfeife abfinden. Wie soll ich all diese Menschen um mich herum ignorieren?

Moment mal. Das ist ja eine ganz grässliche Szene! Der Held kommt einer brennenden Kerze mit seiner Hand näher. Immer näher. Immer näher. Er wirft sie dem Feuer als Futter hin. Er vernichtet seine Hand. Seine Hand röstet im Feuer! Ich schaute nicht weg, wandte meinen Blick auch nach dieser Szene nicht ab. Als ich mich nach der Vorstellung davonschlich, brannte in meiner Hand ein quälender Schmerz, der sich erst legte, nachdem ich meine Zimmertür geschlossen und meine Hand in ein weisses Tuch gewickelt hatte. Völlig fertig schlief ich ein, wie ein Soldat, der eine entscheidende Schlacht geschlagen hat.

6

Ich war fasziniert vom Zauber der Worte in der Literaturgeschichtsvorlesung, die mich schon fast nicht mehr an das grossartige Erlebnis im Kino gestern abend denken liessen, und vom unverschämten Lachen einer Kommilitonin, das die Erläuterungen des Professors unterbrach und von den jungen Männern flüsternd kommentiert wurde.

Ein fröhlicher Kommilitone hielt der zierlichen, friedlich dösenden Kommilitonin zwischen ihm und mir Schokolade hin. Ihre Augen leuchteten gierig und lustvoll auf. Er näherte die Hand mit der Schokolade ihrem Oberschenkel, der in einer hautengen schwarzen Hose steckte, und rieb sie am schwarzen Stoff, worauf sie die Schokolade zwitschernd entgegennahm. Sie füllte die Ladung in ihre Tasche, wandte sich um und schmuggelte in jeden Mund ein süsses, glänzendes Stückchen, bis ich an der Reihe war.

Sie winkelte die Knie an, und ein Schleier von Scheu legte sich auf ihr Gesicht, als sie sich mit mehreren Stückchen Schokolade in der Hand mir zuwandte: „Möchtest du eine Erfrischung, um die Worte des Herrn Professor besser zu verdauen?" fragte sie. Ihren Wangen sah man die demütige Bitte an, ich möge mich doch erweichen lassen, nicht so überheblich sein und mich den lockeren, ungezwungenen Umgangsformen unter Studenten anpassen. Und die Meute um mich herum brannte darauf zu sehen, wie ich auf die Einladung reagieren würde. Wie sehr wünsche ich mir Zugang zu dieser Welt. Ich wünsche es mir, aber ich verachte sie, ihr kindliches Verhalten, ihre Gedanken. Ich bin reifer als sie, bedeutender, erhabener.

Könnte ich ihnen doch den Wunsch erfüllen und, genau wie sie, Schokolade mampfen! Ich öffnete den Mund, da drängten sich die Blicke von allen Seiten und trafen sich auf meinen Lippen. Mit gespitzten Ohren lauschten sie, denn sie hatten mich noch nie sprechen gehört. Die meisten hielten mich wohl für stumm. Könnte ich doch bloss ein Stück Schokolade verschlingen! Ich bewegte meine Hand, da kam die zierliche Kommilitonin mit der Schokolade näher. Doch anstatt das Stück Schokolade zu nehmen, vergrub ich meine Hand in der Manteltasche, schüttelte den Kopf und schlug ihren Herzenswunsch ab.

Als wir nach der Vorlesung den Hörsaal verliessen, drängte ich mich an die Wand, um bloss nicht mit diesen vergnügten Körpern in Berührung zu kommen. Dann verdrückte ich mich in die Bibliothek, während sich die Studentinnen in ihrem Pausenraum versammelten, um sich ihre Kleider vorzuführen, sich Zigaretten anzuzünden und Witze zu erzählen – und mit ihren Abenteuern zu prahlen.

Die Bibliothek ist voll von Menschen unterschiedlicher Hautfarbe, Sprachen und Konfessionen. Wie kann man da von mir erwarten, mich in ein nützliches Buch zu vertiefen? Wie soll ich meine Gedanken sammeln können in diesem Gewirr und diesem Durcheinander?

In der Pausenecke erzählte eine libanesische Studentin ihrer jordanischen Freundin von ihrem vertrackten Problem: „Meine Schwägerin ist im Vorstand des Verbandes für Akademikerinnen, will mich aber nur dann aufnehmen, wenn ich ein leuchtend weisses Zeugnis in Händen halte. Ich habe versucht, sie zu überreden, mich aufzunehmen. Aber sie lehnt ab, sie besteht auf dem verdammten Zeugnis, das mir Tür und Tor zum Ruhm öffnet!" Die jordanische Studentin tröstete ihre Freundin: „Sie hat auch ein Zeugnis vorweisen müssen! Ende des Jahres kommen wir zu Ruhm: du und ich."

Ich dagegen bin hier, fasziniert von den ratlosen Gesichtern, die ihren Ruhm auf den Buchseiten zu finden meinen. Was will ich eigentlich an der Uni? Vielleicht berühmt werden? Was ist das nur für ein Ruhm, den man uns hier bietet?

Wieso beobachtet mich dieser junge Mann? Es freut mich, dass er meine Anwesenheit in der Bibliothek bemerkt. Er hat angenehme Augen. Sie sind nicht lüstern, rufen nicht nach mir, sind nicht lästig. Der Mann lacht mir zu, steht auf und verlässt die Bibliothek. Ich sammle meine Blätter ein und mache mich verwirrt auf den Weg zur Agentur.

In die Stille des verregneten Vormittags läutete das Telefon. Sofort nahm ich den Hörer ab. Die Stimme eines Angestellten strömte in mein Ohr: „Der Chef hat gesagt, ich soll die Gespräche für ihn zu Ihnen rüberstellen. Er kommt in einer Stunde zurück." Und er legte auf.

Ich erstarrte auf meinem Stuhl, völlig ratlos. Wie soll ich antworten? Was soll ich denn sagen? Soll ich etwa die Rolle übernehmen, die ich einen anderen Angestellten habe spielen sehen? Sollte ich vielleicht nur antworten: Nein. Ja. Ich werde es dem Chef ausrichten. Nein. Ja. Befehl vom Chef ... Wieder klingelte das Telefon. Ich presste den Hörer an mein Ohr und rief: „Ja."

Eine rauhe, aufgesetzt freundliche Stimme drang in meinen Kopf: „Hier ist die Botschaft von (...). Den Chef bitte." Dann ergänzte er: „Den Herrn Direktor."

„Er ist nicht da. Rufen Sie später nochmal an", erwiderte ich.

„Wie bitte?" schrie der Mann, als hätte er etwas Beängstigendes vernommen, „wiederholen Sie, was Sie gesagt haben!"

„Rufen Sie später nochmal an", antwortete ich kühl und horchte neugierig, wie seine Stimme auf meinen Ton reagierte.

„Später heisst wann?" brüllte er wütend.

Seine Frage brachte mich in Verlegenheit. „Sie können in einer Stunde anrufen", antwortete ich, „oder in zwei. Oder morgen. Es steht Ihnen völlig frei, den passenden Zeitpunkt zu bestimmen."

„Ist Ihnen eigentlich nicht klar", unterbrach er mich brüllend, „dass hier die Botschaft von (...) ist?"

„Natürlich ist mir das klar ..."

„Ihnen ist überhaupt nichts klar. Sie sind doch die neue Angestellte, oder?"

„Ja, ja, j..."

„Natürlich ist mir das klar!" äffte er mich nach, um mich einzuschüchtern. Dann legte er auf und liess mich vollkommen verängstigt und verwirrt zurück. Die Wolken verdichteten sich und verhängten das Stück Himmel vor dem einzigen Fenster, es wurde dunkel im Zimmer, und eine schmerzhafte, eisige Kälte kroch mir in die Fingerspitzen. Das Blut schoss durch die Äderchen in meinem Kopf. Alles um mich herum färbte sich bunt. Der kleine Bücherschrank rot. Die beiden Sessel glänzend schwarz. Das Stück Himmel grün, gelb, braun.

Ich habe Angst. Ich fürchte mich vor Donner, Sturm, Einsamkeit, Nacht. Ich schliesse die Augen. Ist Ihnen eigentlich nicht klar, dass hier die Botschaft von (...) ist? Die Botschaft, die Botschaft ... Ich ersticke.

Ich öffnete die Augen und freute mich über den Schimmer der Sonnenstrahlen, die die Wolken durchbrachen und sich zu einem schwachen Lichtgurt bündelten, der sich quer über die dunkle Wolkendecke legte. Ich bemerkte weder das Quietschen der eisernen Tür, die aufging, noch den Mann, der seinen Kopf in das graue Dunkel streckte, ich wandte mich dem Unbekannten dicht vor mir nicht zu. Es war seine dreckige Stimme, die mich aus dem Himmel zurück in dieses traurige Zimmer schleuderte: „Hat die Botschaft angerufen?"

Ich schauderte. Der verfluchte Kerl lachte, ich stellte fest, dass auch sein Lachen etwas Dreckiges an sich hatte. Ich stellte aber auch fest, dass mir dieser junge Mann aus der Stille, der Düsternis und der Zerstreutheit heraushalf, deshalb lächelte ich. Sein Blick wurde starr. Ich lud ihn ein, sich zu setzen, wodurch der Sessel seine wirkliche Farbe zurückerhielt. Verwundert beugte er sich vor und suchte in meinem Gesicht nach dem Geheimnis meiner Sanftmut und meiner Zuvorkommenheit.

„Bitte, was wollen Sie?" fragte ich mutig.

Er wurde blass und kaute hastig seinen Kaugummi. „Was ich will? Ich will? Nein, ich habe gar keinen Willen. Man muss mich zu allem drängen. Zu jeder Handlung. Jeder Bewegung. Oder jedem Ziel", murmelte er.

Ich machte ein finsteres Gesicht und stoppte ihn. Da deutete er auf mein Gesicht. „Los, du solltest lächeln", forderte er mich auf. „Wenn du so finster dreinschaust, bist du noch hässlicher."

Dieser unverschämte Kerl! Bin ich etwa hässlich? Ich hab zwar weder dunkles noch blondes Haar, aber hässlich bin ich nicht. Ich vergass ihn einen Augenblick, um mich in der Fensterscheibe zu betrachten, doch im trüben Glas lag nur die glatte Wand.

Ich bin schlank wie meine Mutter. Ist eine Frau etwa nur dann schön, wenn sie fett ist? Ich schleuderte dem Mann wütende Blicke ins Gesicht und dachte triumphierend: Dieser Widerling interessiert mich nicht, mich interessiert überhaupt kein Mann!

Als hätte er meine üblen Beschimpfungen erahnt, sagte er: „Ich bin ein Kollege von dir und habe gestern abend einige Blätter auf deinem Schreibtisch liegen lassen."

Mein Kollege? Mein Schreibtisch? Wieso benutzt der mein Büro?

„Ich arbeite nachts, ich übersetze geheime Informationen!" fuhr er fort.

Ich war verwirrt, und seine nächste Bemerkung entsetzte mich: „Und wir beide werden vom Ankara-Pakt finanziert!"

„Ankara ... Pakt ...", stammelte ich.

„Vom Pakt", fuhr er fort, „werde ich am Monatsanfang bezahlt. Meine Mutter bezahlt mich Mitte des Monats. Und am Monatsende bezahlen mich meine Freunde. Von allen lasse ich mich aushalten. Mit dem Geld stopfe ich das Maul meines habgierigen Zimmervermieters, ich bestreite davon meine Mahlzeiten im Restaurant, meine Bügelkosten, Verkehrsmittel, Zigaretten, Kleidung und Aufwendungen für Vergnügen!" Er hielt inne und lachte nervös: „Entschuldige. Ich habe einen besonderen Begriff aus dem Staatshaushalt benutzt. Du weisst, was mit diesen Aufwendungen gemeint ist, du bist kein Kind mehr. Du bist kein ..."

Ich wusste es und freute mich über meine Geistesgegenwart: Frauen. Nachtklubs. Alkohol. Glücksspiele ...

„Bin ich etwa verkommen", wollte er wissen, „wenn ich für eine Firma arbeite, die von einem ausländischen Bündnis finanziert wird, während in Syrien, wo ich geboren wurde und wo meine Mutter aus unseren Ländereien am Barâda profitiert, die Regierung mit einem anderen ausländischen Partner paktiert? Soll man mich doch einen Verräter nennen. Ich denke nicht daran, mein täglich Brot mit Füssen zu treten, um als Held zu gelten, der seine nationalen Prinzipien heiligt!" Er nahm gelbe Blätter aus einem Ordner auf dem Schreibtisch und sah mir vorwurfsvoll in die Augen. „Seien wir ehrlich. Verschaffen einem die Prinzipien etwa Essen, Trinken und Kleidung? Wir tun keinem weh. Und solange der einzelne bei uns als ein Nichts gilt, können wir uns doch ruhig am imperialistischen Vermögen bereichern!" Er ging hinaus.

Die Autohupe des Chefs lässt jedes Wort auf den Lippen der Angestellten ersterben. Kaum hatte ich Schritte in seinem Büro gehört, eilte ich auch schon, um ihm von dem Anruf zu berichten.

Der Chef wirkte geheimnisvoll und beängstigend, als er erwiderte: „Von dort komme ich gerade."

„Wie bitte?" rief ich.

Er antwortete nicht.

„Schon gut, schon gut", murmelte ich. Ich verliess das Büro, stolperte die Treppen hinunter und ging nach Hause.

An der Tür empfing mich meine Mutter freundlich: „Schön, dass du schon da bist. Dein Vater ist aus Kairo zurück. Und ich habe dein Lieblingsessen gekocht."

Ich scherte mich nicht um ihre freundliche Begrüssung, über Vaters Rückkehr freute ich mich auch nicht, und das „Beefsteak mit Püree" machte mich erst recht nicht glücklich. Wann begreift diese Frau endlich, dass ich heimkomme, um hier im Haus nach mir zu suchen? Nach meiner Natur. Nach Sicherheit. Ausserdem, wieso soll ich eigentlich dieses europäische Gericht lieber mögen als Machschi, Tabbûla und Kubba? Ich bin keine Europäerin. Wenn ich mich im Spiegel betrachte, weiss ich, dass ich vom ersten Menschen abstamme, der vor Tausenden von Jahren an unseren Küsten lebte und die ganze wunderbare Halbinsel besiedelte. Und obwohl ich weder dunkelhaarig noch blond bin, bin ich von hier. Ich bin keine Europäerin.

Ich trat vom Spiegel zurück, in dem die – dem amerikanischen Stil nachempfundenen – Möbel sichtbar waren, mit denen mein Vater seine Wohnung verschönerte. Ich betrat unseren traditionellen arabischen Salon. Da hängen Teppiche an den Wänden, Samtpolster ruhen schwer auf Holzbänken. Im Messingofen glüht ein rotes Feuer, und in den Ecken liegen Lederkissen, extra für meinen Vater von „al-Hindi" angefertigt. Dort die arbeitslose Wasserpfeife, traurig wartet sie in einem Winkel auf zwei Lippen, die an ihrem Mundstück nuckeln.

In unserem Haus fühle ich mich verloren: Ich bin keine

Orientalin und auch keine Europäerin. Ich bin weder frei noch bin ich unterdrückt. Ich bin weder blond noch dunkel.

Wir setzten uns um den Esstisch, erschöpft von den Küssen, die uns Vater in rauhen Mengen auf die Stirn gedrückt hatte.

War das Geschäft erfolgreich? Mein Vater stört mich mit seinem Geklapper. Er wirkt so verloren zwischen Löffel, Gabel und Suppenteller. Meine Mutter rüttelte mich wach: „Willst du denn nichts essen?"

„Doch ... doch ..." Um nach dem Löffel zu schnappen, beugte ich mich etwas vor. Meine jüngere Schwester, die Blonde, unterdrückte ein Lächeln, und die ältere, die Dunkelhaarige, war geistesabwesend, ganz weit weg, sie bereitete sich wohl auf eine Vorlesung über Atomphysik vor. Und Bassâm, der Kleine, fragte Vater ein Loch in den Bauch. Gibt es in Kairo auch Kindersoldaten? Gibt es dort Panzer, die auf den Dächern fahren? Haben dort kleine Jungs so grosse Revolver wie ihre Papis, die Offiziere? Gibt es dort ...? Und haben dort ...? Als hätte mein kleiner Bruder in seinem Kopf lauter Schlachtfelder samt ihrem Getümmel, ihren Tragödien, Grausamkeiten, Triumphen und ihren Heldentaten. „Wieso hast du mir ein Auto mitgebracht? Ich wollte doch, dass du mir einen Panzer aus Ägypten mitbringst. Wieso hast du mir keinen Panzer mitgebracht? Wieso? Wieso?" stellte er Vater zur Rede.

Mein Vater wischte sich den Mund mit einer weissen Serviette und blickte verunsichert in die Runde: „Ich werde dir einen Panzer aus London mitbringen", sagte er.

Ich seufzte. Wird er etwa die ägyptischen Zwiebeln nach London exportieren?

Amal, die Blonde, starrte vor sich hin und überlegte, ob es wohl noch sehr lange dauern würde, bis die fünfundzwanzigtausend Pfund auf der Bank sind. Die Dunkelhaarige kümmerte das nicht. Wenn sie nämlich über etwas Wissenschaftliches nachdenkt, existieren keine Länder, Grenzen und Namen mehr für sie.

Mutter stürzte sich auf den Kleinen, um ihn zu trösten und ihm die Tränen zu trocknen. Gleichzeitig umfing sie Vaters Gesicht mit stolzen und zärtlich gerührten Blicken.

„Gefallen dir die Tasche und die Sandalen von Amal?" fragte Vater. Verstohlen schaute der Kleine zu Amal und schüttelte den Kopf. „Sie sind schön, aber ich bin kein Mädchen", antwortete er.

Stolz auf seinen Stammhalter lachte Vater auf und sagte mit einem Seitenblick auf mich: „Ich bringe dir einen Panzer aus Paris mit! Was hältst du davon?"

Darauf fing mein Bruder wieder an zu weinen. Die Tränen perlten ihm über die glühenden Wangen. „Ich will aber einen aus Ägypten und nur aus Ägypten", beharrte er.

Verärgert versuchte Vater, mit seinem dickköpfigen Sohn fertigzuwerden. „Ich bringe dir einen aus Ägypten mit", versprach er, „aber hör auf zu weinen. Männer weinen nicht!"

Ich entfernte mich aus dem Esszimmer und fiel ins Bett. Die Wolken kündigen eine stürmische Nacht an. Die Angst wird mir die Knochen zermalmen.

7

Endlich erhielt ich meine ersten zweihundert Pfund. Mit zitternder Hand unterschrieb ich die Abrechnung. Der Buchhalter hauchte ein kaum hörbares Dankeschön und liess mich mit dem Geldbündel allein, damit ich es beschnupperte, befühlte und mir die Zahlen auf den Scheinen genau anschaute. All dieses Geld werde ich ausgeben, ohne Kontrolle und ohne Bevormundung. Innerhalb einer einzigen Stunde!

Ein Kopf schaute zur Tür herein und ruinierte meine Zweisamkeit mit meinem Kind, dem Gehalt. Es war Walîd, der nachts in der Agentur arbeitete.

„Hallo, Walîd", begrüsste ich ihn.

Er freute sich über meinen freundlichen Gruss, merkte aber, dass meine Liebenswürdigkeit ihm gegenüber eine Reaktion auf die magische, in meinen Händen ruhende Summe war.

„Darf ich bei dir eine Zigarette rauchen?" fragte er mich.

„Du kannst sogar zwei Zigaretten bei mir rauchen!"

Verwirrt murmelte er: „Nur wer sich mit dir unterhält, lernt dich wirklich kennen ..."

„Was sagen denn", unterbrach ich ihn neugierig, „die anderen Angestellten über mich: Halten sie mich vielleicht für hochmütig? Überheblich? Dumm? Was sonst?"

Er neigte den Kopf und hob ein Streichholz an seinen Mund, dabei fragte er träge: „Scherst du dich etwa um belangloses Zeug?"

Ein unverschämter Mann, dachte ich wutend, aber er leistet dem grünen Sessel Gesellschaft und gibt ihm einen Sinn.

Er zog den Zigarettenrauch tief ein und folgte mit dem Blick der aufsteigenden weissen Wolke. Als ich hastig die Geldscheine wegstopfte, drehte er den Kopf und beobachtete, wie meine Hand in der Tasche verschwand, gleich darauf wieder zum Vorschein kam und auf der kalten Glasplatte erstarrte. Gehässig lachte er auf. „Du bist genau wie ich", erklärte er. „Es kommt dir nicht darauf an, woher das Geld ist. Wichtig ist nur, dass du welches kriegst, damit du dir die herrliche Freiheit leisten kannst."

Ich stockte. Bin ich genau wie er? Nein, ich gleiche keinem anderen Menschen. Er übersetzt nachts geheime Informationen ins Arabische, ich dagegen schlage tagsüber die Zeit tot und schiebe ausgeruht und ohne etwas zu sagen hinter diesem eleganten Schreibtisch eine ruhige Kugel. Er riss mich aus meinem Schweigen, indem er vorschlug: „Isst du mit uns zu Abend?"

Die Worte, mit denen er die Einladung aussprach, zerplatzten in meinem Kopf, verstopften meine Ohren und bedeckten meine Augen mit einem Schleier von Verwirrung. Zum ersten Mal lädt mich ein Mann zum Abendessen ein. Ein Rausch von Eitelkeit durchströmte mich. Ein Mann lädt mich zum Abendessen ein! Wird der Tisch von schwachem Kerzenschein beleuchtet sein? Werden wir, er und ich, umgeben sein von Vasen voller Rosen? Wird Musik aus einem fernen Winkel uns trunken machen? Ich verbarg meinen Blick in den Blättern vor mir. Isst du mit uns zu Abend? Mit uns? Ich riss den Blick von den Blättern und warf ihn auf sein Gesicht. „Hältst du mich eigentlich für ordinär?" fragte ich.

Er wurde verlegen und versuchte zu erklären, warum er mich einladen wollte.

„Ausserdem", unterbrach ich ihn, „wer sind denn die anderen, mit denen du mich zusammen einlädst?"

Sein Blick trübte sich, er knirschte mit den Zähnen. „Wer die sind? Es sind die Teufel, die mich verfolgen. Wenn ich über die Strasse gehe, dann ruft einer davon seinem Freund zu: Wohin des Wegs, Mister Eden? Und Mister Eden, das bin ich."

Ich lächelte. Da verzog er das Gesicht und fuhr fort: „Und wenn ich zufällig einem anderen im Café begegne, kommt er angekrochen und bittet den Ober, mir schnell einen Pariser Kaffee zu bringen, denn Monsieur ist es nicht gewohnt, arabischen Kaffee zu trinken. Und der Monsieur, das bin ich."

Als ich grinste, schrie er: „Heute abend werde ich die giftigen Stimmen ersticken. Ich lade sie alle zum Essen ein. Ich werde sie speisen von meinem Gehalt. Vom Blut, das mein Körper in dieser Agentur vergiesst. Dabei werden sie sich über alles mögliche unterhalten. Über meine noble Familie in Damaskus. Über meine feudalen Vorfahren, über die Schatten unserer Gärten. Über unsere Wohltaten unseren Brüdern, den Bauern und ihren Kindern gegenüber. Über meine exquisite Ausbildung, die mir einen Haufen ehrliches Geld einbringen wird. Über meine Freundlichkeit und mein zartfühlendes Interesse für Freunde. Gläserklingen, Lichterglanz. Sie scharren mit den Schuhen, die ich ihnen gekauft habe. Für eine einzige Nacht werde ich Herr über ihre Zungen sein, und diese Zungen werden am nächsten Tag weiter ihren Spott mit mir treiben, wenn ich auf dem Gehsteig wandle. Im Café. An jedem beliebigen Ort. Aber sag doch, nimmst du meine Einladung an?"

Sein Gerede nervte mich. „Was sagst du mir nach, wenn ich deine Einladung annehme, und was, wenn ich ablehne?" wollte ich wissen.

Er tat verzweifelt. „Wenn du sie annimmst, dann beabsichtigst du, unsere Beziehung von der Kollegialität zur Freundschaft anzuheben. Wenn du ablehnst, bist du feige!"

„Dann bin ich eben feige. Und will dich weder als Kollegen noch als Freund."

Gescheitert sprang er vom Sessel auf und rannte hinaus. Hinter sich schlug er die Tür kräftig zu. Ich seufzte. Er will, dass ich genauso bin wie er. Dieser niederträchtige Kerl! Ich nahm meine Tasche und stieg beschwingt die Treppe hinab. In die Stadt, um all die strahlenden verführerischen Schaufenster zu besichtigen.

Der Verkäufer bei „Capri" im „Langen Markt" beachtete mich nicht, als ich mir einen gelben Pullover mit glänzenden Perlmutterknöpfen in der Vitrine anschaute. Er bediente eine schöne, elegante Dame, in deren Handtasche es von Hundertpfundscheinen nur so wimmelte. Es ist seine Aufgabe, sich gegenüber Frauen gefällig zu zeigen, die Spitzen tragen, eine Leidenschaft für Kleider haben, Augenschminke und Lippenstifte mit sich herumschleppen, Brillanten und Perlen verschlingen. Die Frau erstickt fast an ihrem Lachen. Das bedeutet, sie wird ganz bestimmt ihre Handtasche öffnen. Wieso sollte sich der Verkäufer da um ein mageres Mädchen kümmern, das sich nicht aufs Lachen versteht, das keinen Sinn für die Geheimnisse der Eleganz hat, ihr Gesicht nicht im Spiegel betrachtet, es farblos und trist belässt, es vernachlässigt? Arm dran ist der Mann, der diese Frau ernährt! Arm dran bin auch ich, weil ich mich selbst ernähre und weil mein Gehalt nicht ausreicht, um den gierigen Blick des Verkäufers auf mich zu lenken!

Ich riss den Verkäufer aus dem Manöver gegenseitiger Verführung, mit dem er die Frau dazu bringen wollte, ihre Handtasche zu öffnen, während sie ihn zwang, sie freundlich zu behandeln, ihr zu schmeicheln und ihre schöne Statur zu loben. „Was kostet der gelbe Pullover?" fragte ich ihn.

Die Augen des Mannes blitzten auf, und sein Mund verzog sich zu einem abschätzigen Lächeln. Er kehrte mir den Rücken und wandte sich wieder der Frau zu. „Neunzig Pfund", antwortete er.

Neunzig Pfund für einen Wollpullover? Ich runzelte die Stirn, die Frau zündete sich eine Zigarette an, und der Verkäufer warf mir einen strengen Seitenblick zu: Hier wird nicht gefeilscht. Hier sind die Preise festgelegt. Der Pullover kostet neunzig Pfund. Kein Feilschen. Der Preis ist festgelegt. Hier kaufen Millionäre. Frauen, die einen Ernährer haben. Neunzig Pfund.

Hundert Pfund für die monatlichen Unigebühren. Fünfundzwanzig Pfund für den Arzt, den ich aufsuchen werde, um meinen starken Husten zu behandeln. Ich werde nicht zu unserem Hausarzt gehen. Ich werde allein eine Arztpraxis aufsuchen. Allein das Ergebnis der ärztlichen Untersuchung erfahren. Allein das Medikament in der Apotheke kaufen. Allein. Von meinem Gehalt bleiben mir dann noch fünfundsiebzig Pfund. Davon bezahle ich meine Fahrtkosten, kaufe mir Schuhe mit hohen Absätzen und einen Lippenstift.

Ich stahl mich fort aus dem „Langen Markt", betrat das Geschäft „Amatouri" und fragte die freundliche Verkäuferin nach einem zu meiner Hautfarbe passenden Lippenstift.

„Zum ersten Mal", rechtfertigte ich mich, „schmiere ich mir rote Farbe auf die Lippen. Ich bin nicht dunkelhaarig und auch nicht blond, welche Farbe passt wohl am besten zu meinem Teint?"

Die Augen der netten jungen Frau umspielte ein Lächeln, das ihr Geschick zu erkennen gab, die Wünsche der Kundinnen zu erfüllen. Auf der Glasplatte vor mir reihte sie alle möglichen Rottöne der verschiedensten Modeschöpfer auf: Carven, Elisabeth Arden, Westmoor, Max Factor. Viele Namen, aus Amerika und aus Europa. Mich verblüffte, dass manche Leute ihr Leben damit vergeuden, Farben für Lippen zu mischen.

Die Verkäuferin merkte, dass ich mich nicht entscheiden konnte, und wählte einen gedämpften, ruhigen Ton. Sie ergriff meine Hand und strich Lippenstift auf meinen Handrücken. Als ich nichts sagte, öffnete sie eine Schublade, nahm eine kleine Schachtel heraus, die sie in ein durchsichtiges Papier wickelte, holte ein Heft hervor und notierte den Preis darauf. Ich achtete nicht auf die Schachtel mit dem geeigneten Rotton, sondern beobachtete furchtsam die Hand der Verkäuferin, die den Preis auf das Papier zeichnete. Ein Pfund, zwei Pfund, drei, vier, vier Pfund kostet ein einziger winziger Lippenstift! Pro Monat brauche ich zwei Stück davon, um die Welt meiner vollen Lippen zu verschönern. Die Kassiererin gab mir auf den Fünfpfundschein ein Pfund heraus. Berauscht lief ich hinaus und kaufte mir drei Knäuel Wolle und zwei Aluminiumstricknadeln, um für mich selbst einen gelben Pullover zu stricken, der mich nur dreissig Pfund kosten würde.

Zu Hause konnten sie nicht begreifen, dass ich mit dem Kauf der Wolle, die ich selbst verstricken wollte, sechzig Pfund gespart hatte.

„Ich kauf dir den Pullover bei ‚Capri'", sagte meine Mutter, „aber ruinier dir nicht die Gesundheit mit endloser Strickerei."

„Auch in zehn Jahren wirst du das nicht schaffen, wo du doch so knapp an Zeit bist mit der Universität und der Agentur", warnte mein Vater.

„Wickle dir doch lieber die Fäden um den Leib, statt jede Masche einzeln zu stricken", riet meine Schwester.

Gleich am Mittag, als ich nach Hause kam, fing ich an zu stricken, sonst hätte ich bestimmt meine Meinung geändert. Doch ich spüre, wenn ich die Stricknadel in die Masche auf der anderen Nadel steche, den Faden herumwickle und das Ende der Stricknadel wieder befreie und so weiter und so fort, so dass die Strickarbeit wächst und wächst — ja, dann spüre ich, dass ich ein Mensch bin, der gibt, der eine Arbeit leistet und das Produkt dieser Arbeit erntet. Es macht mich glücklich, dass im Haus nur noch über ein Thema gesprochen wird: Wem gehört die Wolle? Die Wolle gehört Lîna. Lîna strickt einen Pullover. Lîna hat die Ärmel schon fertig.

8

Als ich die Augen aufschlug, war mein Bett in Dämmerlicht getaucht. Bedrückende Stille umhüllte den Spiegel, das geschlossene Fenster, das Buch und sogar die dicke Wolldecke. Ich stürzte zum Fenster, um den Strassenlärm in mein furchterregendes Zimmer hereinzulassen. Die Dächer, Hauswände, Fenster, die Gehsteige, der Asphalt – alles schien zu keuchen und zu seufzen nach einer Nacht, in der Regen und Sturm gewütet hatten. Schneidende, frostige Kälte kroch mir in die Brust. Ich schloss das Fenster und machte mich fertig, um zur Arbeit zu gehen.

Vergeblich versuchte ich, den bohrenden Kummer in Mutters düsterem Blick zu ignorieren. Soll sie doch zusehen, wie sie allein zu Rande kommt mit ihren Sorgen! Ratlos irrte sie umher zwischen Badezimmer, Küche und Esszimmer. Soll der Kummer ihr doch die Augen zerfressen! Sie macht mich mit ihrem Kummer nervös. Sie tut mir unendlich leid! Aber was kann denn ich dafür, dass Vater aus geschäftlichen Gründen trotz des Unwetters bei Sonnenaufgang nach London gereist ist, um ihr Brillanten ans Handgelenk hängen, der Blonden und der Dunkelhaarigen Bankkonten eröffnen und für Bassâm einflussreiche Geschäftsbeziehungen aufbauen zu können.

Endlich sagte sie etwas, das mich milder stimmte: „Wo bleibt denn bloss diese Schneiderin? Es ist schon neun Uhr. Der Tag ist bereits gelaufen. Ich habe ihn extra gebeten, seine Reise zu verschieben. Der Himmel ist eine einzige Wolkendecke. Was ist bloss los mit dieser verflixten Schneiderin?

Erst gibt er dem Chauffeur frei, und dann reist er noch bei Nacht mitten im Gewitter ab. Dreissig Jahre habe ich damit vertan, auf ihn zu warten." Sie rieb sich die Hände an den Schenkeln, rannte mir nach, hielt mich an der Fahrstuhltür fest und überschüttete mich mit ihrem Frust: „Wie lange muss ich mich noch für euch herumplagen? Du hasst mich, du ..."

Wütend stiess ich ihre Hand von meiner Schulter und brüllte: „Wer hält dich denn? Hab ich dich etwa gezwungen zu heiraten und Kinder zu kriegen? Bin ich dafür verantwortlich, dass du dich für deinen Mann abrackerst und nur noch Haut und Knochen bist?" Ich drückte auf den Knopf, fuhr abwärts, während ihr schwarze Tropfen aus den Augen liefen. Ich sei unerzogen. Ich sei gemein. Ich sei ...

Ziellos lief ich durch Strassen, die viele Stunden von schlammigen Wassermassen überspült gewesen waren und nun, nackt und bloss, zitterten. Vor mir erstreckten sich die quadratischen Steinplatten des Gehwegs. Sie wurden immer mehr. Ich folgte ihnen um Kurven, nahm unebene Stellen, schlitterte auf einer Orangenschale, die sich mir in den Weg gelegt hatte. Ich zertrat eine Zigarette, die ein Passant soeben weggeworfen hatte. Er sah zum Himmel, als wollte er seinen Blick einem Stern um die Hüfte legen, der hinter den Wolken funkelte. Er sog Luft von den Bergen ein und den feuchten erdigen Geruch, der aus den Spalten zwischen den Steinplatten aufstieg.

Plötzlich befand ich mich am grossen Tor der Agentur. Ich bin gemein, gemein, ein Nichts, auch in der Agentur, fuhr es mir durch den Kopf.

Die Stimme des Pförtners riss mich aus dem Gefühl, minderwertig zu sein. „Darf ich Ihnen mit dem Briefkasten behilflich sein?"

Erfreut erklärte ich mich einverstanden. Bestimmt hat er eine Beschwerde in den Briefkasten geworfen. Mir voran tauchte er, über Papiersäcke steigend, in die Dunkelheit. Ich biss mir auf die Lippen, um meine Enttäuschung hinunterzuschlucken: Der Briefkasten war leer. Lotterleer. Und der Pförtner machte gute Miene zum bösen Spiel. Der alte Sack legte mir Säcke in den Weg, damit ich die gemeine und hinterhältige Absicht des Chefs, die sich dahinter verbarg, nicht durchschaute!

„Morgen", entschuldigte sich der Mann, „werden die Säcke weggeschafft." Der Pförtner ist und bleibt ein Hohlkopf. Und die Agentur ein Haufen monotoner, stummer und eingeschüchterter Feiglinge. Dafür, dass ich nichts tue, wird mir ein monatliches Gehalt von zweihundert Pfund gezahlt. Dafür, dass ich jeden Morgen den Briefkasten öffne und wieder schliesse. Dieses Geld schnürt mir die Kehle zu.

Die Schritte des Chefs im Büro nebenan raubten mir den letzten Nerv, ich rieb mir die kalten Hände. Meine Mutter hat recht. Dieser Tag will nicht enden! Es wird ein langer Tag. Er will nicht enden. Ich nahm den Hörer ab und wählte Anschluss 14. Schrill läutete es in meinem Ohr, eine Frauenstimme folgte: „Beim nächsten Ton ist es zehn Uhr, siebenundfünfzig Minuten und vierzig Sekunden. Beim nächsten Ton ist es zehn Uhr, achtundfünfzig Minuten ... Beim nächsten Ton ist es elf Uhr und dreissig Sekunden. Beim nächsten Ton ist es ... Beim nächsten Ton ist es ..."

Mir war schwindlig, ich schloss die Augen, legte den Kopf auf die Arme und schlief ein, und das zu einer Tageszeit, in der man fleissig und produktiv zu sein hat. Kaum war ich wieder wach, nahm ich den Hörer wieder ab, und die Frauenstimme sagte: „Beim nächsten Ton ist es zwölf Uhr, vierundzwanzig Minuten und sechzehn Sekunden. Beim nächsten Ton ist es zwölf Uhr ..." Ich knallte den Hörer auf das schwarze Gerät, das auf der Glasplatte stand, und floh in den Vorraum. Als ich Walîds vertrautes Gesicht aus einem Büro herausschauen sah, freute ich mich. Ich formte meine Lippen zu einem Lächeln. Er drehte sich um und schlug mir die Tür vor der Nase zu. Wie angewurzelt blieb ich stehen. Meine Lippen brannten vor Spott über diesen niederträchtigen Kerl. Mein Blick prallte mit dem des Wachmanns zusammen, der vor dem Büro des Chefs lauerte. Ich lief zurück zum Hörer und erhielt eine Lektion über den unablässigen Sturm, der in Anschluss 14 wütete.

Ungefähr um sechzehn Uhr, drei Minuten und ... Sekunden befahl uns der Philosophieprofessor, aufmerksam zuzuhören. Ich höre aufmerksam zu. Ich verwandle mich in ein einziges gespitztes, interessiertes Ohr, das die leiseste Vibration wahrnimmt. Ich höre einen Vogel, der sich auf einem trockenen Zweig im Universitätspark niederlässt und zwitschert. Ich spüre das Lachen eines Kommilitonen dicht hinter mir. Es ist schmerzhaft, quälend. Ich werde schreien, wenn dieses Schwein nicht endlich aufhört, mir eisige Brocken auf den Nacken und hinter die Ohren zu packen, an den Nerven meiner Hand zu zerren und mir Fleischfetzen vom Schenkel zu reissen! Dabei beobachte ich den Beginn eines Techtelmechtels zwischen einem Kommilitonen und einer Kommilitonin. Er zwinkert ihr auffordernd zu, und sie lächelt zustimmend. Ich höre sogar noch den Knall, mit dem das Fenster gestern abend vom Hausmeister geschlossen wurde, höre den Hilfeschrei eines Vogels im Dunkeln, dessen Nest der Regen verwüstet hat. Nur eines höre ich nicht: die Stimme des Professors, der den Studenten sein Wissen hingebungsvoll und sanft eintrichtert.

Nein, dieser Tag will nicht enden! Ich raffte meine Blätter zusammen, stopfte sie in die schwarze Ledermappe, stand auf und verliess den Saal. Die Kommilitonen und der Professor bohrten mir mit ihren Blicken Löcher in den Rücken. Ich stellte mir vor, Blut würde austreten und mir unter der Kleidung über den Rücken laufen. Ich trat auf den Hof der Uni und hörte die Uhr schlagen: sechzehn Uhr, fünfzig Minuten und ... Sekunden. Das wird ein langer Tag.

Was denn, lächelt der Kommilitone mir zu? Mir? Ich sah mich um, doch an diesem trostlosen Abend standen nur Bäume mit nassen Stämmen da. Die Studenten eilten auf dem Weg zwischen den Hörsälen an ihnen vorbei, kümmerten sich nicht um sie, sahen nicht einmal, dass sie nackt waren.

Der Unbekannte kam auf mich zu, blieb vor mir stehen und säuselte: „Hello." Dann verschwand er zwischen den nassen Baumstämmen. Wütend lief ich auf die Strasse. Hello. Hello. Ich kann Englisch nicht ausstehen, ich kann es nicht ausstehen, wenn wir uns in dieser Sprache grüssen, ebensowenig könnte ich es ausstehen, in dieser Sprache zu beten. Als wäre dieser Mann, der sein ganzes Leben in einem arabischen Land verbracht hat, nicht in der Lage, in unserer Sprache zu grüssen. Hello. Hello. Das Wort raubt mir allmählich die Nerven. Es liegt nicht an den Studenten. Es liegt daran, dass ich weder dunkelhaarig noch blond bin. Woher soll er wissen, dass ich von hier stamme, aus dem Libanon?

Hello. Hello. He ... Das Wort blieb in meinem Kopf hängen, hämmerte mir eine monotone Melodie gegen die Schläfen. An der Strassenbahnhaltestelle blieb ich stehen, versuchte meinen Zorn zu ersticken. Die Wartenden auf dem Gehsteig verstanden nicht, warum ich mich zu ihnen stellte. Alle sahen zu, wie die Strassenbahn bergauf schlich, zielstrebig dem rotweissen Schild „Haltestelle" entgegen. Die Strassenbahn hielt an, sie drängten sich hinein wie kleine Fische in das Maul eines gewaltigen Wals. Einige stellten sich auf die Plattform am Eingang, andere klammerten sich an die eisernen Fenstergitter. Ein junger Mann stützte sich auf die Schulter eines Mädchens. Ein älterer Mann betatschte den Rücken einer parfümierten Frau. Ein kleines Mädchen wurde bleich, als es sah, wie die Hand eines Fremden über die Brust seiner Mutter wanderte.

Die Fahrgäste an den Fensterplätzen wunderten sich, dass ich wie gelähmt an der grauen Wand stehenblieb. Die Strassenbahn schleppte alle mit sich fort, entfernte sich, gefolgt von den Scheinwerfern ungeduldiger Autos, deren Räder langsamer auf den Schienen rollen mussten. Von neuem sammelten sich Menschen an der Haltestelle, und ich tauchte ein, tauchte ein in das Meer roter und gelber Lichter.

Die Strassenbahn hat Schienen mitten auf der Strasse. Autos haben Parkplätze. Menschen haben Gehsteige. Nur ich bin verloren, eine Fremde, die ihren Platz sucht. Mein Vater ist in London, wickelt sein Zwiebelgeschäft ab, von dessen Erfolg mein Schicksal abhängt, fünfundzwanzigtausend libanesische Pfund. Meine Mutter und die Schneiderin sind zu Hause und schneiden einen geblümten Stoff zu, um damit die Wohnzimmersessel zu beziehen. Die Blonde steht am Tor des amerikanischen Mädchenkollegs, das kehlige Gewisper in ihren Ohren lockt einen Mann an, der sie zu einer Spazierfahrt einlädt. Mit einem Flitzer rasen sie am Strand entlang und hören nicht, dass er klagt ... Die Dunkelhaarige käut die Zeit wieder zwischen einem Stift, einem Buch und der Praxis eines Augenspezialisten.

Plötzlich fand ich mich zu Hause wieder, ich fragte mich, wie ich hierher gekommen war. Mir wurde klar, dass wir alle Gewohnheitstiere sind und jener Eigenschaft unterliegen, die das Kamel zum Führer durch die Wüste macht. Denn dieses hat die Fähigkeit, sich alle einmal gegangenen Wege einzuprägen. Es ist die Gewohnheit, die mich wie im Rausch von der Strasse in das schlossähnliche Haus trieb, in dem ich lebe.

Freudestrahlend empfing mich meine Mutter. Die Schneiderin ist da. Seit heute morgen. Ich teilte ihre Freude nicht. Ich herrschte nicht einmal Bassâm an, der mich, seine Eisenbahn hinter sich herziehend, anrempelte. Erschöpft ging ich, die Tüte mit dem Strickzeug in der Hand, ins Wohnzimmer. Nervös ordnete die Schneiderin den Kragen ihres Kleides und rieb sich die Nase, an ihrer Nähmaschine sammelte sie sich wieder und warf mir ab und zu einen argwöhnischen Blick zu.

Ich lehnte mich im Sessel zurück, legte die Beine auf einen Stuhl und öffnete die weisse Tüte. Ich neigte den Kopf darüber und betrachtete die gelbe Wolle. Ich schob die Spitze einer Stricknadel in die Masche auf der anderen Nadel, wikkelte den Faden herum, zog die Nadelspitze wieder heraus, stach mit der Nadelspitze wieder hinein, wickelte den Faden herum. Stach, wickelte, bis eine Reihe fertig war. Meine Lippen formten ein feuchtes, geschmeidiges Lächeln, das den Blicken der Schneiderin nicht entging. Sie räusperte sich und brach das verkrampfte Schweigen. „Was strickst du denn da?" fragte sie mich.

„Einen Pullover, einen Pullover für mich", antwortete ich freundlich.

„Die Farbe ist grossartig", schmeichelte sie sich rasch ein. „Du brauchst aber Monate, um ihn fertigzukriegen."

So ein verfluchtes Luder! Es rief mir die Schläge vom Anschluss 14 ins Gedächtnis zurück, rüttelte sie wach in jedem Nerv. Kaltes Blut schoss mir durch den Körper. Meine Armmuskeln wurden schlaff, das Strickzeug fiel mir zwischen die Füsse, verwirrt eilte ich zum Telefon. Beim nächsten Ton ist es zwanzig Uhr, fünfundvierzig Minuten und vierzig Sekunden. Beim nächsten Ton ist es ... Beim nächsten Ton ist es ... Die eisige Kälte verschwand erst, als ich den Hörer immer wieder, immer wieder auf die Gabel knallte. Ich kehrte zurück ins Wohnzimmer.

„Lîna, der Tisch ist gedeckt. Iss doch wenigstens einmal in der Woche mit deinen Geschwistern zu Abend", wies mich meine Mutter an. „Lîna, hörst du, was ich sage? Lîna!"

Ich sehe, wie sie die Schneiderin mit zwei Stück Kuchen füttert. Ich sehe, wie sie den matten Ehering an der linken Hand trägt. Und ich sehe, wie stolz sie auf Vaters Vermögen ist, stolz auf ihre gute Haushaltsführung und ihre Sparsamkeit. Sie näht zu Hause neue Sesselbezüge, während andere Damen ihres Standes sich jedes Jahr eine neue Wohnzimmergarnitur anschaffen. Ich sehe, wie mager sie ist, magerer, als es meinem Vater gefällt.

Ich reagierte nicht. Alles, was ich wollte, war ein greifbares Ergebnis, bevor der Tag zu Ende war.

Flüsternd beklagte sie sich bei der Schneiderin über mein Verhalten. Ich nahm die weisse Tüte mit dem Strickzeug und verzog mich in mein Zimmer, stach mit der Nadelspitze hinein, wickelte den Faden herum, zog die Nadelspitze heraus. Eine Reihe folgte der anderen. Es wurden immer mehr. Der Ärmel meines gelben Pullovers wuchs. Als ich meinen Kopf auf das Kissen legte, dachte ich: Ich stricke den Pullover, er ist für mich, er gehört mir. Und die fünfundzwanzigtausend Pfund gehören ganz allein meinem Vater.

9

Seit einigen Augenblicken schwebt der kleine Briefkasten im Hörsaal, seine hellblaue Erscheinung im Raum zieht all meine Aufmerksamkeit auf sich. Ich lausche dem Professor nicht, der heute eine philosophische Theorie erläutert, wie er uns letzten Donnerstag in Aussicht gestellt hat.

Während der Briefkasten zwischen dem Kopf des Professors und der Decke so auf- und abschaukelt, geht mir durch den Kopf, dass ich meine Zeit in diesem kalten Saal für nichts und wieder nichts absitze. Sitze ich sie ab? Nein. Ich vergeude sie, nähre Traditionen. Schwachsinn. Enttäuschungen.

Wie ich den Saal betreten hatte, verliess ich ihn, ohne ein Stück Papier, ohne Buch, ohne Füllfederhalter. In der zitternden Hand hielt ich meine Handtasche, in der so wenig Geld lag, dass ich mir nicht einmal ein Paar billige Nylonstrümpfe aus der einheimischen Produktion davon leisten konnte, um die Strümpfe mit der Laufmasche, die ich trug, zu ersetzen. Ich hätte den Mann treten sollen, als er mir auf den Fuss getreten war. Doch war er ein weisshaariger, kranker Mann, der wahrscheinlich nur fünf Piaster für die Strassenbahn besass. Auch ich besitze nicht einmal zweieinhalb Pfund für neue Strümpfe. Wieso hat er mir vorhin die Strümpfe ruiniert? Ist das Wort „Verzeihung" etwa eine ausreichende Entschädigung für den Verlust der Strümpfe? Wie einfältig und unrealistisch wir doch sind! All die Studenten, die im Hof dicht gedrängt auf den Steinen sassen, die der Regen nachts gespült hatte, sie alle waren Dummköpfe!

Zusammen mit anderen Kommilitoninnen näherte ich

mich einer Gruppe von Studenten, ihr Gespräch drehte sich um den amerikanischen Plan zur Lösung des Nahostkonflikts. „Die Presse bei uns", rief einer aufgebracht, „ist unfrei. Und ausserdem ist sie kriminell, denn sie verbreitet das Gift, mit dem der arabische Nationalismus in der gesamten arabischen Gesellschaft und ganz besonders im Libanon zerschlagen werden soll!"

„Aber auch die ausländischen Nachrichtenagenturen", entriss ihm ein anderer das Wort, „auch die sind verlogen, sie verkaufen ihre Lügen für teure Pfund und Dollar!"

„Aber das Volk", unterbrach ihn ein dritter, „ich meine wir, also du ..." Er streckte den Arm aus, berührte mich an der Schulter und fuhr fort: „Und du. Und du. Und du. Wir alle sind Feiglinge, Opfer. Der Plan ist ein Verhängnis, er wird uns das Blut aussaugen!"

Die Runde setzte sich zusammen aus Studenten verschiedener arabischer Länder, ausländische Studenten kamen vorbei, blieben einen Moment mit zusammengekniffenen Augen stehen, wenn sie ein englisches Wort hörten, gingen aber wieder weg, wenn die Diskussion auf arabisch weiterging. Die Studenten vertraten jeweils eine bestimmte gesellschaftliche Organisation, eine Partei oder die Interessen einer herrschenden Person. Betroffen stand ich da und schwieg. In ihrer Gesellschaft fühlte ich mich einsam und beklommen, ein Nichts, und als ich spürte, wie verloren ich war, begann ich sie zu hassen. In ihren Köpfen steckten nur falsche, irgendwo aufgeschnappte Ideen, gefährlicher als imperialistisches Gift.

Ich öffnete den Mund und wollte etwas sagen. Da bewegten sich ihre Köpfe im gleissenden Sonnenlicht: Rote.

Schwarze. Blonde. Alte. Junge. Dunkle. Die Augen hefteten sich an meine aufsässige, dreiste Brust. Vorsichtig betrachtete ich diese Augen. Sie waren hungrig, bereit, sich ins Blutmeer der Völker zu stürzen, nicht um die sozialistische Idee zu verbreiten, nicht um die arabischen Staaten unter dem Dach eines Parlaments zu vereinigen, nicht um Palästina zurückzugewinnen, nicht um Algerien zu befreien, wie sie noch vor wenigen Augenblicken gefordert hatten. Sie waren bereit und willens, sich gegenseitig bis aufs Blut zu bekämpfen, um Lippen zu küssen, um Brüste zu grapschen.

Ich biss mir auf die Lippe und stammelte: „Was uns fehlt, ist die aktive Auseinandersetzung."

Gereizt sprang ein Student auf und starrte auf meine aufmüpfigen Lippen: „Glaubst du, du kannst über Politik ebenso mitreden wie über Kleider von Dior, Lippenstifte von Max Factor und über Düfte und Parfüms?"

Vollidiot! Ich spürte, wie mich die Hand einer Kommilitonin von der Runde wegzog. „Das ist ein Kuwaiti", erklärte sie, „ich glaube, er ist es nicht gewohnt, dass eine Frau ihre Meinung zu Männerthemen äussert." An der Strassenbahnhaltestelle trennte ich mich von ihr und murmelte: „Gewohnt, gewohnt, sogar unser Tod ist eine Gewohnheit."

Als ich in der Agentur anlangte, kam mir der Chef mit einem Auftrag entgegen. „Der Uno-Generalsekretär landet heute auf dem Internationalen Flughafen. Er wird sich sofort auf den Weg zur amerikanischen Botschaft machen. Du wirst ihn an meiner Stelle über seine Haltung zu den Ereignissen in der arabischen Welt befragen."

Was? Ich soll den Uno-Generalsekretar treffen? Was fällt ihm ein, mir solch eine Aufgabe zu erteilen, ohne zu fragen, ob ich einverstanden sei? Glaubt er, ich hätte meine Individualität, die er als jugendliche Arroganz bezeichnet, getötet? Wer sagt ihm denn, dass ich von mir selbst nicht mehr im Plural spreche?

Ich öffnete den Mund, wollte ablehnen. Doch ich klappte ihn wieder zu. Ich möchte mir selbst beweisen, dass ich über Politik mitreden kann, genauso wie ich über die Farben und Schnitte meiner Kleider entscheide.

In der amerikanischen Botschaft wurde ich in einen schmalen Raum geführt, in dem ein hagerer Mann mit Brille sass. Dieser begrüsste mich, ging wieder an seinen Schreibtisch und vertiefte sich in die vor ihm aufgetürmten Zeitungen. Seine Bewegungen drückten innere Unruhe aus. Einige der Artikel, die er aufmerksam durchlas, umkreiste er mit einem roten Stift. Ein Mann trat ein und servierte mir ein Glas Orangensaft. „Hoffentlich ist Ihnen das Warten nicht allzu lästig", sagte er und verschwand. Ich stellte das Glas Saft auf die Stuhlkante, stützte es mit der Hand und beobachtete, wie die Flüssigkeit darin hin- und herschwappte.

Ich hätte mir nie träumen lassen, eines Tages politisch tätig zu sein. Meine Aufgabe ist zwar unbedeutend, vollkommen ungefährlich und überhaupt nicht heldenhaft. Doch, dass ich jemals ein Glas Orangensaft in einer Botschaft trinken würde, hätte ich mir nie im Leben träumen lassen. Als ich das Glas ergriff und an den Mund hob, stieg mir der Saftgeruch in die Nase. Die Hand mit dem Glas zitterte. Ich fürchtete, mir den Saft über die Kleider zu schütten. Plötzlich hatte ich Lust aufzustehen, zu dem Mann zu gehen und ihm den Saft über Kopf, Nase und Zeitung zu giessen. Ihm den roten Stift aus der Hand zu reissen und mit der spitzen Mine auf seine Brillengläser zu hacken.

Ich stand auf. Der Mann schrak hoch, blickte verärgert auf und sagte beherrscht: „Bitte setzen Sie sich wieder. Hier sind Zeitungen, falls Ihnen langweilig ist."

Ich folgte seinem Befehl, ohne mir darüber Gedanken zu machen, warum ich mich eigentlich setzen sollte. Weder hackte ich mit dem Stift auf seine Brille noch verliess ich die Botschaft. Statt dessen betrachtete ich wieder den Saft. Schade, dass mir dieser Mann nicht zuhören würde, sonst könnte ich ihm erzählen, was mir gerade durch den Kopf geht. Ich erzähle es ihm einfach, auch wenn er nicht zuhören will, ich träume. Nein, ich darf das Wort träumen nicht benutzen, weil es bedeutet, dass etwas nicht zu verwirklichen ist oder, unter den gegebenen Umständen, nur schwer zu verwirklichen ist. Und ich denke niemals über Dinge nach, deren Chancen, Folgen und Konsequenzen ich nicht abschätzen kann. Nein, ich erzähle ihm nichts! Er würde mich sowieso nicht verstehen. Ich erzähle es meiner Mutter heute abend, dieses Erlebnis vertraue ich meiner Mutter an. Ich brauche sie nur anzuschauen, um zu vergessen, dass sie meine Mutter ist, und in ihrem Gesicht einen Mann mit Brille zu erblicken. Ein Glas Saft. RoteKreise. Soldaten am Eingang.

Ich griff mir eine Zeitung. Es war eine ägyptische. Fast alles auf der ersten Seite war mit roten Kreisen umrahmt. Die Zeitung — sie bestand aus vier Seiten — war eine einzige grosse Beleidigung für das Auge unserer Widersacher. Als wäre dem Mann ein Versehen unterlaufen, sprang er von seinem Stuhl auf, riss mir die Zeitung aus der Hand und murmelte: „Verzeihung! Verzeihung!" Dann vertiefte er sich in die grosse Beleidigung.

Verärgert kippte ich mir den Saft in den Mund. Millionen von Fragen rangen in meinem Kopf miteinander. Ich wünschte, ihm nur eine einzige Frage stellen zu können: ob ich über Politik mitreden könne wie über den Schnitt meines Kleides und meine Lippenstiftmarke.

Ich frage ihn einfach. Belustigt sah ich mich um. Der Mann mit Brille wunderte sich. Er sprang von seinem Stuhl auf und liess mich im Raum allein. Wenige Minuten später kam er zurück und sagte: „Der Generalsekretär hat angerufen, er wird nicht in die Botschaft kommen." Triumphierend musterte er mich. „Sie hätten ihn am Flughafen treffen sollen", kritisierte er mich. Er redete, und seine Stimme schien nicht aus seiner, sondern aus einer anderen Kehle zu stammen. Seine Worte tröpfelten aus seinem Mund in mein Ohr, geschmeidig, mühelos, glatt. Wie ein Wasserstrahl, der ins Waschbecken rinnt, wenn Samîha, unser Dienstmädchen, zu Hause alle Wasserhähne aufdreht und genussvoll dem Plätschern lauscht. Plötzlich hörte er auf, genauso plötzlich wie das Plätschern des Wassers, wenn man die Wasserhähne zudreht. Ich verabschiedete mich an der Tür, ohne ihm die Hand zu reichen.

Was der Mann mit Brille gesagt hatte, überbrachte ich den Ohren meines Chefs, wortgetreu, Buchstabe für Buchstabe und der Reihenfolge nach. Ich blieb noch kurz stehen, um die Wirkung dieser Worte auf seinem Gesicht zu sehen, doch er schaute nicht von seinen Blättern auf. „Halb so schlimm", sagte er lachend, „das nächste Mal wirst du mehr Erfolg haben."

Halb so schlimm? Das regt mich auf. Wenn es „halb so schlimm ist", dass ich am ersten jedes Monats mein Geld beziehe, dann möchte ich für das Geld wenigstens eine vernünftige Arbeit leisten. Und wenn es heissen soll, dass ich nicht über Politik mitreden kann wie über den Lippenstift von Max Factor und bestimmte Düfte und Parfüms, dann werde ich ihm und allen anderen beweisen, dass ich es doch kann. Ich kann es.

10

Als ich die Unibibliothek betrat, drang das stockende Geflüster eines Studenten und einer Studentin an mein Ohr: „Was hältst du davon, wenn ich dich zum Abendessen bei „Faissal" einlade?"

„Das ist eine wunderbare, grossartige Idee."

Als ich mich umdrehte, sah ich, wie sie sich gegenseitig unterhakten. Sie gingen zu „Faissal", und ich ihnen hinterher. Sie zogen sich in einen abgeschiedenen Winkel zurück. Um das Restaurant überblicken zu können, setzte ich mich mit dem Rücken zur Tür an einen Tisch mit drei Stühlen. In der Mitte waren mehrere Tische frei. Um die Tische an der Wand und in den Ecken sassen Männer und Frauen zusammen. Im Restaurant hatte keine einzige Frau, so wie ich, allein an einem Tisch Platz genommen.

Ich war allein. Abwechselnd schaute ich mir die Stühle und die anwesenden Gäste an. Ich hatte das Gefühl, ein Nichts zu sein. Mir wurde klar, dass ich einen Begleiter brauchte: einen Mann, der mich auf neue, ungewohnte Gedanken bringt. Ich könnte beispielsweise den Mann, der mir allein gegenübersitzt, an meinen Tisch bitten, um mit mir zu essen. Ich bitte ihn einfach her.

Wenn er aber ablehnt, was wird er von mir denken? Wünscht er sich denn nicht, mit einer jungen Frau an einem Tisch zu sitzen? Ist sein Leben nicht öde? Sehnt er sich nicht nach Zärtlichkeit, Liebe und Fürsorge? Jagen ihm die schlaflosen, einsamen, grausamen Nächte keine Angst ein? Ich glaube nicht. Wahrscheinlich ist er allein, weil er allein sein will. In spätestens einer Stunde wird er versunken in einem duftenden Bett die Besinnung verlieren. Das Zimmer ist beleuchtet von schwachem Kerzenlicht, die roten Vorhänge sind zugezogen, die Tür ist von innen abgeschlossen. Aus seinem Rausch erwacht er, wenn es ihm passt, und nicht, wenn die Quelle erschöpft ist. In sein Zimmer kehrt er erst zurück, wenn in Beirut lachend der Morgen erwacht, die Arbeiter sich über die Gehsteige in die Fabriken schleppen und der Nachtwächter die Trillerpfeife in seiner Jackentasche verschwinden lässt.

Er kehrt zurück, und niemand will von ihm wissen, wo er gewesen ist und was er gemacht hat. Ich hingegen, ich, die um keinen Preis meine Besinnung aufgebe, wenn ich abends um acht Uhr nach Hause komme, ich werde von scharfen Blicken erwartet, aus denen Missbilligung spricht. Wo bist du gewesen? Was hast du getrieben?

Der, der dort allein sitzt, raucht eine Zigarette. Er beachtet mich nicht, ist in eine Parteizeitung vertieft. Ich beobachte ihn eine Zeitlang und mache mir meine Gedanken. Ob er wohl dieser Partei angehört? Füllt die Partei das Vakuum in seinem Leben? Ich musste lachen. Der Begriff „Vakuum" wird häufig im Zusammenhang mit dem neuen amerikanischen Plan verwendet und führt in unseren Medien zu heftigen Diskussionen. Man versucht, unsere schwerwiegenden internationalen politischen Konflikte allein mit dem Begriff „Vakuum" zu erklären. Plötzlich verging mir das Lachen. Mein Blick blieb an den beiden leeren Stühlen hängen. Ich wurde wütend. Die Stühle verspotteten mich. Sie lachen über mich. Sie wollen mir ebenbürtig sein. Bin ich denn ein Stuhl? Ich fühle mich wie ein Stuhl, wenn ich mit Stühlen an einem Tisch sitze. Nein, ich bin kein Stuhl. Ich will jeden Körperteil einzeln bewegen, wozu Stühle nicht in der Lage sind.

Ich hob den Arm, und der Typ am Nebentisch hielt beim Witzeerzählen inne. Seine Freundin warf mir einen scharfen Blick zu und forderte den Mann wortlos auf, mich zu ignorieren und weiterzusprechen. Ich stand auf, stellte die beiden Stühle an einen freien Tisch und kehrte an meinen Platz zurück.

Zum ersten Mal esse ich nicht zu Hause. Noch nie bin ich mitgegangen, wenn meine Familie zum Essen eingeladen war. Ich kann es nicht ertragen, wenn die Gastgeber ein Gericht anpreisen oder darauf bestehen, dass man sich von einem anderen etwas mehr auf den Teller lädt. Und im nachhinein stellt sich heraus, dass sie jede Geste und jedes Schweigen registriert haben.

Ich hielt nach dem Kellner Ausschau und sah, wie er gerade zwei amerikanischen Studenten das Essen servierte. Ich wandte den Blick ab und kippte mir noch einen Schluck Tee in den Mund. Die Flüssigkeit schmeckte seltsam, anders als zu Hause. Bei uns zu Hause schmeckt eins wie das andere, Tee, Zucchini, Reis, Marmelade, Obst, alles! Ich bin die einzige in der Familie, der das aufgefallen ist. Meine Mutter wird wütend, wenn ich Süssigkeiten und Obst nasche, bevor ich die Suppe esse oder wenn ich mir alle auf dem Tisch stehenden Gerichte auf einen Teller lade oder wenn ich alle Gerichte häppchenweise durchprobiere. Meine Mutter regt sich auf, weil sie meint, ich sei gierig und unerzogen. Aber nein, nicht deshalb, sondern weil bei uns eins wie das andere schmeckt.

Meine arme Mutter, sie hat vom Leben nichts weiter kennengelernt, als das Bett mit ihrem Ehemann zu teilen, ihm das Essen zu kochen und seine Kinder aufzuziehen. Sie beherrscht ihre Aufgabe meisterhaft. Dass sie auf ihrem Gebiet sehr erfolgreich ist, merke ich an ihrem penetranten, abgehackten Lachen und an den weit ausgeschnittenen Kleidern. Der Anblick des Fleisches, des Fleisches meiner Mutter ekelt mich an. Sie ist ein Weib. Sie ist der spendende Ursprung. Eine sprudelnde Quelle, die sich in viele breite und tiefe Kanäle ergiesst.

In den meisten Nächten wird meine Mutter enttäuscht. Dies spüre ich an ihrem tierischen, erstickten Lachen und an ihrer üblen Laune. Doch nicht nur dann ist sie übel gelaunt, zeigt sie ihre Blösse und lacht abgehackt, sondern auch, wenn Samîha den Reis anbrennen lässt oder sich jemand mit ihr anlegt. Seltsam ist, dass nur etwas schiefgehen muss, und schon ist sie vollkommen aus der Bahn geworfen.

Ich wünschte mir, meine Mutter würde mir erlauben, ihr einige Ratschläge zu geben und mit ihr zu diskutieren. Aber wenn ich mir das herausnähme, würde sie mir diese Unverschämtheit und Niedertracht nicht verzeihen. Sie würde mir nicht glauben, dass ich die Liebe nicht kenne. Nein, sie würde auch nicht glauben, was mir eine syrische Kommilitonin erzählte, die mit siebzehn geheiratet hat: dass ihr Mann sie seit drei Jahren jede Nacht vergewaltigt. Er lässt nicht zu, dass sie teilhat. Sagt kein Wort. Gibt ihr keinen Kuss. Einfach so, er vergewaltigt sie, als wäre sie eine Leiche, spielt mit ihr, lässt sie auf dem Bett liegen und verlässt das Zimmer. Sie übergibt sich dann jede Nacht neben dem Bett, auf dem Fensterbrett. Sobald der Morgen anbricht und sie das Essen ihrer Tochter zubereitet, vergisst sie die Nacht.

Ich war fertig mit Essen. Ich fühlte mich berauscht und

erfrischt und verspürte eine ruhige, dann verwirrende Wärme, die meine Gedanken in Gang setzte. Ich verliess das Restaurant. Auf dem breiten Gehsteig erwachte meine Sehnsucht nach einem grossen Mann an meiner Seite, mit dem ich vertraut und glücklich wäre. Auch ich würde mich unterhaken, unbeschwert und stolz schlendern, statt mich langsam, gequält und immer allein durch die Strassen zu schleppen. An stürmischen, kalten und unheimlichen Abenden würde ich meinen Kopf an seine Brust werfen. Mit geschlossenen Augen würde ich ihm ins Ohr flüstern, was den Glanz meiner angestrengten Augen trübt und meinen hageren, reifen Körper bedrückt. Er würde mir seine Liebe versichern und mir helfen, mich selbst zu finden – ob ich orientalisch oder europäisch wäre, hübsch oder hässlich, fähig zu einer vernünftigen politischen Meinung oder nicht, an der Uni eine Studentin oder nur eine Besucherin. Wir würden unsere Geburtsorte verlassen, um in die weite Welt und an unbekannte Orte zu reisen, Kulturstätten zu besuchen und alle Menschen der Erde kennenzulernen.

Ich stiess mit dem Kopf an einen von einer Mauer herabhängenden Zweig, er verletzte mich an der Stirn. Die Schramme blutete ein wenig. Ich zog den Kopf ein, wischte das Blut mit meinem Taschentuch ab und lief nach Hause.

Um Viertel nach acht erreichte ich unsere Strasse. Wie spät es war, vernahm ich aus dem Radio im Milchladen, wo das Ende der ersten abendlichen Nachrichtensendung angesagt wurde. Unsere Strasse war leer, die Nacht ruhig. In den Hauseingängen hörte ich Schritte, die mir beim Gehen ein Gefühl der Sicherheit gaben. Im Dunkeln entdeckte ich weisse Papierschnipsel, die verstreut auf dem Gehsteig lagen. Gleich wird der Strassenfeger kommen, die Blätter aufsammeln und sie ins tiefe Meer werfen, dachte ich. Ich will sie aufsammeln und darin nach einem Menschen suchen. Ich bückte mich und hob ein weisses, sorgfältig zusammengerolltes Papier auf. Ich rollte es auseinander, Spucke war darin! Ich lachte und murmelte: Diese Spucke ist ein wohlerzogener Mensch — elegant, aus guter Familie, aber verlogen.

Vorsichtig stieg ich die Treppen hinauf und stützte mich mit der Hand auf die Klingel. Wartete. In der Küche hörte ich Geschirr klirren. Einen Hilferuf. Vaters Geschimpfe. Das Klackern von neuen Schuhen. Das Quietschen der Tür, die geöffnet wurde. Dann sah ich den spöttisch-bedrohlichen Gesichtsausdruck meiner Mutter. „Tretet ein, Eure Hoheit!" Sie begrüsste mich, wie man eine Königin begrüsst. Also trat ich ein wie eine Königin, erhobenen Hauptes und grusslos.

Schnell zog sie mich an den Kleidern, um mich zurückzuhalten: „Wir haben Gäste, geh ja nicht in den Salon", befahl sie. „Sie haben nach dir gefragt, und ich habe geantwortet, du würdest schlafen, du schläfst doch, nicht wahr?"

Ich soll schlafen, ich bin doch hellwach! Meine Mutter ist blöd, ich werde nicht leugnen, dass ich wach bin, genausowenig wie ich die Farbe meines Mantels leugnen werde. Schlafen ist doch nicht gleich wach sein? Und gelb ist nicht gleich blau? Nein. Ich entschlüpfte ihrer Hand und rannte los. An der Wohnzimmertur blieb ich stehen, um zu sehen, wer nach mir gefragt hatte und ob die Lüge meiner Mutter gerechtfertigt war. Es waren unsere jüdischen Nachbarn.

„Da, da ist sie ja. Was ...", rief die alte Jüdin.

„Ich hab's vergessen, hab's vergessen, ich muss ja auch an tausend Sachen denken. Sie war an der Universität ..."

Ich gab keinen Laut von mir, zuckte nur mit den Schultern, drehte mich um und setzte meine Füsse in Bewegung. Da drang die freundliche Stimme der netten Nachbarin an mein Ohr: „Hat sie denn keinen Freund, der sie abends nach Hause begleitet?" flüsterte sie der Blonden zu.

Meine Schwester lachte verlegen und folgte mir in mein Zimmer.

11

Ich stand von meinem Stuhl in der Agentur auf, blieb wie erstarrt mitten im Raum stehen und rieb mir die kalten Hände. Mein Silberring glitt vom Finger, rollte über den Boden und verschwand unter dem Schreibtisch. Als mir der Ring vom Finger glitt, kam es mir vor, als fielen mir auch meine Kleider vom Körper. Als bliebe der Mund offen stehen. Als würden die Ringe unter den Augen grösser.

Ich war erschöpft. Ich nahm meine Bücher von dem kleinen Bücherschrank, legte zwei auf den einen Sessel, ein Heft und den Füllfederhalter auf den anderen. Ich malte die Augen des Affen auf dem Kalender rot an. Stellte das Telefon auf meine linke Seite. Öffnete einen Fensterflügel. Füllte den Kaffeebecher mit Wasser aus dem dicken Glaskrug. Nun konnte ich den Drehstuhl hinter dem Schreibtisch nur noch mit meinem Körper verdecken. Als ich mich wieder setzte und die Augen schloss, war ich erleichtert.

Ich öffnete die Augen wieder und schaute mich prüfend um, als sähe ich das Zimmer zum ersten Mal. Ich schlich zum Fenster, schob den Vorhang beiseite und sah auf dem Dach des gegenüberliegenden Hauses eine Bedienstete, die mit äusserster Geschicklichkeit Wäsche aufhängte. Aufmerksam betrachtete ich ihren fetten Körper. Welcher Mann wohl einen solch feisten Leib begehrt, fragte ich mich, der schnauft doch wie der Wanst einer Kuh oder einer Eselin. Mein Vater begehrt fette Körper, fiel mir ein.

Ich trat vom Fenster zurück und besah mir mein Spiegelbild in der Fensterscheibe. Mein Körper ist mager, sehr mager. Und meine vollen Lippen waren farblos und zitterten. Ich betastete sie mit eiskalten Fingern, rieb mir die Augen und kehrte zu meinem Stuhl zurück.

Mein Körper, überlegte ich, wurde geschaffen, um als ein Nichts dahinzuleben, wie andere Körper auch. Er wird gelobt. In Wallung gebracht. Angeregt. Beschenkt. Schliesslich wird er vernichtet, als wäre ihm niemals Gutes widerfahren, als wäre er niemals angeregt und beschenkt worden. Unbeachtet hängt dieser Körper in der Agentur herum, was beweist, dass ich hier so viel wert bin wie ein Schreibtisch, ein Stuhl, ein Tisch. Sobald ich von hier weggehe, werde ich ersetzt durch „eine" andere, genau wie ein Schreibtisch durch einen anderen ersetzt wird, ein Stuhl durch einen anderen, ein Tintenfass durch ein anderes. Ich hinterlasse keine Lücke. Alles läuft unbehelligt weiter.

Wehe dem Chef, der glaubt, ich sei eine Maschine! Er benutzt uns, wir alle sind wie Maschinen. Ich werde ihm die Stirn bieten! Ich stiess die Tür auf. Nicht weil ich Mut gefasst hatte, nein, ich hatte Angst, dass der Chef mich hinauswirft, ich wieder unter das Joch meines Vaters gerate, die Uni verlassen muss und durch die Strassen der Hauptstadt streune. Ich hatte Angst, weil ich mir über die Folgen eines Streits mit dem Chef bewusst war. Den Mut, die Tür aufzustossen, hatte ich auch nur, weil ich dachte, sie wäre verschlossen.

Langsam drehte der Chef seinen kleinen Kopf, seine glänzenden Augen lächelten diplomatisch, sofort verschwand meine Wut, ich beruhigte mich. „Schauen Sie mir mal genau ins Gesicht!" befahl ich ihm unverschämt.

Er wurde bleich, doch er lächelte. Vielleicht, weil er es gewohnt war. Oder war er es etwa nicht gewohnt, Befehle von einer Frau zu erhalten? Er reckte den Hals, schob sein ganzes Gesicht nach vorn, nicht um mich anzusehen, sondern um mein vor ihm aufgepflanztes widerspenstiges Gesicht mit seinen Blicken zu töten.

„Sehe ich so dumm aus?" fragte ich ihn.

Verwundert schüttelte er den Kopf, er sagte nichts.

„Was hat es zu bedeuten", fragte ich, „dass ich in einem eleganten Büro sitze? Was hat meine Arbeit für einen Wert? Meine Arbeit kann jede andere auch machen. Ich bin nicht wie die anderen Frauen, ich will nicht wie irgendein anderer Mensch sein."

Er grinste breit. Ich hatte immer noch Angst, nicht vor dem schweigenden, glotzenden Mann. Nein, denn ich wäre fähig gewesen, ihm eine Ohrfeige zu verpassen, wenn er mich geohrfeigt hätte. Den Stuhl auf seinem Kopf zu zertrümmern und ihn umzubringen, wenn er mich provoziert hätte. Aber ich habe Angst, durch die Strassen von Beirut zu streunen.

Ich sehe vor mir meine klapprige Gestalt, die sich langsam über den Gehsteig schleppt. Es ist Nacht. Die Menschen eilen mit Blumensträussen und Zeitungen nach Hause. Und das Gespenst schleppt sich dahin. Läuft in einiger Entfernung neben ihnen her, denn alle, die ihm über den Weg laufen, sollen seine Anwesenheit spüren. Es ist das Hobby des Gespenstes, die Menschen spüren zu lassen, dass es lebt.

Auf dem Gesicht des Chefs erwachte Interesse, seine Hände bewegten sich. Ich bekam noch mehr Angst. Ein furchterregendes Dröhnen hallte in meinen Ohren wider, ich sah Millionen von Augen – alles seine Augen. Verschwinde! Verschwinde!

Soll ich gehen, wenn er mich fortjagt? Mich sofort auf den Heimweg machen und meinem Vater die frohe Botschaft verkünden, damit er freudig in die Hände klatscht, sich auf meinen Bettrand setzt und mich mit Versprechungen tröstet. Damit meine Mutter, aus jeder Faser ihrer Kleider nach Parfüm duftend, zu mir kommt und meine Stirn mit kühlen Lippen berührt. Damit die Blonde und die Dunkelhaarige all ihren Freundinnen erzählen, dass ich schliesslich doch auf die Familienehre bedacht bin.

Das Dröhnen wurde lauter, rasch steckte ich die Finger in die Ohren und liess mich in den Sessel fallen. Er erhob sich von seinem Stuhl und blieb, ohne einen Ton zu sagen, vor mir stehen. Das Dröhnen in meinem Kopf erstarb, Minuten vergingen. Er stand stumm vor mir, und ich machte mir Gedanken darüber, was er gleich sagen würde, um mich zu vernichten. Ich blickte auf, wagte es, den Funken seiner Wut zu widerstehen. Doch sein Blick hing an meinem linken Bein, das entblösst war, weil sich mein Rock um das rechte Bein gewickelt hatte. In diesem Moment hatte ich den Wunsch, mir das Bein abzuhacken und es ihm zwischen die Augen zu rammen, so dass das Blut aus den durchtrennten Adern in seinen Mund liefe.

„Hast du noch etwas zu sagen?" fragte er.

Verneinend schüttelte ich den Kopf.

„Wer von uns ist hier Chef, und wer die Angestellte?" fragte er weiter.

Sein freundlicher, beherrschter, ironischer Ton ermutigte mich: „Im Augenblick bin ich ein Mensch, und Sie sind ein Mensch ..."

„Du willst mir doch nicht erzählen", unterbrach er mich

lachend, „dass du an das Prinzip der Gleichheit glaubst! Du gehst doch an deinen Kommilitonen vorbei, ohne sie zu beachten, ohne sie zu grüssen, ohne dich an ihren Gesprächen zu beteiligen, als wären sie Tiere, die an deinem Fleisch zerren."

Ich zitterte, er kam einige Schritte näher, seine glänzenden Augen und sein Mund verrieten väterliche Besorgnis, und als er meinen Arm mit seiner kräftigen Hand berührte, spürte ich sein Mitleid.

„Geh!" befahl er.

Ich wurde bleich, das Zimmer drehte sich um mich.

„Geh zum Arzt", fuhr er fort, „vielleicht hast du Fieber. Deine Gedanken sind nicht ganz normal, das liegt an der erhöhten Körpertemperatur. Hab Vertrauen zu mir, ich werde dir eine glänzende Zukunft bereiten."

Vielleicht hat ja der Chef Fieber!

„Aber, aber ich bin nicht krank", sagte ich klar und deutlich.

Lachend klopfte er mir auf die Schulter, er begleitete mich zur Tür und wünschte mir eine angenehme Nacht.

Es begann schon dunkel zu werden. Die Autolichter auf der Strasse kamen mir vor wie die Augen von Raubtieren, die nach Beute Ausschau halten. Ich hielt mich dicht an den Hausmauern. Auf dem Weg zur Universität wurde mir furchtbar schwindlig, ich bekam weiche Knie, und die Augen brannten mir entsetzlich.

Jeden Tag, wenn die Sonne am fernen Horizont abstürzt, bekomme ich Angst. Ich fürchte mich vor den Gespenstern, die nachts in den Winkeln, auf den Mauern, in den Augen lauern. Einmal wollte ich die Angst bekämpfen und liess das

Licht in meinem Zimmer die ganze Nacht brennen. Am nächsten Tag sah ich zufällig, wie ein Nachbar aus dem Haus, in dem die Fette wohnt, meinen Vater beiseite nahm. Als ich am Abend zu Bett gehen wollte, mahnte mich meine Mutter, das Licht in meinem Zimmer auszuschalten, bevor ich einschliefe.

Bei Einbruch der Dunkelheit erreichte ich den Hörsaal. Obwohl der Unterricht schon begonnen hatte, waren einige Studenten noch nicht erschienen. Mein Blick blieb an den leeren Stühlen haften, ich konnte mich nicht abwenden. Ich rang mit mir, um die Worte des Professors zu verstehen. Vergeblich, die leeren Stühle quälten mich. Ich erinnerte mich an die beiden Stühle im Restaurant und daran, wie ich sie von meinem Tisch weggestellt hatte. Mir kam die Idee, aufzustehen und die Stühle aus meinem Blickfeld zu räumen, doch ich fragte lieber die Kommilitonin vor mir: „Stören dich die leeren Stühle nicht?"

Dümmlich schaute sie mir ins Gesicht, schürzte ihre Unterlippe und antwortete: „Ich weiss nicht, was du mit leeren Stühlen meinst. Das sind doch wertlose Gegenstände." Dann hörte sie wieder aufmerksam zu.

Als wäre sie ein seltsames Wesen, sah ich mir ihren Körper prüfend an und wollte wissen, was in ihrem Kopf vor sich ging. Könnte ich doch einfach ihren Schädel zertrümmern! „Wenn du irgendwo sitzt, und zwei leere Stühle stehen in deiner Nähe, was tust du dann?" fragte ich sie.

Gleichgültig zuckte sie mit den Schultern und schrieb mir ihre Antwort auf die Einladung zu einem Vortrag, den sie sich um Punkt achtzehn Uhr dreissig im Vortragsraum des Cénacle Libanais anhören wollte: Nichts.

Nichts. Als löste dieses kurze, knappe Wort ein wichtiges Problem. Nichts ist ein Wort, mit dem sie auf keinen Fall riskierte, von den wertvollen Worten des Professors abgelenkt zu werden. Ich erzählte ihr, wie ich die beiden Stühle von meinem Tisch im Café weggestellt hatte, da warf mir der Professor tadelnde Blicke zu. Ich seufzte. Der Professor hielt mit Reden inne, neugierige Blicke ergossen sich über mich. Die Kommilitonin entschuldigte sich, ich ordnete geschäftig die Blätter in meiner schwarzen Ledermappe.

Wie kommt es nur, dass sie die Leere nicht spürt? Die Ratlosigkeit? Die Angst?

Um Punkt siebzehn Uhr dreissig hörte der Professor auf, uns seine Wortfetzen in die Ohren zu schleudern. Den Rest wollte er in der Vorlesung am kommenden Dienstag erzählen. Die fleissige Kommilitonin eilte zum Vortrag, um sich am Wissen der Köpfe zu bereichern, die mit Bänden aus europäischen und amerikanischen Bibliotheken angefüllt sind und die ihre Informationen häppchenweise in den Kultureinrichtungen bei uns verkaufen.

Mir fiel ein, dass ich einmal in der Mensa Studenten von der Arabischen Halbinsel gesehen hatte, die mit Messer und Gabel gegessen und auf englisch diskutiert hatten. Da hatte ich mich gefragt, wie lange die amerikanische Färbung wohl noch an ihnen haften wird. Ich schleppte meinen Körper aus dem Saal.

Vor mir liegen unendlich lange, abgrundtiefe, grenzenlose und ungewisse Stunden. Ich muss vielerlei schwierige Hindernisse überwinden, um mich ins Bett zu legen. Um in mein Bett zu gelangen, muss ich die Bibliothekswelt ertragen, die Strassenwelt, die Welt des „Uncle Sam", die Welt

unseres Treppenhauses, die Welt unserer Küche, des Wohn-
zimmers, des breiten Flurs. Und schliesslich die Welt meines
einsamen Betts.

2. Teil

1

Ein Monat war vergangen. Ich war auf dem Weg zur Uni, ich kam nur langsam voran. Meine Gedanken kreisten nicht mehr um die politischen Parteien, die Militärdoktrin, nicht um meinen Körper, die Arbeit, die religiös-philosophischen Anschauungen der verschiedenen konfessionellen Gruppen oder um die Zukunft. Vielmehr beschäftigte mich ein neuer Gedanke, nämlich, einen eigenen Standpunkt gegenüber all diesen Problemen einzunehmen.

Auf dem Unigelände sah ich die Bäume, sie waren schon grün, und ihre Wipfel ragten in die Höhe. Aufgeregt betrachtete ich sie, als sähe ich zum ersten Mal in meinem Leben Bäume. Ich bückte mich und betastete den Sand, er war angenehm kühl.

Als ich mich aufrichtete, bemerkte ich, dass einige Studenten mich aufmerksam beobachteten und herüberlächelten. Ich sah sie an und betrachtete sie nicht mehr nur als Körper, die sich zwischen Haus, Markt und Universität hin und her bewegen – ihr sympathisches Lächeln eröffnete mir ihre menschliche Seite, die mir vollkommen neu war.

Alles klang so fremd in meinen Ohren. Als der Professor seine Vorlesung hielt, nahm ich zum ersten Mal die Schönheit seiner sprudelnden Sätze und seine ausdrucksvolle Stimme wahr: sie war geschmeidig, nüchtern, überschwenglich, ruhig. Ausserdem war ungewöhnlich, dass ich heute nicht zur Arbeit ging.

Auf dem Weg zur Bibliothek hörte ich hinter mir eine Stimme: „Fräulein. Fräulein!" Ich drehte mich um, es war der Professor. Er sass auf einem grünen Stuhl neben einer jungen Frau, die ihr langes Haar zu einem Dutt zusammengebunden hatte und einen blauen Mantel trug. Es war nicht dieselbe Frau, mit der er einmal in der Bibliothek zusammengesessen hatte. Ich zuckte zusammen, als er mich zu sich winkte. Ich näherte mich ihm so, als würde ich alle Gebäude, Bäume und Studenten auf dem Unigelände hinter mir herschleifen, näher und näher. Seine Augen leuchteten hinter den Brillengläsern, ich biss mir auf die Lippen, um das Zittern meines Kopfes zu bändigen.

„Zu Beginn des Semesters", sagte er, „haben Sie die Vorlesung regelmässiger besucht."

„Ja", fiel ich ihm ins Wort, „ja, ich werde versuchen ..."

„Kommen Sie nächsten Donnerstag zur Vorlesung", unterbrach er mich unwirsch.

Die Frau in Blau kam mir vor wie eine helle Statue, die ein Liebhaber blaugekleideter Statuen gekauft hatte.

Ein Monat war vergangen. Ich hatte krank im Bett gelegen, war den ärztlichen Anweisungen ausgeliefert gewesen und auch den Befehlen meines Vaters, der aus London zurückgekehrt war. Er hatte dort sein bisher erfolgreichstes Geschäft abgeschlossen.

Mein Vater war empört, dass ich an Blutarmut litt, wo doch das Geld aus seinem Safe nur so herausquoll. Schon das Wort „Armut" quälte ihn. Es nagte an seinem Selbstwertgefühl. Forderte seinen Scharfsinn heraus. Indem er die mir versprochene Summe erhöhte, lehnte er sich regelrecht gegen die Armut auf: Lîna soll fünfzigtausend Pfund bekommen.

Ich nehme mir vor, gesund zu leben. Die Probleme zu

Hause zu ignorieren. Die Semesterprüfungen zu bestehen, um so problemlos ins nächste Semester zu kommen, wie ich jetzt die kurze Strecke zwischen Unibibliothek und dem „Uncle Sam" zurücklege.

Der Kellner hatte mich freundlich begrüsst. „Was wünscht die Dame?"

„Einen Mokka!"

Im Café, hatte ich gedacht, kann ich mich frei und unkontrolliert bewegen. Hier kann ich mir einen Kaffee bestellen, und keiner meckert oder ermahnt mich: Trink lieber Orangen- oder Karottensaft, das ist gesund und baut dich wieder auf. Und wenn ich nur dasitze und schweige, belästigt mich nicht irgendein Parasit: Was träumst du vor dich hin? Warum sagst du nichts?

Der Kellner war mit gleichmässigen, wiegenden Schritten zurückgekommen und hatte schwungvoll ein Glas auf einem Tablett balanciert. Mit einer eleganten Bewegung hatte er es auf den Tisch gestellt und sich entfernt, um die anderen Gäste zu bedienen. Ich hatte mich über das Glas gebeugt und den Kaffeeduft eingesogen, hatte den weissen Dampf angegrinst, der mir ins Gesicht stieg. Es war nicht dasselbe Glas, aus dem ich meinen Kaffee das letzte Mal hier geschlürft hatte, die Farbe war neu und der Inhalt auch.

Kaum hatte ich das Glas geleert, waren meine Muskeln erschlafft. Blitzschnell. Mir dröhnte der Kopf. Die Gäste im „Uncle Sam" hatten meinen Schwächeanfall nicht beachtet, denn sie wussten schon, dass ich jeden Tag allein vor meinem Kaffeeglas klebte. Ich hatte mich aufgerafft, mich nach draussen geschleppt, war in ein Taxi gestiegen und nach Hause gefahren.

Das war mir passiert, als ich das letzte Mal hier gewesen

war. Darauf war das kalkweisse Bett gefolgt, der widerwärtige Arzt, bittere Medikamente, lange, schmerzvolle Nächte, endlose Stunden. Nein, ich will nicht noch einmal krank werden, ich werde die Pillen morgens und abends brav schlucken.

„Verzeihung!"

Ich schrak auf. Wer ist das? Wieso entschuldigt er sich? Ich blickte von meinem Glas auf, ein Kerl stand vor mir. Das ist mehr als kühn, das ist schon dreist. Vielleicht hatte er sich geirrt. Ich reagierte nicht.

Regungslos blieb er vor mir stehen, ich starrte ihm ins Gesicht. Da erkannte ich ihn. Er war derselbe, den ich einmal bei „Faissal" beobachtet hatte. Aber, was will er von mir?

Bevor ich ihn fragen konnte, erschien ein einnehmendes Lächeln auf seinen Lippen. Er hatte den Mund und das Lächeln eines Kindes. „Ich bin Bahâ Schauki. Wo warst du den ganzen Monat? Warst du krank?" fragte er mit männlich rauher Stimme.

Was? Was will dieser fremde Typ von mir? Ich starrte ihm ins Gesicht, er stand da, scheu wie ein Kind, das man zwingt, eine wildfremde Person anzusprechen.

„Wo warst du?" Er sagte es in einem so leidenden Ton, legte all seine Lebenskraft hinein, als wäre ich tot gewesen und heute wieder zum Leben erwacht. Entscheidend daran war, dass er offenbar glaubte, selbst einen wesentlichen Beitrag zu meiner Auferstehung geleistet zu haben.

Wo warst du? Ich hatte gerade an meinem Kaffee genippt, schluckte hastig hinunter, um antworten zu können. Aufmerksam folgte er den Bewegungen meiner Lippen, betrachtete mein Gesicht, meinen Körper. „Du siehst frisch und erholt aus!" murmelte er, als würde er den Gedanken, der ihm gerade durch den Kopf ging, laut aussprechen.

Ich setzte das Glas ab. Spürte in meinem Körper eine neue Regung. Ich schaute ihm ein zweites und ein drittes Mal ins Gesicht. Er wartete auf eine Antwort, da sagte ich: „Ich bin Lîna ..."

„Lîna Fajjâd", unterbrach er mich. „Ich weiss."

„Ja. Ja, ich war krank. Woher kennst du mich?" stotterte ich.

Er wurde verlegen. Mich verwirrte der offensichtliche Widerspruch in seiner Person: Mutig war er auf mich zugegangen, traute sich dann aber nicht zu reden.

Meine Antwort bestätigte wohl seine Vermutung über meine Abwesenheit. Er setzte sich wieder zu seinem Freund an den Tisch.

2

Ich sass in der Strassenbahn. Zum ersten Mal nach meiner Krankheit fuhr ich wieder zur Arbeit. Ich war gespannt. Ist das Büro meines Chefs wohl rot beleuchtet? Hat sich auf meinem Schreibtisch eine dicke Staubschicht angesammelt? Hoffentlich haben die Spinnen in den Ecken und im Schlüsselloch ihre Netze gesponnen, als Beweis dafür, dass ich im Büro unersetzlich bin und dass mein Fehlen den Arbeitsablauf spürbar beeinträchtigt.

Der Schaffner kassierte. Der Mann mir gegenüber winkelte die Knie an. Ich kramte in der Tasche. Der Schaffner ging weiter, mein Blick heftete sich auf das Gesicht des Mannes gegenüber. Seine Augen waren grün. Tief. Warm. Geheimnisvoll. Die dunklen Lider zitterten.

Mein Kopf wurde schwer, ich hörte meine Lippen bersten. Sein Blick auf meine Lippen setzte Wärme und einen Schauder frei. Mein Blick in seine Augen löste ein verrücktes Getöse aus. Fluchtartig verliess ich meinen Platz, der Mann sah mir verwirrt nach. An der nächsten Haltestelle stieg ich aus und lief berauscht zur Agentur.

„Du siehst frisch und erholt aus!" bemerkte mein Chef.

Und wieder zitterte ich. Beim Betreten der Agentur hatte ich noch nicht gezittert. Auch als der Chef meine kleine Hand etwas zu lange in seiner grossen hielt, zitterte ich nicht. Am ganzen Leib zitterte ich erst, als ich den Satz vernahm, den mir auch schon dieser fremde Mann gesagt hatte: „Du siehst frisch und erholt aus! Wo warst du?"

Um das Zittern zu überspielen, setzte ich mich im Schneidersitz in den kalten, braunen Sessel. Der Chef protestierte nicht, er hörte auch nicht auf zu schreiben. Es musste ein wichtiger, geheimer Brief sein, da er ihn nicht seiner Sekretärin diktierte.

Es regte mich auf, dass er schwieg, immerhin war er der Grund dafür, dass ich am ganzen Leib zitterte. Ich stützte den Kopf auf meine nervöse Hand. „Frisch, erholt, krank ...", murmelte ich leise. Der Chef ist Vaters Freund, ein Bekannter meines ehrenwerten Vaters. Also kann ich mit ihm sprechen wie mit meinem Vater. „Chef ..."

Träge hob er den Kopf und grinste mir ins Gesicht. Als er sich dann aber vorbeugte und meine Beine erblickte, die ich inzwischen auf den Sessel gelegt hatte, wurde er ernst. Ich kümmerte mich nicht weiter darum, dass ihm das nicht passte, neigte den Kopf und liess ihn auf die saubere Schreibtischplatte sinken. Diese Zweifel zerhackten mir langsam den Körper, die Probleme verwickelten sich in meinem Schädel zu einem verworrenen Wust.

Ich muss das Durcheinander entwirren. Ich habe dem Arzt ja auch versprechen müssen, mich nicht um die belanglosen Dinge des Lebens — wie er es nannte — zu scheren.

Als erstes beschreibe ich den soeben panisch gewordenen Blick meines Chefs. Es ist eine tiefe Angst darin, die ich nicht kenne. Angst vor ernsten Schwierigkeiten, in denen er steckt. Sein stechender Blick erfasst die Lampen an der Wand. Die leere Vase. Den gewaltigen Schreibtisch an der Tür. Und die beiden Ledersessel. Ich habe Angst vor der Leere. Vor der Einsamkeit. Vor der Monotonie. Doch der Chef fürchtet sich vor etwas anderem. Er lebt in der zermürbenden Furcht, zusehen zu müssen, wie die finanziellen

Mittel, die seinen Arbeitsplatz erhalten, die sein täglich Brot und die Zukunft seiner Kinder sichern, gestrichen werden, wegfallen.

Hat seine Angst etwas mit den gegenwärtigen politischen Ereignissen zu tun? Vielleicht. Ich blätterte aufmerksam die zusammengefalteten Zeitungen durch, um zu erfahren, was sich während meiner Krankheit ereignet hatte. Unter arabischen Staaten waren bilaterale und trilaterale Bündnisse geschlossen worden. An der Grenze war es immer wieder zu zionistischen Überfällen gekommen. In Ägypten schritt die Revolution im Kampf für eine dauerhafte Unabhängigkeit unvermindert voran.

Das sind die Gründe für die Angst meines Chefs: Es ist die Angst eines „Sessels", von seinem Herrn verlassen zu werden, so dass sich die Mäuse in ihm einnisten und die Kakerlaken auf ihm herumspazieren können. Ich griff nach meinen Büchern und machte mich auf den Heimweg.

Fröhlich zwitschernd empfing mich meine Mutter an der Tür: „Schön, dass du zum Mittagessen nach Hause kommst. Von nun an lebst du nicht mehr vom Sandwich unterwegs, nicht wahr? Du bist heute ein braves Mädchen. Und nach den Mahlzeiten schluckst du deine Vitamine." Sie ging, ohne abzuwarten, ob ich etwas dazu zu sagen hätte. Sie blieb nicht einmal kurz stehen, deshalb bekam sie auch nicht mit, dass in meinen Augen und auf meinen Lippen eben nicht Zufriedenheit, sondern Wut, nicht Gelassenheit, sondern Widerwillen zu erkennen waren.

„Stehenbleiben!" befahl ich ihr.

Empört drehte sie sich um. „Drehst du jetzt wieder durch?"

Ich trat näher. Aus meinem Ohr floss der Eiter. Ich hob die Hand. Streckte sie, berührte das Kleid meiner Mutter und bohrte ihr meinen erschöpften, verwirrten Blick ins Gesicht. „Hat dich jemals ein Mann gefragt, wo du die ganze Zeit warst?" stammelte ich.

Sie wollte mich unterbrechen. Mir war klar, was sie mir ganz unschuldig erzählen wollte: dass nämlich mein Vater der einzige Mann sei, dem sie gestattet hätte, sie anzusprechen, dessen Wünschen sie nachgekommen wäre. Ich liess sie nicht zu Wort kommen und sprach einfach weiter. „Er ist ein Typ. Ein Mann. Er fühlt, dass ich lebe, dass ich leben muss, aus einem ganz bestimmten Grund. Seine Gefühle beherrschen meinen Verstand, auf den ich bisher immer vertraut habe. Er ist ein Mann. Mutig. Schüchtern. Undurchschaubar. Ich fürchte ihn."

Auf ihrem Gesicht erschien ein heiteres Lächeln. Es erblühte inmitten der Spuren von Erschöpfung und Verwirrung, die ich ihr ins Gesicht gebohrt hatte. Ich liess ihr Kleid los, machte einen Schritt zurück und wandte ihr den Rücken zu. Mein Kopf schäumte vor lauter Denken über.

„Alle Männer bewundern dich", sagte sie, „deine Weiblichkeit ist betörend! Genau wie ich bist du einzig und allein dazu bestimmt, einem Mann deine Liebe zu schenken und Kinder zu wiegen. Der Mann, der dich fragte, wo du gewesen bist, sieht dich nicht als Mensch, sondern als Frau. Er verschafft sich Lust, indem er dich im Café ansieht. Dein Gesicht betrachtet. Die Unruhe in deinen Augen. Deine zitternden Hände, mit denen du das Kaffeeglas hebst. Zusieht, wie du dir die Kaffeetropfen von den Lippen leckst. Wie du mit deinem trägen Gang in der Strasse verschwindest. Einen ganzen Monat hat er die Lust entbehren müssen. Sich nach etwas erkundigen bedeutet, es entbehrt zu haben!"

Ich drehte mich mehrmals um die eigene Achse, schaute ihr ins Gesicht. Sie verwandelte sich in ein grünes Fragezeichen, der Tisch in ein braunes Fragezeichen, der Teller in ein weisses Fragezeichen, meine Hand, die ich hob, um mir die Augen zu reiben, in ein fleischfarbenes Fragezeichen. Ich flüchtete ins Bett.

Am Nachmittag kamen mir die Menschen auf der Strasse wie wandelnde Stöcke in Form von beängstigenden Fragezeichen vor. Die Kommilitonen im Seminarraum waren auf Holzstühle genagelte Fragezeichen. Der Stift in meiner Hand verwandelte sich in ein buntes Fragezeichen. Das kleine Heft wurde zu einem runden Fragezeichen. Ich hätte verrückt werden können!

Vor Unbehagen und Angst war ich wie erschlagen, ich rannte heulend ins „Uncle Sam". Dort angelangt, setzte ich mich auf einen Stuhl und wartete auf ihn. Zum ersten Mal warte ich auf einen Mann.

Wie wartet eine Frau auf einen Mann? Woran denkt sie? Woran muss ich jetzt denken, zumal ich nicht so bin wie die anderen Frauen? Meine Mutter sagte, er verschaffe sich Lust, indem er mich ansieht. Wer bin ich? Habe ich jemals im Sinn gehabt, jemandem Lust zu bereiten?

Ich sah an mir hinunter. Dicke Kleider verhüllten meinen Körper, meine aufmüpfigen Brüste jedoch liessen sich nicht verbergen. Ich holte einen Spiegel aus meiner Handtasche, stierte meine verkniffenen Lippen, meine verhehlten Lider, mein verängstigtes Gesicht an. Ein Gast rempelte mich an, um mir zu verstehen zu geben, dass er mich beobachtete. Ich ignorierte ihn.

Dann sah ich ihn kommen. Ihn. Er sah zu mir herüber und lächelte scheu. Hob seine Hand ein wenig, noch ein wenig mehr. Nickte mir einmal zu, drehte sich weg, setzte sich in eine einsame Ecke und rauchte gedankenverloren.

Warum quetscht er sich so in die Ecke? Einsamkeit. Auch ich bin allein. „Er verschafft sich Lust, indem er dich ansieht ..." Ruft allein der Anblick ohne irgendeine Berührung schon Lust hervor?

Ich beobachtete ihn und sah, wie er zwischen den Tischbeinen hindurch verstohlene Blicke auf meine unruhigen Beine warf. Als sich meine beobachtenden und seine verstohlenen Blicke trafen, wurde er rot. Er lächelte scheu, gequält. Seine Scheu irritierte mich. Und ihn quälte die Lust. Ich glaube nur an Tatsachen. Das soll er wissen.

So wie er gekommen war, ging er auch wieder. Hatte er sich etwa sattgesehen, vielleicht sogar überfressen? Er war fort. Verschwunden. Zwischen seinem Erscheinen und seinem Verschwinden hatten sich alle Fragezeichen aufgelöst und seine Gestalt angenommen.

3

Ein dunstiges, heisses Gefühl umhüllt mich und verschleiert mir den Blick für alles Vertraute. Donner macht mir keine Angst mehr, er weckt in mir nur noch das Bedürfnis, mich schutzsuchend an eine breite Brust zu werfen, in die meine Einsamkeit versinkt. Die Regentropfen rollen an meinem Fenster hinunter. Von ihnen geht Benommenheit aus, sie ergiesst sich in meinen Kopf und fliesst mir in die Finger. Durch die Finsternis zischt ein Feuer, Funken sprühen und erhellen Dinge, die ich mir ausgemalt habe.

Ich wälzte mich im Bett. Wohin soll ich mein Gesicht drehen: zur Wand? Die mir doch nur zu verstehen gibt, wie leichtsinnig es war, die Vitaminpillen nicht zu schlucken, die mir entgegenhält, dass eine beachtliche Summe für mich auf der Bank liegt, dass das Fenster der fetten Nachbarin wieder einmal offensteht. Sie erinnert mich an die Blonde und ihre Kleider, an die Dunkle und ihre Bücher und an meinen widerlichen, verhätschelten, faulen Bruder. Oder soll ich mich der Dunkelheit zuwenden, mich dem Nebel hingeben, in den mich der Fremde gehüllt hat?

Zu Hause können sie mich mal mit ihren Problemen. Ich will meine sowieso schon schwierigen und unlösbaren Probleme nicht noch zusätzlich verkomplizieren. Am besten lege ich mich auf den Rücken.

Sogleich schwebte ich zur Unibibliothek. Ich wollte es meinen Kommilitonen gleich tun, den Rücken krumm machen, den Kopf in die Bücher stecken, mich von den Sätzen mitreissen lassen, mir alles Wissen aneignen, damit ich erhobenen Hauptes in die Prüfung gehen konnte. Wenn ich gefragt würde, würde ich wie aus der Pistole geschossen antworten, alle Hindernisse überspringen, die den Weg ins nächste Semester erschweren sollten.

Wahrscheinlich kann ich mich aber nicht aufs Lernen konzentrieren. Wie denn auch? Wie soll ich vergessen, dass Walîd plötzlich nach Paris gereist ist? Dass die Stimmung unter den Mitarbeitern schlecht ist? Wie den Fremden im „Uncle Sam" vergessen, der sich wünscht, dass ich da bin, und der bitter enttäuscht ist, wenn ich wegbleibe? Wie soll ich auch noch das Gewimmel der Köpfe vor mir ignorieren? Den Bibliotheksangestellten ignorieren, der jede Studentin anlächelt, die durch die schwere Glastür tritt? Die weissen Quadrate an der Decke ignorieren und das angenehme Licht, das aus den runden Kugellampen quillt?

Ich wälzte mich herum, drehte mich wieder auf den Rükken und legte den Arm auf die Augen. Ich schlief unruhig, träumte schlecht.

Am nächsten Tag setzte ich mich abseits auf einen Stuhl zwischen den Bäumen, um beim Lernen allein zu sein. Vergeblich versuchte ich, zur Ruhe zu kommen und mich auf das zu konzentrieren, was auf den Blättern stand. Ich sah lauter grüne, schwarze, braune und blaue Augen. Dann tauchten Fragezeichen auf, winzig wie die feuchten Sandkörner auf dem Unigelände.

Welche Farbe haben seine Augen? Ich kann mich an ihre Farbe nicht erinnern, seine Augen sind ein Gemisch aus aufblitzender Lust, Entbehrung, Schmerz, Begierde, Unruhe. Seine Augen haben alle Farben der Welt. Ich wünschte, er wäre hier oder ich im Café. Ich würde, den Leuten zum

Trotz, zu ihm hingehen und all die vielen Farben in seinen verwirrten Augen durch einen Kuss auf seine Lider verschmelzen, zu einer einzigen Farbe verschmelzen. Ich schloss die Augen. Ist das Lust, was ich empfinde? Ein lustvoller, warmer Rausch durchströmte meinen Körper, ich entspannte mich auf dem grünen Holzstuhl, nickte ein, holte nach, was mir die Schlaflosigkeit geraubt hatte.

Ich weiss nicht, wie lange ich geschlafen hatte. Als ich die Augen aufschlug, war der Rausch verflogen, dahin. Neben mir lehnte ein Student mit dem Rücken an einen Baumstamm. Er war in ein kleines Heft vertieft. Verwirrt schaute ich mich um, wir beide waren allein. Ich schloss die Augen wieder und betastete die Buchseiten. Auf den Blättern waren lauter bunte Augen. Ich lachte über diese Vorstellung und schlug die Augen auf. Der Student richtete sich rasch auf, ich blieb entspannt auf dem Stuhl sitzen. Sein Blick ruhte auf meinen geröteten Wangen. Aus seinen Augen sprach Verlegenheit, das Heft fiel ihm zwischen die Füsse. Ich bückte mich schnell und hob es auf. Regungslos, wie eine Statue im Sand, stand er da. Ich blickte auf, schaute ihm ins Gesicht, seine Gestalt ragte hoch hinauf. Er lachte, setzte sich auf einen Stuhl und sagte: „Kein Wunder, dass du eingeschlafen bist. Wir alle hatten eine lange Nacht!"

Ich rieb mir die Augen.

„Im Schlaf siehst du noch schöner aus!" murmelte er.

„Ehrlich? Danke. Danke", entgegnete ich, um meine Verlegenheit zu überspielen. Ich verbarg meinen Blick in den Blättern und fragte ihn: „Meinst du nicht auch, dass man an der Uni von den wahren und wirklich wichtigen Problemen abgelenkt wird?"

Ungezwungen und kühl antwortete er: „Vor lauter Müdigkeit kannst du wohl nicht mehr klar denken. Wir alle strampeln uns hier für gute Noten und ein Diplom ab. Und mit dem Diplom steigen wir dann in die höchsten Posten auf ..."

„Ich verachte dich", unterbrach ich ihn, „und auch alle anderen Studenten."

Gleichgültig zuckte er mit den Schultern.

„Du hast die ganze Nacht mit deinen blöden Unterlagen zugebracht", erklärte ich. „Ich hingegen mit unzähligen, schrecklichen Fragezeichen. Magst du Fragezeichen?" fragte ich herausfordernd. „Ich mag sie."

Selbstzufrieden schüttelte er den Kopf und erwiderte: „Ich mag nur mein Studium."

„Magst du keine Mädchen?"

Er lachte und sagte spassig: „Ich mag das Undurchschaubare an dir!"

„Du bist ein Kind", sagte ich gereizt.

„Jedenfalls erwachsener als du!" gab er sofort zurück.

Plötzlich überkam mich tiefe Traurigkeit. „Hast du noch nie eine Leere in deinem Leben gespürt?" wollte ich wissen.

Sein Gesicht verkrampfte sich plötzlich und warf ein trauriges Echo zurück. „Die Uni nimmt all meine Energie in Anspruch", stotterte er.

Ich erstickte meinen Aufschrei durch ein nervöses Lachen. „Meine Mutter sagt, sich nach etwas erkundigen bedeutet, es entbehrt zu haben. Was meinst du dazu?"

Er brachte seinen Kopf ganz nah an mein Gesicht und sagte: „Ich verstehe nicht, was du meinst."

Ich verstehe es doch auch nicht. Was hat das Fragezeichen

zu bedeuten? Was hat es zu bedeuten, dass er einfach an mir vorbeiging? Seit ich ihn kenne, ist mir alles egal, die Uni, die Arbeit, mein Zuhause. Was hat das Fragezeichen zu bedeuten? Reicht es ihm, mich im Café aus der Distanz zu sehen? Was hat es zu bedeuten, dass er sich vor mir fürchtet?

„Versteht meine Mutter die Männer, nur weil sie mit einem von ihnen zusammenlebt?" fragte ich.

Der Kommilitone wich einen Schritt zurück, kam wieder näher und antwortete: „Lass die Dinge doch, wie sie sind! Mach doch nicht alles noch komplizierter mit deinen verqueren Gedanken!"

Ich verbarg mein Gesicht zwischen den Knien und stammelte gequält: „Ich komme morgen nicht mehr zur Uni. Ich betrete ab heute nie mehr das Gelände. Lieber lebe ich mit dem Fragezeichen. Ich werde ins Fragezeichen Bahâ eindringen. In den Menschen und von dort ins Leben. Meine Zweifel lassen mich reifen. Ich verlasse die Uni. Die Welt der leblosen Dinge, die Welt des langsamen Todes, um in die Welt dieses Mannes aufzubrechen und von ihm die pulsierende Wahrheit zu erfahren." Ich blickte auf, um die Antwort des Kommilitonen zu hören. Mein Blick folgte seinen weissen Strümpfen und schwarzen Schuhen. Er war schon weit weg, hatte schwache Spuren in der feuchten Erde hinterlassen.

4

Ich wusste nicht wohin mit meinen Händen. Ich steckte sie in die Taschen, faltete sie, rieb die Fingernägel der rechten Hand an denen der linken und umgekehrt, dann liess ich die Hände zu beiden Seiten herabhängen. Liebe Hände, heute sollt ihr eure Freiheit bekommen! Ihr sollt keine trügerischen Bücher mehr halten. Keine Handtasche mit Geldscheinen, die der Chef von ein paar Dollars abgezweigt hat, keinen Lippenstift, keinen Fullfederhalter. Wisst ihr überhaupt, was Freiheit bedeutet? Warum fühlt ihr euch von ihr so bedrängt? Wisst nicht, wohin? Wisst nicht, was tun?

Ich streckte sie von mir, warf ihnen einen bösen Blick zu, die Adern quollen hervor, der Nagellack glänzte frech, zwei Finger der rechten Hand kramten ungeduldig nach einem Stift, um sich zu beschäftigen. Ich hob die beiden Finger an meinen Mund und flüsterte ihnen zu: „Ab heute wird euch kein Stift mehr wärmen. Ihr werdet keine elenden Unistühle mehr berühren. Freut euch, bald werdet ihre eure Kumpel an der Hand eines Mannes küssen: an der Hand eines Menschen!"

Ich drehte die Handfläche nach oben, sie schwitzte heimlich. Ich wischte sie an den Kleidern ab und flüsterte ihr zu: „Du wirst ein grosses Fragezeichen mit einem Händedruck begrüssen, ich glaube, du kannst es umfassen – es wird deine Welt ganz ausfüllen. Du wirst ein neues, aufregendes Leben fuhren. ‚Er verschafft sich Lust, indem er dich ansieht …' Liebe Hand, glaubst du, dass man allein beim Anblick Lust empfinden kann?"

Eine Hand legte ich auf den Tisch neben das Kaffeeglas, die andere Hand auf meinen Schenkel – und wartete auf Bahâ. Bahâ, ist das sein richtiger Name? Ein merkwürdiger Name. Wieso hat ihm sein Vater nicht mehrere Namen gegeben, so dass ich mir einen aussuchen kann?

Die Hand, die entspannt auf dem Tisch gelegen hatte, zitterte und sprang zum Glas. Sie war kalt, ein bibbernder Eisblock. Neben ihr verpuffte nutzlos die Wärme aus dem Glas. Wärme auf Distanz wärmt nicht. Berührung. Sie wollte realistisch sein, inmitten der Wirklichkeit leben. Die Hand war so frei und umfasste das Kaffeeglas. Da begehrten auch die Lippen, von der Wärme zu kosten. Sie taten es der Hand gleich, liebkosten das Glas. Die andere Hand döste auf meinem Schenkel. Meine Gedanken schweiften umher, suchten unter den Gästen ein Gesicht, in dem ein scheues Fragezeichen Gestalt angenommen hatte.

Seit zwei Wochen war ich nicht mehr an der Universität, seit einer Woche hatte ich das Gelände nicht mehr betreten, nicht einmal die Cafés und Gemeinschaftsräume oder die Bibliothek, und an keiner der beliebten Abendveranstaltungen teilgenommen. Bahâ hatte ich nicht mehr gesehen. Und nun war ich hier. Heute hatte wieder eine neue Woche begonnen, ich sass allein im „Uncle Sam" und wartete auf ihn.

Die Hand auf dem Schenkel bewegte sich, als Bahâ im Eingang erschien. Sein Schatten fiel auf den Tisch neben der Tür. Im ersten Moment schaute er mich mit unruhigen Augen an, doch gleich darauf strahlte er übers ganze Gesicht, die Freude hüllte ihn ganz und gar ein. Sollte diese Freude Lust sein? Ist das Befriedigung durch den Anblick?

Schnell kam er an meinen Tisch. Er griff sich einen Stuhl

aus der Ecke und pflanzte sich mir gegenüber auf. Und meine Hände? Die eine ganz berauscht von der Wärme, die andere sprachlos, gelähmt von Bahâs Gegenwart.

Aus seinen Augen sprach Verwunderung. Augen von rätselhafter, trauriger Farbe. Sie drückten bittere Unruhe aus. Warum verschlingt er mein Gesicht mit den Augen? Soll ich ihm erzählen, dass meine Hände heute frei haben? Und dass es nicht an mir liegt, wenn sie sich weigern, ihn mit einem Händedruck zu begrüssen, wo ich mich doch wahnsinnig danach sehne, seine Hände zu berühren.

Er zündete sich eine Zigarette an, mir bot er keine an. Ich schwieg. Da begann er über sich selbst zu sprechen. Mir kam es vor, als hätte ich mit diesem Mann schon zusammengelebt, bevor wir, er und ich, geboren waren, bevor überhaupt Leben auf der Erde existierte. Bevor die Menschen auf den Gedanken kamen, Häuser zu bauen, Fakultäten zu gründen und Cafés zu eröffnen. Gibt es die Seelenwanderung wirklich? Ist es wahr, dass Menschen, die heute an einem bestimmten Ort auf der Welt leben, früher schon einmal anderswo gelebt haben?

„Ich bin ein alter Mann!" sagte er unvermittelt.

Alle Vorstellungen von unserem ersten Treffen waren mit einem Mal verpufft.

Er zeigte nach draussen: „Siehst du den Alten da? Schau ihn dir genau an! Siehst du, wie ängstlich, vertrocknet und tatterig er ist?"

Ich drehte mich nach dem alten Mann um. Er bettelte auf dem Gehsteig vor dem Restaurant. Ich schaute, ob noch ein anderer alter Mann in der Nähe war, und sah hinter mir einen weissen Kopf. Er unterhielt sich mit einem jüngeren

Mann, wahrscheinlich seinem Sohn. Bahâ hatte meine Bewegungen und meinen Gesichtsausdruck mit seinen grossen Augen verfolgt. Seine Augen keuchten erschöpft. Sie hatten etwas Greisenhaftes.

„Weisst du, wie alt ich bin?" fragte er mich.

Ich musste über die Frage lachen. Ich lachte entspannt, auch seine Lippen umspielte ein Lächeln. „Du sollst ... du sollst ein alter Mann sein?" fragte ich.

Ich bin, dachte ich, reifer als mein Vater, meine Mutter und meine Grossmutter, ich stecke mitten im Leben, und sie befinden sich am Rande des Lebens. Meine Mutter ist fünfundvierzig. Mein Vater fünfzig. Und meine Grossmutter achtzig. Ich bin erwachsener, reifer als sie alle. Bin ich deshalb eine alte Frau? Ich wollte ihn fragen, ob auch ich alt bin. Doch er war in finstere Gedanken vertieft. Ich rüttelte ihn auf: „Woher kommst du? Was sprichst du für einen Dialekt? Wen meinst du mit dem alten Mann?"

Ich hatte unzählige Fragen. Er beugte sich vor und sah zu, wie sie aus meinem Mund sprudelten. Er bremste mich, indem er rasch erwiderte: „Ich bin im letzten Studienjahr und komme aus einem Dorf im Irak."

„Ich habe mal jemanden von der arabischen Halbinsel getroffen", fiel ich ihm ins Wort, „der meinte, ich könnte über Politik nicht mitreden und sollte mich lieber um Mode und Parfüm kümmern. Siehst du das auch so?"

Er lächelte verlegen und betrachtete mein Kleid. Statt auf meine Frage zu reagieren, sagte er: „Ich bin ein alter Mann heisst, im tiefsten Inneren spüre ich, dass ich alt geworden bin, sehr alt. Mir ist, als wäre ich vor Urzeiten geboren und würde zugleich in einer Zeit leben, die noch weit vor uns liegt. Ich bin müde. Ich habe das Leben so satt, mein Körper weist Altersschwächen auf, dabei bin ich erst fünfundzwanzig!"

Schmerz, tiefer Schmerz lag in seinen Augen, Lippen, Fingerkuppen und in der glühenden Zigarettenspitze.

Er biss sich auf die Lippe wie ein Kind, das seine Worte hinunterschluckt. Dann stand er auf und verliess das Café. Der alte Bettler folgte seiner Fährte.

5

Das ist eine Uhr. Eine Armbanduhr. Das Zifferblatt ist weiss, das Glas glitzert im grellen Licht und blendet mich. Eine runde Uhr am Handgelenk eines Mannes. Neben ihr schliesst eine weisse Manschette ab. Die Uhr sitzt fest am Handgelenk. Die Hand bewegt sich, entwirft in der Luft eine Skizze für die Sätze, die langsam aus dem Mund des Mannes quellen. Die Uhr ist hier im Café, der Mann redet, sie glitzert, ist weiss, rund, sie blendet mich. Sie ist ganz nah. Ich spüre ihr Gewicht am Handgelenk des Mannes. Der sie trägt, ist inmitten einer grölenden Männerrunde. Vielleicht ist das ihr Stammtisch.

Ich betrachtete die Uhr und vergass darüber, dass ich auf Bahâ wartete. Ich konzentrierte mich fest auf die schwarzen Zeiger, hörte im Ticken Bahâs Schritte. Die Zeiger rückten vor. Achtzehn Uhr und eine Minute. Achtzehn Uhr und drei Minuten. Achtzehn Uhr und fünf Minuten. Achtzehn Uhr und ... Der Mann hob seine Hand und kratzte sich langsam am Ohr. Er holte ein Taschentuch hervor, die Uhr bebte, darauf gefasst, dahinter zu verschwinden. Sie verschwand im Nu, als Bahâ sich mit einem freundlichen Gruss bemerkbar machte. Schweigend setzte er sich, stiess Zigarettenrauch aus und stierte mich mit rätselhaftem, verwirrtem Gesichtsausdruck an.

Er verschafft sich Lust, indem er dich ansieht. Sein Schweigen verwirrte mich, hastig sog er sich mit Lust voll. Da beneidete ich die Frauen, die ihr Gesicht mit einem Schleier verhüllen.

„Ich arbeite", sagte ich verunsichert.

Das überraschte ihn, der strenge Ausdruck wich aus seinem Gesicht. Er brach sein Schweigen: „Du arbeitest?"

Ich überhörte einfach seine Frage und sagte: „Siehst du die Kasse da drüben?"

Er warf einen trägen Blick auf das Gesicht des Kassierers und die Kasse. Er schüttelte den Kopf, als wollte er fragen weshalb.

„In der Agentur, bei der ich arbeite, gibt es einen kleinen Briefkasten. Er hat ungefähr die gleiche Grösse. Nur ist er aus schlechtem Holz, blau angestrichen und so alt, dass die Farbe abblättert. Ich bin schon seit drei Monaten dort. Jeden Morgen muss ich nachsehen, ob eine Beschwerde im Briefkasten ist, bisher war er immer leer. Heute morgen war er auch wieder leer!" Ich schwieg. Folgte Bahâs Blicken, die verstohlen über meine Beine wanderten. Er verschafft sich Lust, indem er dich ansieht. Seine Blicke sogen an meiner Brust, meinen Lippen. Und an meinen Augen.

Mir ist unwohl. Ihm ist auch unwohl.

„Du weisst nicht", rief ich gereizt, „was es für mich bedeutet, dass der Briefkasten immer leer ist. Du weisst nicht, wie sehr mich die Leere verletzt und quält. Du hast ja keine Ahnung, dass ich dich einmal beobachtet und mir dabei Gedanken über meine Leere gemacht habe. Spürst du auch diese Leere?"

Seine Augen wanderten über mein Gesicht. Mir war, als frassen sie sich in meine Lippen und mein Kinn, dann glitten sie hinab zu meiner Brust. Ich schlug mit der Faust auf den Tisch, wollte schreien. Da packte er meine Hand, mein Mund blieb offen stehen, der Schrei in meiner Kehle erstickte. Er liess meine Hand los. Ich schauderte. Er sah, dass ich zitterte. Sein Blick trübte sich. Er zog eine gelbe Metalldose aus der Tasche, öffnete sie und drehte sich geschickt eine Zigarette.

Ich hatte Angst. Er hatte Angst. Und – der Chef hatte auch Angst.

„Weisst du, wovor mein Chef Angst hat?" fragte ich.

Weisst du? Verstehst du? Meine Fragerei nervte ihn. Er zuckte mit den Schultern und murmelte: „Woher soll ich wissen, wovor ein Mensch Angst hat, den ich überhaupt nicht kenne?"

„Mein Chef ist heute nach Europa gereist", sagte ich etwas dümmlich.

Wie weggetreten rollte er die angezündete Zigarette zwischen den Fingern hin und her, sein Gesichtsausdruck verfinsterte sich. Mit mattem, düsterem Ton sagte er: „Einmal hat ein amerikanischer Professor mich und einige andere Studenten zu einer Teeparty bei sich zu Hause eingeladen ..." Seine düstere, matte Stimme stockte. Er zog an der Zigarette, über der Glut bildete sich Asche, er schaute sich nach einem Aschenbecher um, konnte aber keinen entdecken. Fragend blickte er mich an.

Nein! Er weiss nicht, was Leere bedeutet, murmelte ich in mich hinein. Immer, wenn ich mich an einen Tisch setze, schiebe ich den Aschenbecher unter ein Buch oder stecke ihn in meine Handtasche. Ich habe immer ein Buch dabei, damit ich jederzeit die Leere verdecken kann.

Ich holte den Aschenbecher hervor und schob ihn Bahâ hin, er klopfte die Asche ab. „Bei ihm, dem Professor", fuhr er fort, „machten wir uns darüber lustig, dass im Wohnzimmer ein Ein-Dollar-Schein in einem kunstvoll gearbeiteten Bilderrahmen mit Glas hing. Als der Professor sah, dass wir uns heimlich darüber amüsierten, lächelte er stolz. Diesen Dollar, erzählte er, habe sein Sohn als Frucht seiner Anstrengungen verdient, als er mit elf Jahren in den Sommerferien hart für ihn gearbeitet habe. Wir, wir arabischen Männer, schauten uns ungläubig an. Uns fehlten die Früchte unserer Anstrengungen in unserem Leben, uns fehlten unsere Väter. Fehlte die Individualität, sogar im Kreise der Familie. Uns wurde klar, dass wir unterjocht sind. Dass wir die Sklaven unserer Väter und Mütter, unserer Geschwister und Verwandten sind. Und der Amerikaner, der mehr als fünftausend Pfund im Monat verdiente, dieser Mann liess seinen Sohn arbeiten. Er pries die Früchte, die sich sein Sohn verdiente, respektierte dessen Bemühungen und Erfahrungen. So lernen die Kinder, sich von ihren Eltern zu emanzipieren, Schritt für Schritt." Verbittert knirschte er mit den Zähnen. „Und wir, wir arabischen Männer, bleiben Schmarotzer, liegen unseren Vätern auf der Tasche, oder unsere Väter saugen uns das Blut aus, weil sie uns gezeugt haben. Unsere Väter brüsten sich mit ihrer Allmacht und legen uns den Strick um den Hals. Wir unterwerfen uns dem Strick, weil unsere Existenz keine Bedeutung hat, ja weil wir überhaupt nicht existieren!"

Er schwieg, ich war ergriffen. „Sobald aber jemand versucht, sich von seinem Vater abzunabeln", fuhr er fort, „gilt er als eitel. Als Rebell. Er wird verflucht bis in alle Ewigkeit! Mehr noch, er wird sein Leben lang geplagt von dem Konflikt, der Einsamkeit, dem Schmerz!" Er drückte die Zigarette im Aschenbecher aus, seine Hände zitterten. Plötzlich sprang er auf, warf einen wütenden Blick auf meinen elenden Körper und verliess mich wortlos.

Sofort griff ich nach dem Zigarettenstummel, hob ihn an meine Lippen, biss sehnsüchtig darauf und hauchte ihn mit erregtem, heissem Atem an.

Wirre Bilder verfolgten mich am Abend. Offener Tabak. Durchsichtiges weisses Papier. Gewaltige Finger, die Zigaretten drehen. Eine Zunge, die das Papier anfeuchtet. Ein ausgedrückter Stummel im Aschenbecher. Ein gerahmter Dollar. Ein riesengrosses Fragezeichen. Es umzingelt alle anderen Bilder. Der leere Briefkasten existiert nicht mehr, von der Reise des Chefs nach Europa fehlt in meinem Gedächtnis jede Spur.

„Was ist das für ein Tabak, den manche Männer rauchen? Ich meine den offenen Tabak?" fragte ich meinen Vater interessiert.

Er stand vor dem Spiegel und band sich eine Krawatte um. „Das ist der Tabak, der bei uns angebaut wird", antwortete er verächtlich. Dann öffnete er sein goldenes Zigarettenetui und zündete sich eine amerikanische Zigarette an.

6

„Genau wie diese Flasche", sagte Bahâ, schwieg kurz und fuhr fort: „In meinem Land waren Frauen für mich nichts weiter als wandelnde Flaschen. Erst als ich mit siebzehn nach Beirut kam, betrachtete ich Frauen nicht mehr nur als Flaschen."

Ich sah ihm in die Augen, wollte wissen, ob er es wirklich so meinte. Er hatte einen unruhigen, rachsüchtigen Blick. Am liebsten hätte er mir wohl das Gesicht zerfetzt, es aufgefressen, seinen Hunger gestillt, weil ihm siebzehn Jahre lang ein existentielles Recht verwehrt worden war! Ich betastete mein Gesicht, schaute ihm ins Gesicht und sah, dass sich die Unruhe in seinem Blick allmählich legte.

„Als ich klein war", sagte er, „verfolgte ich die Flaschen in unserem Stadtviertel. Manchmal war ich sogar erfolgreich, ich sah Beine, die in dicke Strümpfe gehüllt, und Füsse, die in braune oder schwarze Schuhe gezwängt waren. Hinter dem schwarzen Schleier kamen mir die Gesichter entstellt vor. Alle kamen mir vor wie das Gesicht meiner Mutter."

Er verschafft sich Lust, indem er dich ansieht, hörte ich die Stimme wieder und schlug mit der Faust auf den Tisch. Er hielt im Reden inne, seine Blicke hängten sich an meinen Mund. Ich drehte mich um und sah, dass der Kellner lachte. Ein Gast beobachtete mich aufmerksam im Spiegel. Ich klappte den Mund zu und schaute mir den Mann genau an, der nicht den Mut besass, mir direkt in die Augen zu blicken. Ich wollte mein Spiegelbild sehen, um mich zu vergewissern, dass Bahâ und ich wirklich bei „Faissal" waren. Ich stand auf. Bahâ stand auf. Der Mann erschrak. Ich sah mich, Bahâ, den Mann, den Kellner, die Tische, Löffel, Flaschen – im Spiegel. Er verschafft sich Lust, verschafft sich Lust. Wie Flaschen zersprangen seine Worte und zerrissen den Klang des Gesagten.

„Deshalb bin ich feige", fuhr Bahâ fort.

„Warum?" fragte ich, ohne zu überlegen.

„Weil mir, indem ich Frauen nicht als Menschen betrachten durfte, ein grundlegendes Recht verwehrt wurde!" antwortete er. Er liess mich allein, verschwand.

Allein bedeutete in diesem Augenblick, dass „er" mir fehlte. Als ich ihn noch nicht kannte, bedeutete das Alleinsein klagende, rätselhafte Leere. Ich war allein, ich betrachtete eine Zigarette, die zwischen den Fingern eines Gasts verglomm. Ich hatte Bahâs Hand vor Augen, sie erstickte weisse Stengel im schwarzen Aschenbecher. Sie zündete ein Streichholz an und versengte die Spitze eines neuen Stengels. Sie schien mir rot, heiss, durstig zu sein, ich wollte sie küssen. Einen Finger nach dem anderen küssen. Meinen Kopf auf seine Hand betten und erst am nächsten Morgen, jeden Morgen, erwachen, während er mir über die Locken streicht.

Ich schaute mir die Hand des Gasts an, sie war knochig, grob. Nein, Bahâs Hand ist eine Welt für sich. Es ist die Hand eines Gottes, sie verströmt den Duft von Safran, Licht, Vergebung. Als ich seine Hand zum ersten Mal sah, war ich davon überzeugt, dass sie mir niemals Schmerzen zufügen könnte, nicht einmal, wenn sie mir den Leib zerfetzte.

Am Abend sah ich mir die Hand meines Vaters an, sie war

faltig, müde, ein gewaltiger Brillantring schmückte sie. Am liebsten hätte ich ihm auf die Hand gespuckt.

Am nächsten Morgen hatte ich das zwanghafte Bedürfnis, mir die Hände aller Männer, die mir über den Weg liefen, anzusehen und meine Beobachtungen in einem kleinen Notizbuch festzuhalten. Ich stellte fest, dass kein Mann Hände hatte wie Bahâ.

Ich ging nach Hause. Mein Hustenanfall war den Ohren meiner Mutter nicht entgangen. Sie empfing mich an der Tür und zeterte: „Es passt mir nicht, dass du wie ein Dieb im Dunkeln und mit angehaltenem Atem die Treppen hochschleichst. Vor lauter Erschöpfung keuchst du schon wie ein Familienvater, der für seine Kinder Essen und Kleider beschaffen und eine Wohnung bezahlen muss. Ab ins Bett! Mal sehen, was dein Vater dazu sagt, dass du erst nach acht oder sogar erst nach neun Uhr abends nach Hause kommst."

Ich grinste meine Mutter an und zog den nassen Mantel aus. Sie will, dachte ich, nur auf meine Kosten ihre Macht meinem Vater gegenüber ausspielen.

„Zieh die Unterwäsche aus", rief sie, „du bist ja nass bis auf die Knochen. Reib dir den Schädel mit Spiritus ab. Schliess die Fenster. Wirf die Wolldecke nicht auf den Boden ..." Mach dies. Tu das. Einfach toll, wie meine Mutter herumkommandieren kann. Ich ging in mein Zimmer, wickelte meinen bibbernden Körper in dicke Wolldecken. Ich bin sicher, dass meine Mutter auch im Bett ihrem Mann mit ihrer Nörgelei in den Ohren liegt.

„Wir müssen Lîna besser beobachten ..."

„Hat sie sich heute wieder die Haare geschnitten?" flüstert ihr Gatte.

„Kurzes oder langes Haar spielt keine Rolle für ihren Ruf. Sie treibt sich bis nachts draussen herum, dagegen müssen wir etwas unternehmen. Ihre Schwestern kommen in Verruf!" antwortet sie aufgebracht oder hinterhältig, wie es gerade besser passt.

Vater verjagt sie aus seinen lebhaften Phantasien und bringt sie zum Schweigen: „Darüber sprechen wir morgen." Er dreht ihr den Rücken zu und stellt sich schlafend.

7

Mir dröhnte der Kopf vor lauter Fragezeichen. Ich trat einen Schritt vom Fenster zurück und zog die geblümte Gardine zu. Das Telefon in meinem Büro läutete. Der Chef war dran. Er war aus Europa zurück. Ich eilte in sein Büro. Er lief wütend durchs Zimmer, stampfte, durch den Teppich gedämpft, mit seinen eleganten Schuhen auf den Boden. Zwischen Tür und Ledersessel blieb er stehen. Ich näherte mich ihm langsam und begrüsste ihn, den Sessel, in dem zwei Grossmächte im Schneidersitz Platz genommen hatten. Der Chef brüllte mich an: „Was hast du während meiner Abwesenheit eigentlich getan? Warum bist du nicht mal auf die Idee gekommen, dich als Sekretärin zu versuchen? Hast du nicht gemerkt, dass der Haufen Arbeit auf meinem Schreibtisch dringend erledigt werden muss?"

Ich starrte auf die glänzende Schreibtischplatte, starrte auf den Haufen Arbeit, der dringend erledigt werden musste.

„Hast du nicht mitbekommen, was die Russen während meiner Abwesenheit unternommen haben? Ist dir nicht der Gedanke gekommen, dich auf die Arbeit hier zu stürzen, gegen die Aktionen Massnahmen zu ergreifen und sie zu stoppen? Das hier ist ein Propagandabüro gegen den Kommunismus."

Ich war baff. Mit zitternden Händen rieb ich mir die Knie und bewegte mich schwerfällig auf den furchterregenden, ängstlichen Mann zu, der sich in geheime Nachrichten und in herumspukende Lügengespinste verwandelt hatte.

„Und welche Ideologie, Partei oder Organisation vertritt die Agentur?" fragte ich verkrampft.

Er setzte sich, und mit ihm machten sich Pfund und Dollar im braunen Sessel breit. „Die Agentur", lächelte er, „setzt sich für den Frieden ein, sie will weltweit Frieden schaffen."

„Und wo wäre Ihnen und Ihresgleichen das schon gelungen?" schnitt ich ihm sofort das Wort ab. „In Algerien vielleicht, in Zypern oder Palästina?"

Wütend fuhr er aus seinem Sessel und scheuchte schwarze Tauben vom Fenstersims auf, packte mich hart am Arm und murmelte: „Es genügt schon, dass ich dir inneren Frieden gab, indem ich dich hier eingestellt habe. Es genügt schon, dass ich dieses Gebäude besitze. Ich bin ein Mann mit sicherer Existenz. Ich werde von den Menschen geschätzt und respektiert. Es ist also eine individuelle Angelegenheit, wie du siehst. Das ist doch ganz nach deinem Geschmack, wo du die Individualität so hochhältst!" Nun thronte der Chef wieder auf seinem Ruhm, dessen Scherben ich schon vor mir gesehen hatte. Und ich eilte zum Treffen mit Bahâ.

Er faszinierte mich in seinem blauen Hemd, mit seinem tiefen Blick und seinen kindlich scheuen Bewegungen. Er stiess Zigarettenrauch aus. Woran denkt er wohl gerade? Er riss mich aus meinen Gedanken, indem er belustigt bemerkte: „Hier im Libanon gibt es jeden Monat eine Regierungskrise. Und täglich kursieren neue Gerüchte über den Rücktritt von Kabinettsmitgliedern."

Regierungskrise? Ich habe seit zwei Tagen keine Nachrichten mehr gehört und keine Zeitung gelesen. Er weiss nicht, dass ich die beiden letzten Tage vor dem Spiegel gestanden und viel wichtigeren und interessanteren Nachrichten gelauscht habe. Und die hat mir mein Körper erzählt, der seine Freiheit will.

Es kümmerte ihn nicht, dass ich schwieg, er fuhr einfach fort: „In eurem Land wird die kurioseste Politik der Welt gemacht. Dieses winzige, wunderbare Land mit seinen vielen Konfessionen und gegensätzlichen Interessen, dieses Land besteht und existiert nur aus Widersprüchen!"

„Und sie — ich meine die Widersprüche — bilden den Nährboden für den revolutionären Geist und den Individualismus unserer Gesellschaft, die ein besseres Zusammenleben anstrebt", sagte ich eifrig.

Er lachte halb belustigt, halb abschätzig. „Was erzählst du da bloss für ein Märchen? Das Märchen von der Individualität!"

„Wir brauchen eine bessere, gerechte Realität!" rief ich, „wir brauchen freie Individuen!"

„Du bist ein Kind und lebst im Himmel!" unterbrach er mich kühl.

Na warte! Ich hob die Hand, liess sie fallen, unterdrückte meine Wut. „Was? Was?" stammelte ich.

„Das Volk in meinem Land braucht eine kollektive, allumfassende Revolution", erklärte er mit grossem Nachdruck. „Sie muss in den Gassen, Hütten und Zelten ausbrechen. Denn das Volk wird verraten und verkauft in den Palästen und in der Luft, an Bord der Maschinen, die zwischen unserer Hauptstadt und der Hauptstadt des Empire ständig hin- und herfliegen. Was bin ich denn wert? Was bist du schon wert? Was das Leben jedes einzelnen, gemessen am

Leben eines Volkes von Millionen, das von einem korrupten Regime abgeschlachtet wird?" Bahâ brachte seine Vorstellungen und Anschauungen hitzig vor, während er mit seinen Augen meinen Körper durchbohrte.

„Was ist schon dabei", fuhr er fort, „wenn dein Körper verbrennt, gemessen an Abermillionen Körpern, die jeden Augenblick zu blutgetränkter Asche zerfallen! Du bist frei hier und verschwendest deine Zeit damit, zwischen der Agentur und dem Café hin- und herzurennen. Was ist es schon wert, wenn deine Sehnsüchte, mögen sie noch so grossartig und bedeutend sein, in Erfüllung gehen, angesichts der Abermillionen Sehnsüchte, die im Keim erstickt, unterjocht, unter der Erde verschüttet werden! Sag mir doch, welchen Wert hat dein Märchen von der Individualität? Es fliesst Blut. Es verhungern Menschen. Es herrscht Unrecht. Gemeinsam mit verräterischen Herrschern saugen uns die Imperialisten das Blut aus dem Leib, fressen alle Güter und metzeln uns nieder!"

Er kam näher. Dieser Marx-Enkel schockierte mich. Ich gab keine Antwort. Entsetzt krallte ich mich an den Stuhl: Seine Augen waren blutunterlaufen, aus seinem Mund rann Blut! Ich bewegte die Lippen, versuchte etwas zu sagen, gegen mein Entsetzen anzukämpfen, ich konnte nicht. Er dachte wohl, sein Ausbruch hätte mich verstört.

„Ich will ein Verbrechen begehen!" sagte er.

Ich schluckte. Ich hielt mir die linke Hand vor den Mund, Blut lief aus seinem Mund. Es floss. Wellen brachen hervor, rollten ihm übers Gesicht. Stiegen immer höher. Überschlugen sich tosend. Rote Wasserfälle stürzten aus seinem Mund in die Tiefe. Ich verlor den Halt. Hinter seinem blassen, welken, gequälten Lächeln kamen die weissen Zähne zum Vorschein. „Ich werde es tun", erklärte er, „ich werde dem unwiderstehlichen Drang nachgeben. Jeden Abend zieht und drängt es mich, hier in ein Flugzeug zu steigen und in der Hauptstadt zu landen!"

Dieser Feigling und ein Verbrechen begehen?

„In jedem von uns steckt ein krimineller Kern", fuhr er fort. „Ich hätte niemals geglaubt, dass dieser Kern keimen und austreiben würde. Doch er wurde gedüngt, so dass er gedieh und reifte." Als hätte der „Dünger" auch das Lächeln genährt, wurde es matter und leidender. „Du möchtest wohl wissen, was der Dünger ist, nicht wahr?" fragte er mich.

Ich nickte rasch. Doch ohne meine schnelle, durstige Kopfbewegung zu beachten, spann er seine Gedanken weiter. „Seit Jahren ..." Er schwieg. „Seit Jahren", fuhr er fort, „seit ich an der Uni zum ersten Mal von der Struktur, den Prinzipien und Zielen der Partei gekostet habe, bereite ich mich auf das Verbrechen vor. Von mühsam erspartem Geld habe ich mir Waffen gekauft. Ich habe sogar aufs Kino verzichtet!" Er lächelte gequält. „Du weisst nicht, was es heisst, verzichten zu müssen. Niemand ausser mir hat einen so mörderischen Verzicht gekostet wie ich. Verzicht, Verzicht, ich werde dir erklären, was das bedeutet: Verzicht. Verzicht auf die väterliche Liebe. Hat dich dein Vater jemals geküsst? Hat deine Mutter die kleinen Sehnsüchte gewiegt, die deiner kindlichen Phantasie entsprungen sind? Haben dir im Winter Mutter und Vater gemeinsam die kalten Hände gerieben, damit sie wieder schön warm wurden?"

Er schwieg. Überschwengliche weibliche Zärtlichkeit erfüllte mich.

„Im Winter", fuhr er fort, „hätte ich meine Eltern noch mehr gebraucht, aber ich unterdrückte das Bedürfnis stolz, wenn mein Bruder, der Glückspilz, Süssigkeiten in der Hand hielt. Ich sehnte mich nach einem Kuss, wie ihn mein Freund von seinem Vater auf die Wange gedrückt bekam. Ich beneidete das verdreckte Kätzchen, das glücklich und hingebungsvoll dalag, während ihm die Mutter zärtlich das Fell leckte!"

Er schwieg. Meine neuen Empfindungen hatten nun Raum, sich zu entfalten. Am liebsten hätte ich ihn – wie ein Kind – in die Arme geschlossen, meine Wange an seiner schmerzenden Wange gerieben, das Leid, das seine Eltern ihm zugefügt hatten, gelindert und ihm ein Märchen von Engeln, Licht und Wohlgerüchen erzählt, seine vernachlässigten Lider und Wangen geküsst und ihm im Winter Wärme gegeben.

Was verschafft ihm mein Anblick wohl gerade? Lust? Mutterliebe? Als ahnte er, was mir durch den Kopf ging, sagte er überheblich und trotzig: „Jetzt brauche ich niemanden mehr. Ich habe mich zwar, um unabhängig zu werden, auf falsche Theorien gestützt, die uns mit englischen Spritzen eingeimpft worden sind. Trotzdem brauche ich jetzt niemanden mehr!"

Feigling! Lügner! Überheblich und eingebildet ist er!

Als bereute er, dass die neue Zärtlichkeit versickerte, versuchte er, sich noch schnell an sie zu klammern: „So bin ich unabhängig geworden. Ich hatte noch nie das Gesicht einer

Frau gesehen und mir folgendes überlegt: Schon die alten Theologen und Gelehrten – Gott habe sie selig – behaupteten in ihren Büchern, es sei verboten, das Gesicht einer Frau anzuschauen, mit der man nicht verwandt ist. Es sei eine Sünde, die der Schöpfer des weiblichen Antlitzes niemals vergibt. Und ich schwor mir, das erst recht zu tun. Meinen Hunger nach Frauen zu stillen. Mich an Frauen zu überfressen. Bis es mich nur noch ekelte vor lauter Frauengesichtern um mich herum! Ich verliess mein Elternhaus. Weder damit fühle ich mich verbunden noch mit einem anderen Ort auf der Welt! In Beirut, in ..." Er schwieg. Rauchte seine Zigarette zu Ende.

Er ist mit seinen Zigaretten fest verwachsen. Ja, noch mehr als das. Zigaretten sind ein Teil von ihm, erst die Zigarette im Mundwinkel oder zwischen den Fingern macht seine Person komplett.

Seit Urzeiten führen Frauen und Männer ein gemeinsames Leben, und seither haben Frauen auch die Angewohnheit, ihren Männern bestimmte Vorschriften zu machen, denen sich die Männer auch schleunigst und kleinlaut wie gehorsame Lämmer fügen. Ich weiss nicht, warum Frauen ihren Männern immer langatmige Vorträge darüber halten müssen, dass Rauchen schädlich ist. Als wäre die Zigarette eine bösartige Rivalin, die ihnen seine Liebe abspenstig macht. Würden die Frauen, die an Bahâ und seiner Zigarette vorbeigehen, doch nur mal einen Moment stehenbleiben, ihn betrachten und sich belehren lassen von dem, was sie sehen. Sie würden schliesslich die Pflanze preisen, die diesem Menschen zum Leben verhilft. Ich würde mich mit jeder

Frau, auch seiner Mutter, anlegen, die ihre Eitelkeit auf Kosten des weissen Stummels auszuleben versucht, auf den jeder Mann nur notgedrungen verzichtet!

Demütig umfasste ich den Aschenbecher und stellte mir meine Hände als zwei Weihrauchgefässe vor. Ich stellte ihn Bahâ hin, er legte den Rest seiner weissen Braut hinein.

„Gehst du oft ins Kino?" fragte er.

Mir war nicht klar, warum er diese Frage stellte. „Selten", erwiderte ich.

Die Stimme des Kartenverkäufers im „Cinéma Capitol" dröhnte: „Eine Karte, eine, ei..." Ein Lächeln umspielte Bahâs Lippen und Augen. „Deine Antworten sind undurchschaubar und unehrlich", sagte er hastig. „Nicht weiter schlimm. Sie verraten mir aber, dass du nicht die Erfahrung des Verzichts mit mir teilst. Jedenfalls, nachdem ich von zu Hause weggelaufen war und mich in Beirut niedergelassen hatte, bekam ich Gesichter von Frauen zu sehen."

Sein stockendes Sprechen, seine wirren Gedanken beanspruchten meine ganze Aufmerksamkeit. Er entriss mir etwas, verletzte mich, als er sagte: „Ich bekam das Gesicht einer Frau zu sehen. Ihre Hüften, Arme, Brüste, Beine. Auf dem Flugplatz lernten wir uns kennen, wir standen kurz zusammen. Danach folgten unschuldige Ausflüge. Unschuldig habe ich gesagt", versicherte er mit einem hinterlistigen Blick. „Frauen wurden für mich nun ganz normale Wesen: keine Flaschen mehr. Keine Göttinnen. Keine Flittchen. Ich will Frauen nicht nur aus der Entfernung sehen, schliesslich will ich ihre Psyche kennenlernen, aber ich habe nicht den nötigen Mut, sie anzusprechen. Ausserdem mag ich keine ordinären Frauen. Also habe ich mir überlegt, die einzige

Schule, wo das Leben der Frau, ihre Psyche und alles, was sonst noch damit zusammenhängt, behandelt wird, ist das Kino. Der Hunger", seufzte er, „lauert mir jeden Abend um halb sieben an meiner Zimmertür auf und will mit mir ins Kino gehen. Ins Kino, Kino, ruft er mich. Ich halte mir die Ohren zu, konzentriere mich auf die Bücher, verkrieche mich unter die Bettdecke. Er bedrängt mich mit seinen unflätigen Aufforderungen: ins Kino. Kino. Du wirst sie sehen. Du wirst sie sehen. Nackt. Erregt. Mörderisch. Unschuldig. Jungfräulich. Gedemütigt. Kino! Eine Minute verstreicht, der Hunger brüllt unerträglich laut. Ich ziehe die Kleider aus, der Hunger beisst sich daran fest. Eine weitere Minute verstreicht. Ich lege mich aufs Bett, der Hunger schleicht sich an mein Bett und bettelt: Lass uns ins Kino gehen! Ins Kino. Du wirst sie sehen. Nackt. Erregt. Weise. Als Mutter. Als Geliebte. Als Verlobte. Eine weitere Minute verstreicht, ich greife nach den Büchern, fange an zu lesen, zwischen den schwarzen Zeilen auf dem weissen Papier erscheinen rote Flammen, sie verschlingen parfümierte Seidenkleider, aus denen blitzschnell nackte Frauen herausschlüpfen, schwarze Riesen folgen ihnen, sie tanzen im Kreis nach dämonischen Melodien. Das Getöse um mich herum wird lauter und lauter. Der Hunger jammert. Und jeden Abend reisse ich dann die Tür auf und stürze wie ein Verrückter ins Kino!" Er schwieg.

„Du weisst nicht, was es bedeutet, verzichten zu müssen", sagte er dann. „Du weisst nicht, was das Geld wert ist. Ich habe es mühsam zusammengespart. Sogar aufs Kino habe ich verzichtet! Du ..." Er zeigte auf mich und fragte: „He du, wieso erzähle ich dir das alles? Wer bist du überhaupt?

Wieso mischst du dich in meine Privatangelegenheiten? Wo kommst du plötzlich her?"

Bedrückt erhob er sich und verabschiedete sich mit einer der grössten Unverschämtheiten, die er mir in seinem Frust antun konnte: „Du ... du bist doch auch nur eine von den vielen Frauen. Du bist genau wie sie: Bist ein Weib. Hast Beine. Brüste. Nackte Arme ..."

Plötzlich war er verschwunden. Ich erinnerte mich, wie ich das erste Mal zur Agentur gegangen, getorkelt war. Das kurze Haar und die Kleider völlig vom Regen durchnässt. Ich hatte begonnen, die Frauen auf der Strasse zu zählen. Eine. Drei. Zehn Frauen nur. Nein. Ich darf mich nicht zu den anderen Frauen zählen. Ich verschwinde in der Masse von zehn. Hundert. Einer Million. Zu meinen, ich sei etwas Besonderes unter zehn Frauen, hundert, unter ... Das ist ein Irrtum, dem ich aufsitze.

Er war verschwunden, und ich ging nach Hause.

Heute morgen waren die Primeln in den Blumenkästen auf unserem Balkon aufgeblüht, meine Mutter hatte ein paar gepflückt und sich an den Ausschnitt gesteckt. Und ich hatte gedacht, der Frühlingsanfang dieses Jahr würde anders sein als im vergangenen und im kommenden Jahr!

Ich setzte mich in einen bequemen Sessel im Salon, Zeitungen lagen verstreut herum. Ich zündete mir eine Zigarette an.

Meine Mutter seufzte, als sie mich sah. „Was ist das für ein Chaos?" rief sie. „Sag Samîha, sie soll hier aufräumen! Übrigens ..."

Ich wandte ihr den Rücken zu. „Zu Befehl, gnä' Frau!" erwiderte ich grimmig.

Sie bemerkte meinen Unmut und kam näher. Sie beugte

sich so weit vor, dass die Primeln meine Nase berührten, und sagte: „Die Mutter des jungen Mannes, ich hab dir von ihm erzählt, will uns besuchen. Ihr Sohn will gesehen haben, wie du im ‚Uncle Sam' mit einem Mann zusammengesessen hast. Mit wem treibst du dich da herum? Ist er derselbe, der dich fragte, wo du so lange gewesen bist?"

Ich gab keine Antwort. Sie verletzte mich, als sie sagte: „Er vertreibt sich nur die Zeit mit dir! Er ..."

„Er, er! Was geht dich das an?" fuhr ich ihr über den Mund. „Kommt dir wohl gerade recht, dass ich für ihn nur eine von den Frauen bin, die auf den Strassen, an den Universitäten, in den Cafés und Ämtern herumlaufen!" sagte ich. „Er, er! Hör bitte auf damit. Ich werde weder auf dich hören noch auf die Mutter des Typen noch auf den Typen selbst, hast du das verstanden?"

„Du bist eine Katastrophe für das ganze Haus!"

Dann sah sie Rauch aus der Ecke aufsteigen und sich als feine Wolke im Raum verteilen. Sie ging darauf zu, blieb wie erstarrt stehen, als sie die glimmende Zigarette im Aschenbecher hinter der Vase sah. „Wer hat hier geraucht?" fragte sie fassungslos.

„Ich."

Schon hatte ich eine Ohrfeige. „Du? Seit wann treiben sich unsere Töchter herum wie Strassenmädchen? Seit wann geben sie sich mit Männern ab und stecken ihre Nase in deren Angelegenheiten? Seit wann rauchen sie — und dann noch vor ihrer Mutter? Was fällt dir eigentlich ein? Was bist du nur so ungezogen, warum tanzt du aus der Reihe? Was fehlt dir denn? Kleider? Ein Auto? Geld? Eine Wohnung?" lamentierte sie.

Ich sass zurückgelehnt im Sessel, legte die Hand auf die

Stelle, wo die Ohrfeige gesessen hatte. Sank zusammen, vergrub heulend meinen Kopf.

„Du wirst noch Schande über die ganze Familie bringen!" schrie sie und liess mich allein.

Ich wollte heulen, heulen, heulen, bis das wertvolle Polster durchnässt wäre, bis meine Tränen ins Holz eingedrungen wären und die Fliesen unter dem bequemen Sessel gespült hätten. Wollte Jahre nachholen, in denen ich nicht weinen durfte, denn durch Heulen würden Frauen, wie meine Mutter behauptete, Schwäche zeigen, sich selbst erniedrigen, ein Verbrechen begehen!

Ich versuchte, mich zu erinnern, was mir je heisse Tränen in die Augen getrieben hatte. Plötzlich musste ich loslachen. Ich stand auf und sammelte die Zeitungen ein. Samîha beobachtete mich, lächelte verunsichert. Ich drückte ihr den Stapel in die Hand und schickte sie fort.

8

Und welche Heldentat werde ich vollbringen? Werde ich im Dunkeln ins Büro schleichen und eine Bombe unter den Chefsessel legen, die Agentur in die Luft sprengen und die beiden Grossmächte zerfetzen? Ganz bestimmt würde ich gefasst und vor Gericht gestellt werden. Im Gerichtssaal würden sich die Schaulustigen drängen. Mein Name als Schlagzeile in allen Zeitungen und Zeitschriften stehen. Mein Bild die Wände übersäen. Mein Verbrechen die Menschen lange beschäftigen. Schliesslich würde ich zum Tode verurteilt werden.

Ich zum Tode verurteilt werden? Nein, ich will nicht sterben und für alle Ewigkeit vergessen werden.

Das wäre nur eine ganz normale Heldentat. Doch Bahâ will ein Verbrechen begehen! Welches Verbrechen? Ist er fähig, einen Menschen eigenhändig zu töten? Ich sah seine besudelten Hände, der Lebenssaft seines Opfers tropfte von ihnen. Sie legten sich auf weisses Papier, strahlten blaues Licht aus: Seine Hände sind geschaffen, zarte, empfindsame Körper zu liebkosen. Ich neigte den Kopf, legte ihn auf die imaginären Hände und erinnerte mich an die qualvolle Einsamkeit zu der Zeit, als ich Bahâ noch nicht kannte.

Leise legte sich die Dunkelheit über die Erde zwischen den Bäumen. In der Unibibliothek war es strahlend hell, so dass die Dunkelheit draussen noch dichter wirkte. Es störte mich, im tiefen Dunkel nichts erkennen zu können. Und plötzlich fand ich das Buch, das ich eben noch voller Begeisterung verschlungen hatte, nur noch albern. Ein beunruhigendes Gefühl von Einsamkeit ergriff mich. Ich musste mit jemandem reden. Die Einsamkeit. Wie kann ich dem Kommilitonen im braun-weiss-karierten Pullover klarmachen, dass ich meine Einsamkeit überwinden muss? Würde er sich doch etwas näher zu mir setzen, mich nur einmal ansehen. Er war ganz aufs Lernen konzentriert.

Doch dann warf er verstohlene Blicke auf das Gesicht einer Frau. Er liess das Buch ausser acht und richtete seine Aufmerksamkeit auf den Körper, der zu dem Gesicht gehörte. Sie stand in der Ecke und wälzte ein Nachschlagewerk zum Thema der abendlichen Vorlesung. Es war eine gewöhnliche Frau, sie strahlte eine stille, einfache Schönheit aus. Sie trug ein einfarbiges rotes Kleid, eins von denen, die man überall sieht, aber dennoch nicht wahrnimmt. Beim Anblick ihrer starren Haltung ermüdeten einem die Augen, der Blick prallte sofort wieder ab, genau wie es dem Mann mit dem karierten Pullover erging.

Ich klappte mein Buch zu und stand auf, die meisten Anwesenden drehten sich um, folgten mir dorthin, wo die Frau stand. Ich wollte allgemeine Aufmerksamkeit. Ich war einsam, wollte aber nicht einsam sein. Ich wollte nicht regungslos und anonym bleiben. Als wäre ich auf die Bretter einer Bühne gestiegen, als wären die Studenten in der Bibliothek Theatergäste, die sich eine Komödie anschauen, so folgten sie meinem schleichenden Gang und suchten nach der Pointe in meiner Rolle.

Ich stellte mich neben die Frau, mein buntes Kleid mischte sich mit ihrem Rot. Wir waren zwei Frauen: Es gab kein

„ich" und kein „sie" mehr. Die Augen, die nach der Pointe Ausschau hielten, die Tragik des menschlichen Lebens jedoch nicht begriffen, wandten sich von uns ab. Meine Tragik!

Die Zeit der Einsamkeit ist vorbei: Bahâ hat ihr ein Ende gemacht. Zweifellos hat er heute wieder seinen allabendlichen Frust. Der Frust treibt ihn ins Kino. Und ich bin allein. Wo ich doch alles habe, wonach Bahâs Seele ruft. Er ist weit weg, dabei könnte er meine Einsamkeit tilgen. Ich bin keine Träumerin und glaube auch nicht an Theorien. Doch heute abend genügt es mir, von einem Wiedersehen zu träumen und flüchtig an ihn zu denken.

Ich löschte das Licht, schloss die Tür meines Büros und ging. Im Treppenhaus begegnete ich dem Chef in Begleitung einer Blondine. Ich stand auf der obersten Treppenstufe und sie auf der untersten. Ich hörte den Stechschritt der Truppen beider Grossmächte im Gefolge des Chefs, im Gefolge der Blondine hörte ich die Dollars in der Hand des Verkäufers rascheln, der der Aristokratie seine Lackschuhe andreht.

Als sie oben angelangt waren, sagte der Chef nur: „Meine Frau."

Blondie streckte mir die Hand entgegen, an ihren Fingern hingen noch die Schnipsel von Banknoten. Zögernd gab ich ihr die Hand. Soll ich ihr sagen, dass ihr Mann ein mieser Ausländerspitzel ist? Sie liess meine Hand los, ich wischte sie mir am Rock ab. Mit geheuchelter Freundlichkeit sagte sie: „Du bist grossartig."

„Wieso bist du noch hier?" unterbrach sie ihr Mann.

„Wo sollte ich denn sonst sein?" fragte ich zurück.
„Im Hörsaal, in der Universität", belehrte er mich.
Ach ja, er weiss es nicht. Ich habe es ihm nicht erzählt. Ich überspielte die Peinlichkeit mit einem nervösen Lachen, das seiner Frau missfiel. Und stieg die grauen Stufen hinab.

9

Es war ungefähr zehn Uhr morgens, ich sass im „Uncle Sam", das Büro wartete auf mich, auf meinem Schreibtisch hatten sich Briefe angesammelt, der Chef tobte aus Furcht vor dem „Schreckgespenst", das den eisernen Vorhang zertrümmerte.

„Wieso bist du hier?"

Ich schaute vom Wasserglas auf, warf einen Blick auf Bahâs Gesicht und lächelte. Ich war ganz ruhig, gab keine Antwort. Seine Augen blitzten auf: Mein Schweigen machte ihn wütend. Er machte mir Angst, wenn er wütend war.

Das Blitzen in seinen Augen hatte einen Reiz, es war geheimnisvoll. Auf seinen Wangen lag ein Anflug von verlegener Röte. Hinter der Zigarette, die er rauchte, verbargen sich verwirrte Worte. Ich rang mit mir, wollte den Tanz verfolgen, den Furcht und Wut auf seinem Gesicht vollführten. Es gelang mir nicht. Von seiner Nähe war ich wie gelähmt.

Ich sah auf seine Hände, auf sein weisses Hemd. Mein Blick glitt hoch zu seinem Hals. Seinem Kinn, Mund, seinen Augen. Einen Moment lang konnte ich seiner Wut widerstehen, doch rasch wurde mein Blick schwer und fiel wieder auf das Wasserglas. „Ich will nicht sterben!" stammelte ich.

Bestürzt beugte er sich vor, mein ganzer Körper tat mir weh. „Ich habe gerade mitangesehen, wie ein Mensch starb", sagte ich. „Ich habe an der Haltestelle gestanden und auf die Strassenbahn gewartet. Da hab ich einen gellenden Schrei gehört. Die Ladenbesitzer sind auf die Strasse gelaufen. Frauen haben gekreischt. Köpfe aus den Fenstern geschaut. Ich bin ganz erstarrt!" Mit angstvollen Augen verschlang ich sein verkniffenes Gesicht. „Wärst du nur bei mir gewesen. Hättest du mit mir dem Sterben zugesehen. Du hättest verstanden, wie wertvoll das Leben ist, der Trubel, von dem wir uns mitreissen lassen", wünschte ich laut.

Blutgeruch stieg mir wieder in die Nase. Das Bild vom Körper in der Blutlache, auf den die Sonne niederbrannte, verfolgte mich. Ich sagte: „Als ich den überfahrenen Mann gesehen habe, habe ich überlegt: Ist das Blut? Wo kommt die rote Flüssigkeit auf einmal her? Dann hab ich es gerochen. Eine Frau hat geschrien: ‚Er verblutet!' Ich habe den Jungen zwischen mir und dem Toten beiseite geschoben und mich gebückt. Der Hals des Toten hat wie der eines Schafes ausgesehen, das beim Schlachter hängt. Ich bin zurückgewichen, habe mir die Hand schützend an den Hals gelegt und bin weggelaufen. In meinem Magen hat es rumort. Der Ekel ist mir hochgestiegen. Ich hasse meinen Körper, er wird geschlachtet und der Verwesung anheimgegeben! Sag mir", rief ich, „wenn wir doch sterben müssen, warum raubt uns Gott so plötzlich das Leben? Sag, warum lässt er uns nicht zur Welt kommen und allmählich wachsen: erst die Kindheit erleben, dann die Jugend und das Erwachsensein. Danach können wir verwelken wie eine Blume, die alle Stadien bis zum Ende durchlebt und den Zweck ihres Daseins erfüllt hat. Das ist grausam! Das ist doch Betrug. Der Gott, den wir verehren und an den wir glauben, tut so etwas doch nicht!"

In aller Eile holte er sich noch das Lustgefühl von dem Körper, von dem er dachte, er würde gleich geschlachtet.

Vernichtet, verwesen! Ich tat, wie er sagte, und trank einen Schluck Kaffee. Er versuchte, mich von dem Unfall abzulenken.

„Alle Frauen sind schwach, und du auch", stichelte er.

Ohne auf die blöde Bemerkung zu reagieren, sagte ich: „Das Sonnenlicht war für den Toten bloss der Beginn eines Arbeitstages. Er hätte mit seiner Familie gegessen, wäre mit seiner Freundin ins Kino gegangen. Doch Sonne und Licht wurden zum roten Tod! Ich hasse ihn. Seinetwegen empfinde ich Abscheu und Verachtung. Es tat mir weh, ihn so zu sehen. Nein, ich vergesse es nicht: Die Strassenbahn hat ihm die Seele geraubt. Blut. Schreie. Schwäche. Gerüche. Ekel. Eine Maschine, die das Leben raubte. Eine Maschine."

„Was stellst du denn das menschliche Leben so heilig dar?" brüllte er, wie ein verirrter Löwe, dem die Beute den Mund wässrig macht. „Der Tod des einzelnen sollte die gleiche Bedeutung haben wie ein Stahlträger für den Hausbau, Nahrung für den Körper oder ein Kinofilm für das Publikum ..."

„Du bist ein Kommunist. Ein Verbrecher!" rief ich, gequält wie er.

Sein Hunger wurde quälender und quälender, sein Gebrüll lauter und lauter: „Ich töte ihn, täglich zwingt er sein Volk unter ein neues ausländisches Joch. Er beherrscht die Krone. Den Turban. Und das Zelt. Ich töte ihn mit einer Waffe! Und es ist mir vollkommen egal, ob es dir wehtut, wenn ein Mensch getötet wird! Wer bist du schon? Du hast es gut, du bist in einem unabhängigen Land geboren, deine Familie ist reich. Sag, was hast du schon für eure Unabhängigkeit getan? Hast du auch nur einen Finger für euren Reichtum gerührt?" Er hielt inne, und mit sanften Augen fragte er: „Gehört die Freiheit dir?"

„Ich weiss", antwortete ich. „Sie gehört den Männern, denen die Franzosen die Beine zerschossen haben. Sie gehört den Waisen, deren Väter von den Osmanen an einer Säule am Platz der Märtyrer gehängt worden sind. Sie gehört meiner Grossmutter, die so unterdrückt war, dass sie nicht einmal auf die Strasse gehen durfte. Aber ich bemühe mich jetzt um eine andere Freiheit: die individuelle Freiheit, sie ist die Vollendung der anderen Freiheit!"

„Fang bloss nicht wieder mit deinem Märchen an!" fuhr er mir über den Mund. „Die Freiheit bin ich! Ich! Kapierst du das? Das Volk wird von den Peitschen der Imperialisten unterjocht. Und ich werde es nachts befreien. Nachts werde ich das Haus beobachten", sagte er leise und stockend, „die Finsternis verhüllt mein Gesicht und trägt mich zu der schwarzverhüllten Gestalt des Herrschers, die durch die Stille der engen Gassen wandelt. Ich schau, ob die Luft am Fluss rein ist, stütze mich dabei auf meinen Revolver, der mir hilft und Mut verschafft."

Von allem verschafft er sich irgend etwas. Von mir verschafft er sich Lust.

„Einen Schuss", fuhr er fort, „und wenn er nicht reicht, feuere ich noch einen ab, obwohl er keine zwei Kugeln wert ist. Ich verschwinde nicht sofort, sondern tu alles, um ihn mir von nahem anzusehen. Diesen Genuss lass ich mir nicht entgehen."

Von allem verschafft er sich Lust, sogar von seinem Opfer. Selbst sein Revolver verschafft ihm Lust.

Er redete weiter: „Ich schaue mir das blutige Loch an seiner Stirn an. Wertlos ergiesst sich der rote Saft über das durstige Bett und das verfluchte Kopfkissen, das die Verschwörungen des roten Diebs lange Zeit gehortet und geheimgehalten hat. Erst dann suche ich mir einen geeigneten Fluchtweg."

„Was für ein Held du bist ..." murmelte ich belustigt.

Er stockte und biss sich auf die Lippe.

„Du willst dich umbringen", sagte ich traurig. „Du, du bist ein Verbrecher. Du bist ein rostiges Werkzeug in den Händen deiner Partei, die macht dich doch nur zu ihrem Sklaven. Und du merkst nicht einmal, dass du auf dem besten Weg bist, dich zu vernichten. Hast du das Verbrechen ausgeheckt, oder war es ein erfahrener Verbrecher unter deinen Genossen? Du bist ein Sklave deiner Partei, aber ich bin frei. Niemals würde ich mich den Ideen irgendeines Wesens unterwerfen, und sei es Gott."

Er rückte seinen Stuhl näher, ich war wie gelähmt von seiner Nähe. „Und du, du bist ungläubig!" zahlte er mir heim. „Du schmähst Gott mit deinen Gedanken über Leben und Tod."

Heldenhaft unterdrückte ich das Bedürfnis, ihm eine zu kleben und entgegnete: „Und was ist mit dir, erkennt deine Partei die Existenz Gottes überhaupt an? Glaubst du an das Leben?"

Er brach in schallendes Gelächter aus: „Du bist ein Kind."

Mühsam stand ich auf, mein Blick fiel auf seinen Hals: Blut. Dunkelrotes Blut. Nein. Ich werde nicht zulassen, dass auch nur ein Tropfen aus der kleinsten Wunde seines Körpers fliesst!

Er erhob sich. „Du wirst jetzt nicht gehen", befahl er. „Der Tag heute gehört uns beiden!"

Ich starrte auf seinen Hals und dachte: Ich werde nicht zulassen, dass er aus dem Leben verschwindet. Dass er geht, wohin er will. Dass der Frust ihn quält. Dass er sich satt sieht. Bahâ wurde geboren, um zu leben, und nicht, um zu sterben. Nicht, damit ihm ein schmutziger Strick um den Hals gelegt wird.

Er spürte das Gewicht meiner Blicke, schaute auf seine Uhr und murmelte: „In einer halben Stunde beginnt mein Unterricht. Du wirst dir noch reumütig die Fingernägel kauen, weil du die Zeit zwischen Haus, Strasse und Café nutzlos vergeudet hast." Er kämpfte gegen ein listiges Lächeln an, langsam wich es von seinen Lippen. „Lass uns hier bleiben", schlug er vor.

Er sog Leben aus seiner Zigarette, und ich schaute durch die verästelten Zweige nach der Uhr auf dem Unigelände. „Ich habe Hunger", sagte ich.

„Ledige Männer essen immer im Restaurant, und zwar allein", wehrte er ab. „Warum heiratest du nicht?" fragte er interessiert.

„Ich?"

Soeben ist er in meinen Augen noch ein Held gewesen. Und nun war er nur noch ein Mann, ein ganz normaler Mann, wie alle, die mir über den Weg laufen, am Arbeitsplatz, in unserem Haus, auf der Strasse, überall. Soeben bin ich noch voller Bewunderung gewesen. Dann Besorgnis. Und jetzt war ich nur noch eine Frau, ein Weib. Seine Frage änderte mein Gefühl ihm gegenüber. Ich spürte es regelrecht körperlich: Ich, eine Ehefrau! Das bedeutet: Ich bin nackt, man hat mir den weissen Schleier von der schlanken, trunkenen Gestalt gerissen, das geblümte Bett duftet, und mein Mann ist gewillt, mit mir im Dunkeln Kinder zu produzieren.

Das bedeutet auch: Ich bin erschöpft, stundenlang habe ich mich in der Küche herumgequält, um meinem Mann sein Leibgericht zu kochen. Er schlingt das Essen in sich hinein, lehnt sich im Sessel zurück und hört Nachrichten. Und ich, auf meinen Lippen erwacht der Wunsch nach einem Kuss. Ich betrachte ihn unterwürfig, fordere ihn wortlos auf, rutsche auf den Knien zu ihm und flehe ihn an, mich doch nur einen Augenblick zu beachten, doch er tut es nicht. Nach den Nachrichten greift er zur Abendzeitung, und nachdem mein Verlangen endgültig abgetötet ist, baue ich mit den Händen eine Mauer zwischen uns auf, Stein für Stein.

Das bedeutet schliesslich: Ich bin die Sklavin und er ist der Herr. Ich muss gehorchen und er befiehlt. Ich bin hungrig und er ist satt. Ich muss warten und er bestimmt den Zeitplan.

Und es bedeutet noch viel mehr. Ich versuchte es zu fassen, doch Bahâ riss mich aus meinen Gedanken. „In meinen Augen ist die Ehe ein Glücksspiel!" sagte er. „Und mir geht es dabei nicht anders als allen anderen Intellektuellen. Wenn ich keine Frau finde, die mich versteht, beginnt das Drama. Mir bleibt nichts anderes übrig, als eine Ehefrau zu kaufen, die mit mir das Bett teilt."

„Und das Drama der Frau ist", sagte ich wütend, „dass der Mann denkt, die Frau hätte ihn nur geheiratet, weil er ihr Armreifen anlegt und eine Wohnung bietet."

„Was will sie denn sonst?"

„Die Frau will Partnerschaft", erklärte ich eifrig. „Sie will, dass sich ihr Mann auf ein gemeinsames Leben einlässt, dass sie gemeinsam Nachrichten hören, Bücher lesen, ins Kino gehen, Cola trinken, Zigaretten rauchen, Leute besuchen, den Tisch decken. Dass er sich an allem beteiligt, was ihr gemeinsames Leben betrifft. Dass er eine partnerschaftliche Beziehung mit ihr führt. Und es ist für mich vollkommen unwichtig, ob ihr Bett der Gehsteig ist, ob der Mann arbeitslos ist oder ob sie ein hartes, unfreies Leben führen."

„Die Frau ist ein ungläubiger, zerstörerischer Teufel!" Er lachte verächtlich. „Wie kann sie den Mann glücklich machen? Sie ist doch nur dazu da, ihn zu ruinieren! Sie vergnügt sich in seinem Bett. Macht sich ein angenehmes Leben mit seinem Geld. Saugt ihm das Blut aus. Er geht ein in ihrem Schatten!"

In seinen Augen las ich Schwäche. Es erschien darin ein Wunsch, Worte lagen ihm auf der Zunge. Er war durcheinander. Deshalb hielt ich mich zurück und schwieg. Ich stellte mir vor, wie sich eine Frau seinem Gesicht nähert. Sie kommt näher, schwer atmend, fordernd, begierig, doch Bahâ ist regungslos wie ein Fels in der Landschaft. Ihr Stöhnen wird lauter. Plötzlich packt ihn das Verlangen. Der sandige Fels lässt sich erweichen. Seine Lippen beben. Trunkene Begierde tobt auf seinen Lidern. Bahâ stürzt sich auf das Gesicht der Frau, überhäuft es mit Küssen.

Als ich die Augen schloss, fragte er, ob mir etwas weh tue. Ich verneinte. Ich ging. Der Rest des Tages verstrich mit dem Gedanken an ihn. Die Zeit brachte ihn seinem Termin um achtzehn Uhr dreissig näher: im Kino. Mich brachte sie dem Bett näher. Das Kopfkissen war frisch bezogen. Ich legte meinen Kopf darauf. Was hat sich in meinem Zimmer ausser dem Bezug verändert? Hier ist alles wie vor sechs Jahren: das Rauschen des Verkehrs; das gelbe Haus gegenüber; das grosse Grundstück, das mein Vater gekauft hat, auf dem die schäbige Holzhütte so verloren wirkt; die ratternde Strassenbahn auf der Hauptstrasse hinter unserem Haus; der Spiegel.

Ich beschnupperte den Kopfkissenbezug, er war kühl. Jede Spur vom Geruch der Bücher, von den Blättern für die Prüfungen, von den salzigen Tränen und dem Streit mit meiner Mutter fehlte. Auf dem frischen Kopfkissenbezug erschien das Bild vom Gesicht in der Blutlache, das Geschrei der Frauen, eine bellende Strassenbahn.

Die Tür meines Zimmers wurde behutsam geöffnet, meine Mutter schaute herein. „Warum bist du ganz allein?" Sie kam näher, ich beobachtete ihren langsamen, gleichmässigen Gang. In einem hatte es meine Mutter besser als ich: ihr Bett ist parfümiert, warm, sicher. Meines hingegen ist einsam, verlassen, beängstigend. Und deswegen geniesst meine Mutter wie andere verheiratete Frauen gesellschaftliche Anerkennung, Rücksicht und Bewunderung.

„Gefällt dir der Kopfkissenbezug?" fragte sie überlaut.

„Nicht schlecht", erwiderte ich widerwillig und fügte respektlos hinzu: „Mein Bett macht mich wütend. Sobald ich mich hineinlege, kommt es mir vor, als würde ich mich in einen Gulli legen und als würden sich die Abwässer der Klos über mich ergiessen. Ich bekomme mörderische Angst, dass ich am nächsten Morgen nicht mehr, nie mehr erwache. Dass ich vielleicht sogar in der Kloake sterbe!"

Meine Mutter machte ein verärgertes, angewidertes Gesicht. „Statt dir solche Gedanken zurechtzuspinnen, solltest du dich lieber um die Universität kümmern", befahl sie. „In meinem ganzen Leben habe ich noch keine Studentin wie dich gesehen: eine, die arbeiten geht, raucht, sich in Restaurants und Cafés herumtreibt."

In meinem ganzen Leben. Im ganzen Leben meiner Mutter. Sie ist so blöd! Ihr ganzes Leben ist nichts als der immer gleiche Tag: Sie putzt sich heraus, empfängt Gäste, besucht Leute. Führt den Haushalt. Und nachts legt sie sich neben meinen Vater. Ist das etwa ein Leben?

„Ich habe die Uni verlassen", sagte ich ruhig.

Sie drehte mir den Rücken zu und erwiderte: „Das ist das beste, was du tun konntest."

„Ich habe die Uni verlassen, weil mir danach war", unterbrach ich sie barsch, „und nicht, damit es dir passt!"

„Du bist eher für die Strasse als für die Universität bestimmt", sagte sie. „Gott bewahre andere Familien vor solch zügellosen Personen wie dir!"

Ich grub meinen Kopf unter das Kissen und murmelte: „Ich möchte mir selbst beweisen, dass ich ..." Meine Worte gingen unter, als sie die Tür hinter sich zuknallte und beinahe zertrümmerte. „... dass ich wirklich lebe."

10

Als ich am nächsten Morgen die Augen aufschlug, war mein Zimmer von feinen Lichtstrahlen durchflutet, die vom Himmel herabschossen. Der gewaltige Spiegel reflektierte das helle, glitzernde Licht. Ich wohne in diesem Zimmer, dachte ich. Ich kenne Bahâ. Ich habe die Uni verlassen. Ich arbeite in einer Agentur, die sich der Propaganda gegen den Kommunismus verschrieben hat. Ich habe mich gestern mit meiner Mutter gestritten.

Um die Probleme greifbar zu machen, gab ich ihnen die Namen der Gegenstände in meinem Zimmer:

Bahâ: der Spiegel.

Die Agentur: der Sessel.

Die Uni: die Morgenzeitung.

Meine Mutter: der Kopfkissenbezug.

Und ich: das kahle, einsame Bett.

Ich legte mich auf den Rücken und starrte an die Decke, schlug die Bettdecke von meinem ausgestreckten Körper zurück und stiess sie mit dem Fuss zu Boden. Im Zimmer staute sich die Hitze. Sie bedrückte mich. Verrückte Gedanken purzelten zu mir herüber. Vom Spiegel – von Bahâ. Vom Sessel – vom Chef. Vom Kopfkissenbezug – von meiner Mutter. Ich streckte die Hand aus, wollte die Gedanken aufhalten. Doch sie waren schon hier. Ich spürte sie im Spiegel. Im Sessel. Im Kopfkissenbezug. Ich lag auf dem Bett und war ihnen ausgeliefert.

In meinem Körper staut sich die Hitze, in Bahâ staut sich

der Frust. Er lenkt sich von seinem Frust durch akademische Themen ab, die er wie Delikatessen schlemmt. Er bekämpft seinen Frust, indem er seine Zeit, Stunde um Stunde, im Kinosessel vergeudet. Erklärt sich seinen Frust mit Hilfe von Theorien, die er in seinem bigotten Dorf aufgeschnappt hat.

Ich blickte zum Spiegel, am oberen Rand erschien ein bekanntes Sprichwort, das irgendein Idiot einmal von sich gegeben hat: „Frauen sind wie Schatten, geht man ihnen nach, dann laufen sie weg, ignoriert man sie, dann folgen sie einem." Bahâ sah ich auch, er lief den Satz entlang, unzählige wandelnde Flaschen liefen hinter ihm her. Die Frauen verschwanden, und Spitzhacken ritzten die Oberfläche des Spiegels an. Die Sonnenstrahlen wanderten weiter, und der Spiegel fiel in den Schatten. Im Schatten richtete sich Bahâs schwarze Gestalt mit einem Revolver in der Hand auf. Aus der engen Mündung wurde eine Kugel abgefeuert, aus dem Einschussloch spritzte Blut, um den Hals wurde eine Schlinge gelegt.

Ich wälzte mich auf dem Bett hin und her. Schon längst hätte ich auf dem Weg zur Arbeit sein müssen und hatte noch nicht einmal mein Zimmer verlassen. Es ist doch meine Sache, ob ich zur Arbeit gehe oder nicht. Ich werde nicht hingehen.

Ich hob die Decke vom Boden auf und wickelte mich hinein, als sich Schritte meiner Tür näherten. Vaters Parfüm entfaltete sich, sein Duft blieb an allem haften, was er berührte. Ohne aus dem Dunkel zwischen Matratze und Decke hervorzulugen, bewegte ich mich unter der Decke. Ich glaube, mein Vater verkniff sich ein Lächeln, als er sagte: „Hat die Agentur dichtgemacht?"

Aufgeregt stiess ich die Decke weg und setzte mich auf.
„Nein. Wieso?"

Er hob die rechte Augenbraue und sagte: „Deine Mutter dachte schon, du seist im Gulli ertrunken, es ist jetzt zehn Uhr."

Sie hat es ihm also erzählt! Wahrscheinlich haben sie einen Grossteil der Nacht damit zugebracht, meine Äusserungen zusammenzutragen, zu interpretieren und sie zu bekämpfen. Wahrscheinlich hat sich mein Vater einen eindrucksvollen Vortrag über die Prinzipien von Anstand und Respekt ausgedacht und will ihn jetzt loswerden, gerade jetzt, da ich versuche, meine Probleme selbst in den Griff zu bekommen. Ich werde mir kein einziges Wort anhören.

Ich betrachtete die Sonnenstrahlen, die vom Spiegel hinab auf den Boden glitten. Streng stellte er mich zur Rede: „Was hat die Geschichte mit diesem jungen Mann zu bedeuten?"

Ich zitterte. Ich bin der lebende Beweis dafür, dass dieser eingebildete Kerl mit seinem Reichtum protzt und sich autoritär aufführt. Ich stieg aus dem Bett und tauchte meinen Körper in das Licht auf dem Sessel, während mein Vater ungeduldig umherlief.

„Er ist ein Kommilitone, er interessiert sich für mich, und er gefällt mir", murmelte ich.

Entsetzt stampfte er mit dem Fuss auf den Boden. Ich zuckte zusammen, war nur noch ein Häufchen Elend im glitzernden Licht. Mein Vater kam näher. Er packte mich hart, zerrte mich vom Stuhl. „Du bist schamlos!" tobte er. „Seinetwegen hast du die Universität verlassen, seinetwegen gehst du nicht zur Arbeit, seinetwegen käust du nächtelang diese Gedanken wieder!"

Ich stiess seine Hand von mir, da packte er mich am Arm und verstiess mich aus der Welt des Lichts. Ich entschlüpfte seinem Griff und kehrte in die glitzernde Welt auf dem Sessel zurück. Heulend sagte ich ihm ins Gesicht: „Du besitzt mich, deswegen bist du jetzt so streng zu mir. Du häufst für mich ein Vermögen an, nur deshalb fühlst du dich so mächtig und meinst, du hast das Recht, mich zu besitzen."

Der finstere Ausdruck wich aus seinem Gesicht. Tränen. Tränen liessen diesen Idioten schwach werden! Er drehte sich weg und sagte: „Wir werden sehen. Wir werden sehen."

Mich interessiert nicht, was mein Vater sieht oder sehen wird. Viel wichtiger ist mir, herauszufinden, welche Kniffe ich anwenden muss, damit Bahâ ein zufriedenes, glückliches Gesicht macht.

Ich wusch mir das Gesicht mit eiskaltem Wasser und zog mich gedankenverloren an. Benommen ging ich ins Café, rempelte die Leute an, weil ich sie nicht sah. Plötzlich überkam mich das Gefühl, mein Körper werde länger, hebe ab, steige in die Luft und berühre den Himmel. Die Menschen schrumpfen, sinken zusammen, kleben an der schwarzen Strassenoberfläche. Im Laufen hörte ich weder den Autoverkehr noch andere Geräusche. Als ich im „Uncle Sam" ankam, blieb ich einen Moment an die Tür gelehnt stehen. Der Kellner schaute mich verwundert an.

Bahâ wartete bereits auf mich, Unruhe lag auf seinen gesenkten Lidern, sie sprang auf die glühende Zigarettenspitze über. Die Ungeduld tanzte ihm auf der Schuhspitze. Als tobte ein heftiger Kampf in ihm und als sei er unschlüssig, ob er sich mir gegenüber gleichgültig zeigen oder vor mir weglaufen sollte. Er überspielte seine Unruhe, indem er die

Parteizeitung scheinbar entspannt in der Hand hielt. Ein Blick, ein einziger Blick genügte diesem Blödmann, die Ungeduld zu besiegen, sich von der Unruhe zu erholen und aus dem Kampf gestärkt hervorzugehen.

Besorgt setzte ich mich, sein Kopf kam näher, ich spürte, wie er mir mit seinem Atem Fleischfetzen aus dem Gesicht riss, um sich zu sättigen.

„Warum kleidest du dich so knabenhaft? Zieh lieber Sachen an, die besser zu deiner Figur passen als diese Röcke und Hemden!"

Ähnlich wohl wie die Wirkung von Wein brach ein berauschendes Tosen in mir aus, mein Blick verschleierte sich. Sind das die ersten Anzeichen einer Erregung? Meine erregten Lippen bebten wie von Musik. Warum erlöst er mich nicht und sich selbst auch? Warum nehme ich mir nicht, was mir zusteht, und er, was ihm zusteht? Warum kommt er mit seinem Kopf nicht ganz nah an mein Gesicht? Warum flüstert er mir nicht zärtlich ins fiebrige Ohr, besänftigt das Kribbeln, bändigt meine tosenden Lippen, liebkost meine Finger, wiegt die Verwirrung in den Fingerspitzen meiner linken Hand in den Schlaf, zerreisst mein weites, knabenhaftes Hemd, lässt die Fetzen zwischen unsere Füsse fallen, lädt mich in sein Zimmer ein, ich würde ihm folgen, damit wir dort den Wirrwarr meines und seines Lebens zusammenfügen, uns eigene Tatsachen schaffen, das Wagnis auf uns nehmen und im Genuss unserer Freiheit versinken!

Ähnliche Gedanken quälten ihn. Um sie zu verbergen, behalf er sich mit einer Zigarette. Und womit soll ich mir behelfen? Er zog den Kopf zurück. Mein Kopf hing in der Luft. Er wollte mir weismachen, dass er nicht gekommen war, weil er sich nach mir gesehnt hatte, sondern weil er sich bei mir – seiner Kommilitonin – Rat in einer bestimmten Angelegenheit einholen wollte. „Man hat mir eine angesehene Stelle in Saudi-Arabien angeboten", sagte er. „Ich werde die Uni verlassen und die Gelegenheit nutzen, etwas Geld zu verdienen."

Er will fort? Und ich soll wieder zurück in die Einsamkeit und Langeweile? Nein! Inzwischen ist er ein Teil von mir, ich bin keine Linie, die man zieht und wieder auswischt. Kein Stuhl, den man herumschiebt. Keine Lampe, die man ein- und ausschaltet. Keine Blume, die man beschnuppert und zertritt. Keine Puppe, die man nach dem Spielen zertrümmert. Keine Flasche, die man leertrinkt und zerschlägt. Ich bin das Leben, das absolute Leben samt Wurzeln und rebellischer Freiheit! Von Anfang an wollte ich ihn im Meer meines Lebens baden lassen, ausserdem will ich bestimmen, wann er sich zurückziehen darf. Nein!

Ich flehte ihn nicht an, klammerte mich nicht an seine Kleider, warf mich ihm nicht zu Füssen. Ich trug den Schrei in der Hand, mit der ich meine Tasche fest umklammert hielt. Ich raffte mich auf, wollte jetzt auf keinen Fall die Leere kosten. Denn die Leere würde mich in die Finsternis stossen. Ich achtete auch nicht auf seinen Gesichtsausdruck und seine Zigarettenspitze, als ich ihn nach fünf Minuten verliess. Und genau wie Moses sich einen Weg durchs Rote Meer gebahnt hatte, bahnte ich mir einen Weg durch das Meer meiner stürmischen Gedanken nach Hause.

11

Ich öffnete den elenden blauen Briefkasten im Keller, ein weisser Brief fiel mir zwischen die Füsse. Ich hob ihn auf und küsste ihn. Steckte ihn in meine Handtasche, eilte in mein Büro, rief den Chef an und verkündete ihm die glorreiche, einmalige Begebenheit.

„Lies die Beschwerde durch, damit die Sache sofort bereinigt werden kann", befahl mir der Chef. Etwas weniger energisch fügte er hinzu: „Nur, falls es eine dringende Angelegenheit sein sollte."

Zaghaft öffnete ich den Umschlag, darin steckte ein weiterer Brief, er war aus Paris und an mich adressiert. Ich kannte die Schrift: Es war Walîd.

„Liebe Kollegin ..." Ich wollte das Blatt umdrehen, um mir Gewissheit über den Absender zu verschaffen. Doch es gelang mir nicht, meine Augen blieben an den aneinandergereihten Worten hängen, sie stockten hier und starrten da. Nahmen mal einen strengen und mal einen freundlichen Ausdruck an. „Meine Vorstellung von der idealen Frau war bisher ein Wunschtraum gewesen. Nie hätte ich es für möglich gehalten, dass er eines Tages Wirklichkeit werden würde, doch dann tauchtest Du bei uns auf. Ich beobachtete Dich von weitem. Verliebte mich im stillen. Mit Deinem Bild vor Augen verbrachte ich schlaflose, wirre, sehnsuchtsvolle Nächte! Du wirst nun glauben, ich sei pubertär und würde nur Deinen Körper begehren. Nein, ich bemühte mich, Dich zu verstehen, indem ich im stillen darauf achtete, was Du sagst, wie Du Dich bewegst und was Du Dir vom

Leben erhoffst. Ich versuchte, mich fernzuhalten und meine Gefühle zu unterdrücken. Deshalb reiste ich vergangenen Monat nach Paris – ich nehme an, Du hast meine Abwesenheit nicht einmal bemerkt. Es ist schon sonderbar, dass man sich in eine Person verliebt und diese nicht einmal ahnt, dass jemand ihretwegen Qualen, Konflikte und Einsamkeit erleidet. Ich hatte geglaubt, Paris würde mich von diesen sonderbaren Gefühlen ablenken. Doch, kannst Du mich verstehen, wenn ich Dir sage, dass ich auf dem Liebeslager von Dir träumte? Dass ich im Körper einer Französin Deinen reifen, hingebungsvollen, trunkenen Körper sah?

Wenige Tage später kehrte ich nach Beirut zurück, weil Du stärker bist als ich! Du bist eine Verbrecherin! Deine Existenz lenkt mein Leben in andere Bahnen. Dafür bist Du verantwortlich. Ich flehe Dich nicht um Aufmerksamkeit an. Ich glaube nicht an die Liebe auf den ersten Blick. Ich möchte nicht von Dir Besitz ergreifen. Denn Du bist für mich vollkommen. Auch wenn Du eine Lebensgemeinschaft mit mir ablehnst, macht es mich glücklich, dass ich Dir zumindest Deinen albernen Wunsch erfüllen konnte, einen Brief im Briefkasten zu finden. Walîd."

Ich war verwirrt. Wie gelähmt hielt ich den Brief in meinen zitternden Händen. Ich lief einige Male um die beiden Sessel herum. Ich soll für das Schicksal dieses Mannes verantwortlich sein! Ich soll eine Verbrecherin sein, seine geordnete Existenz durcheinandergebracht haben!

Ich bekam einen heftigen Wutanfall, als Bahâs Bild vor mir auftauchte und er mich mit seinen Augen fast verschlang. Immer wieder er. Immer mischt sich Bahâ in meine Angelegenheiten ein. Ich warf mich in den Sessel, bat Nada, die Redakteurin, zu mir zu kommen, um mir Auskunft über den „Verehrer" zu geben. Aber schon das matte Lächeln auf ihren Lippen gab mir ein Gefühl der Beklommenheit, und ich misstraute ihr. Höflich bat ich sie zu gehen, nachdem sie nur zu sagen gewusst hatte, dass er ein gebildeter Mann und wohlerzogen sei und eine gesellschaftlich anerkannte Stellung habe.

Meine Gedanken wanderten zu dem betörenden Bett in einem anrüchigen Pariser Hotel: Ein „gebildeter" Mann stellt einem Strassenmädchen nach, das gerade um die Ecke gebogen kommt. Die hungrige Blondine erregt seine Gelüste mit ihrem originellen Gang und ihren hellen Beinen. Der Mann mit der „gesellschaftlich anerkannten Stellung" eilt zu ihr und berührt ihre Schulter. „Guten Abend!" flüstert er ihr ins Ohr. Ihre Augen schauen auf seinen hungrigen Mund. „Guten Abend!" haucht sie verschämt zurück. Sie hakt sich bei dem „wohlerzogenen" Mann unter und hilft ihm, seine unzähligen Wünsche an ihrem dargebotenen, nackten, verlorenen Körper zu erfüllen.

Ich sah mein verlassenes, klagendes Bett vor mir, die Lampe, die die ganze Nacht hindurch brennt, die beängstigende Stille, die in der roten Spalte und im Kissen verschütteten Erinnerungen an den Tag.

Bahâs Stimme brach unverhofft, plötzlich aus den Sesseln, den Blättern, der Tür hervor: Ich habe ein Zimmer auf dem Dach eines Hauses in Ras Beirut. Dorthin ziehe ich mich nach Mitternacht zurück, wenn die Menschen schlafen und es ganz ruhig ist. Das Leben in Freiheit gefällt mir, ich fühle mich weder an einen bestimmten Ort noch an einen Menschen gebunden.

Jeder Ort, jeder Mensch, die ganze Welt gehört Bahâ. Die Menschen sind entweder Feinde oder Freunde. Verräter oder Verbündete oder ... Er verschmilzt mit allem, geht in allem auf, folgt den Spuren der Freiheit.

Vor mir stand ein Aschenbecher. Ich streckte die Hand aus. Berührte den glatten Rand. Er ist rot. Ist sauber. Steht auf einem glänzenden, handgefertigten Tisch mit Glasplatte. Der Aschenbecher befindet sich in der Agentur. Ich darf ihn zwar benutzen, aber nicht zerkratzen, zerschlagen oder mitnehmen. In diesen Abgrund hat Bahâ die Skelette seiner zerronnenen weissen Bräute noch nie geworfen.

Das Telefon läutete. Ich werde meine Finger nicht vom Aschenbecher nehmen. Den Brief nicht zerreissen. Den schwarzen, kalten Hörer nicht an mein gereiztes Ohr halten. Mich keinen Millimeter bewegen. Ich möchte all die Ereignisse für mich behalten. Ich möchte sie ein für allemal begraben.

Das Läuten des Telefons störte meine Hand, der ich einmal die Freiheit geschenkt hatte. Sie verkrampfte sich. Bewegte die Finger. Ich entfernte sie ein wenig vom Aschenbecherrand. Sie stürzte mit einem heftigen Schlag auf den Hörer nieder. Riss ihn von der Gabel. Die schwarze Schnur verhedderte sich. Die andere Hand entwirrte die Schnur. Ich hielt den Kopf etwas geneigt an die Ohrmuschel. Aus den kleinen Löchern ertönte die ungeduldige Stimme des Chefs, sie erkundigte sich nach dem Brief.

Mein lautes Lachen zerriss sein Ohr, er schwieg. Vielleicht war ihm eine der Tränen, die mir aus den Augen und über die Wangen kullerten, ins Ohr oder in den Mund gelaufen.

Ich bin an den Aschenbecher gefesselt, an den Brief, an die

Uhr, an den Chef, meine Mutter, meinen Vater, Bahâ. Ich kann mich nicht rühren. Ich kann nicht im Nirgendwo, im Nirgendwann, im Ungewissen leben.

„Wo ist der Brief?"

Ich werde die Schnur durchtrennen, die mich an den Brief bindet.

„Ist es eine Beschwerde?"

Beschwerde. Kraftlos goss er die Buchstaben in meinen Kopf, aus jedem Laut schäumte, gluckerte, brauste Angst. Die Angst strömte durch die schwarze Schnur zu mir, aus meinen Augen sprudelten die Tränen wie aus einer Quelle.

„Komm, bitte, in mein Büro!"

Das salzige Nass meiner Augen versiegte. Der Hörer hing im Raum. Ich wuchs, bis ich das ganze Büro ausfüllte. Ich wuchs. Schwoll. Quoll aus dem Fenster und durch das Schlüsselloch nach draussen. Ich bewegte mich, benötigte weite Flächen, um gewaltige Schritte zu machen. Ich blieb vor dem Chef stehen. In seinem geräumigen Büro wurde es eng, denn ich wuchs immer weiter. Ich stand in der Mitte des Raums, doch hatte ich das Gefühl, am Chef zu kleben, die Angstblasen auf seinen Lippen und auf der Stirn spriessen zu sehen.

„Und worüber beschwert sich dieser Wahnsinnige?" Seine verhaltene Frage klang bedrohlich, sie durchdrang meinen Körper, der den Chef zugeschüttet hatte, so dass ich ihn nicht mehr sah.

„Worüber beschwert er sich?"

Ich spürte keine Angst in seiner Frage, denn sein Mund heuchelte Ruhe. Dafür nahm ich aber den Tonfall des Chefs wahr, seine Bewegungen, seine Mimik. Mein Körper wurde massiger, er riegelte das Zimmer hermetisch ab. Gleich würde sich die Masse in Materie verwandeln, die Materie in Gewicht. Das Gewicht würde den Chef zu Krümeln zerdrücken, die winzigen Krümel würde ich dann in einem Glas Wasser auflösen und aufsaugen.

„Was will er, einen Ventilator?"

Einen Ventilator – eine Maschine! Das Wort Maschine bohrte sich ein Loch in meinen kubischen Körper, der sich der Form des Zimmers angepasst hatte.

Eine Maschine. Durch das Loch sah ich die Augen des Chefs, es waren zwei widerwärtige, schwarze, zornige Tümpel, sie sannen auf Rache. Auf seinem Mund lagen die Trümmer der Agentur. Der Lederbezug des Sessels. Ein grün angestrichener Stein. Die kleine Briefkastentür. Eine graue Fliese aus dem Treppenhaus. Das „i" von der Schreibmaschine.

Eine Maschine. Die Strassenbahn ist auch eine Maschine. Eines Morgens tötete die Strassenbahn einen Mann. Sie durchtrennte seinen Hals von einer Schlagader zur anderen. Gellende Schreie. Die Sonne brannte nieder. Menschen liefen zusammen. Ein Ladenbesitzer brach in schallendes Gelächter über die Leiche in der Blutlache aus. Schicksal! Es stand ihm auf der Stirn geschrieben, dass er an dieser Haltestelle sterben, dass ihn die Strassenbahn überfahren würde.

Eine Maschine. Ein Ventilator, um den Schweiss auf den Gesichtern, Armen und Brüsten der Menschenmaschinen in der Agentur zu trocknen, die den ganzen Tag in Bewegung sind. Ein ausgestreckter Arm. Ein Schweisstropfen. Die stählerne Schraube dreht sich. Die silbernen Flügel rotieren. Langsam zirkuliert die Luft im verqualmten Zimmer. Der

Tropfen ist getrocknet, unter der Achsel bleibt ein gelber Fleck zurück. Der Arm streckt sich. Die Schraube dreht sich. Eine schweisstriefende Maschine und eine Schweisstrockenmaschine!

„Worüber beschwert sich dieser Wahnsinnige?" Die Wiederholung der Frage stopfte das Loch. Und hob ein neues abgrundtiefes, pechschwarzes Loch in mir aus. Ich bin — eine Maschine im Dienste der Staaten, die den Kommunismus bekämpfen.

„Worüber?"

Der Chef ist auch eine Maschine. Eine riesige Trompete auf dem Dach eines Hochhauses, als Standort für Propaganda hervorragend geeignet — die Umgebung ist reich an Farben, Blumen und Menschen.

„Wo?" Eine ungeduldige, bedrohliche Frage, sie sinnt auf Rache. „Wo?" Sie hat einen Preis: Pfund, Dollars und Lilien im Winter. „Wo?" Davon werden Frauen und Kinder ernährt, Geliebte, Händler, Künstler — und ich!

„Wo ist der Brief?"

Der Brief. Ich streckte die Finger und hörte sie: Knack. Knack. Knack. Knack. Ich streckte den Arm, ein lautes Gebrüll ertönte. Ich begann zu schrumpfen, zuerst schwand das Gewicht, dann die Masse. Ich sah den Chef wieder. Er war ein blasses Häufchen Angst, wand sich vor Schmerzen, als er näherkam.

Ich räusperte mich, meine Stimme klang wie der Trommelschlag in einem revolutionären Kampflied. Ich schüttelte mich. Das Blut kochte mir in den elastischen Adern, pochte im Kopf und an die Schläfen. „Der Brief gehört mir. Er ist für mich!" Ich liess mich in den Sessel sinken, stolz auf meinen Besitz. Nein, der Sessel war kalt. Der Sessel war ein Werkzeug. Im Sessel steckten Dollars. Im Sessel steckten Staaten, die ihre imperialistische Politik verdeckt betreiben. Und deswegen nennt man sie Demokratie! Ich fuhr aus dem giftigen Sessel hoch, der Chef hing an dem weissen Blatt, das sich angsterfüllt in meine linke Hand verkrochen hatte.

„Er gehört dir? Dir allein? Ein Liebesbrief. Einer der Angestellten? Oho, oho." Laut lachend warf er sich in den grossen Sessel und klatschte erfreut in die Hände. Das blasse Häufchen Angst war verschwunden. Der Liebesbrief war die Krücke, an der er sich wieder aufrichtete und durch die er seine Wut und Verwirrung geschickt in den Griff bekam. Einige Augenblicke hatte der Brief für ihn einen tiefen Abgrund dargestellt, ihm alle Kraft geraubt und ihm die Schrekken seines Untergangs vor Augen geführt. Belustigt munterte er mich auf: „Oho, du wirst einwilligen. Ihr werdet hier am Arbeitsplatz am gleichen Strang ziehen und in eurem trauten Heim auch. Es wird sich als gute Nachricht über die Agentur herumsprechen."

Halt endlich dein niederträchtiges Maul! Lass dein triumphierendes Grinsen, damit das Gesumme in mir endlich Ruhe gibt! Ich und einen Kollegen heiraten? Das würde bedeuten, zwei Maschinen kommen in Berührung, und aus dieser Berührung entstehen viele kleine Maschinchen, die wie Mäuse in einer verstaubten Bücherkiste im Winkel einer alten Buchhandlung rascheln.

„Wirst du ablehnen?"

Unverschämter Kerl. Was will er von mir? Ich sah ihn an und wies ihn zurecht: „Halten Sie sich gefälligst aus meinem Privatleben raus!"

„Du bist nur verlegen!" unterbrach er mich, reichte mir seinen Schlüsselbund, knöpfte sich die Jacke zu und verkündete mir eine frohe Botschaft: „Von nun an bist du meine Sekretärin."

Ich eine Sekretärin, eine vertrauliche Maschine?

„Räum zuerst dieses chaotische Büro auf. Um neunzehn Uhr werde ich zurück sein", erklärte er. Und verschwand.

Ich setzte meine Beine in Bewegung. Auf einmal erfüllte mich ein alberner Stolz. Ich lächelte den Blättern auf der teuren Glasplatte zu. Schritt durch das geräumige Büro. Schaute nach der Lilie und bemerkte, dass kein Wasser mehr in der Vase war. Der Puls pochte mir an die Schläfen. Ich klopfte auf den Ledersessel, bevor ich mich setzte. Tauchte die goldene Feder in die grüne Tinte, entschloss mich, in Gold und leuchtendem Grün zu kündigen. Das ist der beste Zeitpunkt, so kritisch und brenzlig, dass er meine Kündigung ernst nehmen muss.

Ich werde kündigen, während der Chef im Esszimmer am Tisch sitzt und unter den grossen Augen seiner Frau mit unbändigem Appetit seine Mahlzeit verschlingt. Er wird – entgegen seiner Gewohnheit – noch etwas am Tisch sitzenbleiben und mit einem Zahnstocher hängengebliebene Fleischfasern zwischen seinen Zähnen hervorpulen. Er wird seinen staunenden Kindern erschreckende Dinge erzählen. Sich vom Tisch erheben und aufs Bett legen. Derweil wird sich Blondie die Lippen vor dem Spiegel neu anmalen, sich ihm als gieriges Weib nähern und kokett fragen: „Hast du es gar nicht eilig, Liebling? Nimmst du dir mal für mich frei, damit wir einen Ausflug in die Berge machen können? Willst du nicht die Schleife aus meinem Haar lösen?"

Ungeduldig wird er sie mit der Hand wegstossen und ihr klarmachen, dass er sie und die Kinder vor einer Katastrophe bewahrt hat. Er vermutet, dass die blöden Angestellten da etwas ausgeheckt haben. Und er wird ihr mitteilen, dass er eine neue Sekretärin hat, die sich in seiner Abwesenheit um alles kümmert, und zwar von einem Stuhl aus, den sich noch zwei, drei, vier, fünf weitere Staaten mit ihm teilen. Er wird in schallendes Gelächter ausbrechen und seine Frau mit der roten Schleife wütend machen, dann wird er gedankenverloren an die Decke starren und murmeln: „Einer Frau geht die Arbeit leichter von der Hand, sie kann sie einfach effizienter erledigen."

„Einer Frau!" Törichte Eifersucht packt die Ehefrau. Sie wird sich mit ihrer eingefallenen Brust auf ihn werfen, schimpfen und weinen und jammern. Und schliesslich drohen: „Den ganzen Tag wirst du bei dieser Frau zubringen. Wenn sie meine Tochter wäre, ich würde sie umbringen! Ich würde sie mit allen Mitteln daran hindern, allein mit einem Mann zusammenzuarbeiten! Sie ist ..."

Sachte, sachte, Marmorbäckchen, denn ich werde kündigen, kündigen.

„Seine Durchlauchte Exzellenz der Chef!" schrieb ich in grün. Chefs lieben Ehrentitel ebensosehr, wie es mir peinlich ist, sie zu benutzen. Diese Bezeichnung kommt mir eher wie eine Beleidigung oder Erniedrigung vor. Ich werde mich nicht selbst betrügen. Ich strich den Satz durch und schrieb: „Verehrter Ledersessel!" Wird er überhaupt verstehen, was es mit dem Ledersessel auf sich hat? Nein. Ich zerriss das Blatt, zog ein neues weisses Papier aus der Schublade und schrieb: „Herr Vorgesetzter." Ohne sehr geehrter. Es wird ihn ärgern, dass die ehrende Anrede fehlt. „Ich möchte Ihnen mitteilen, dass es für mich eine ausserordentliche Heldentat ist, die Arbeit hier zu kündigen, da ich auf das Geld angewiesen bin."

Wie kann ich die Arbeit verlassen? überlegte ich. Woher soll ich das Geld nehmen? Soll ich unter das Joch meines Vaters zurückkehren? Ich beschloss, mir eine andere Arbeit zu suchen.

Dann schrieb ich den Brief weiter: „... eine Aufgabe, die meinen Fähigkeiten angemessen ist." Ich schloss die Augen und lächelte erregt. Von nun an werde ich nur noch für Bahâ existieren, für ihn allein! Ich fuhr fort: „Ich bin keine Maschine. Wer sagt Ihnen, dass ich ..." Ich korrigierte mich. Mein Ton war unpassend. Ich strich „Wer sagt Ihnen, dass ich" und beendete den Brief: „Es tut mir leid, dass es nur bei der Probezeit geblieben ist."

Ich setzte meinen Namen auf das Blatt und stieg hinab in den Keller, wo der blaue Briefkasten hing. Ich öffnete ihn behutsam. Ich zitterte etwas beim Gedanken, dass die Tür des vergessenen Briefkastens an meinem Arbeitsplatz erstaunliche Ähnlichkeit mit der Höllenpforte aufwies, die ich als Kind — in meinen Träumen — oft geöffnet hatte.

Im Briefkasten sah ich, was ich schon aus meinen Träumen kannte, glühendes Magma, züngelnde Flammen, verkohlte Baumstämme und, solange die Tür offensteht, frisch gegrilltes Fleisch. Ein würgender Geruch steigt einem in die Nase. Menschenkörper. Ein Gehängter, der im Diesseits seinen Nachbarn ermordet hat. Einem anderen hängt vor Hitze die Zunge aus dem Hals, sein entstellter Körper wurde in den Heizkessel geworfen, um das Feuer zu schüren. Körper,

Körper, Körper von Menschen, die der Teufel verführt hatte und die nun von ihrem Schicksal eingeholt worden sind. In der Hölle werden sie nicht vernichtet, sondern immer wieder zu neuem Leben erweckt, werden erneut geröstet, nachdem sie aufgeplatzt, verblutet, verkohlt und schliesslich zu Asche verfallen sind.

Die Briefkastentür kommt mir so gross vor wie die Höllenpforte. Die Hitze wird mir noch die Finger versengen. Nein, ich werde nicht in den Briefkasten greifen, um den blauen Umschlag mit meiner Kündigung und den Brief des Verehrers hineinzulegen. Eine gefleckte Schlange wird mir in die Hand beissen, sie lauert mir in der wilden Höhle auf. Das Feuer wird mir meine Heldentat, die noch in den Kinderschuhen und voller Leben steckt, in Brand setzen. Nein. Das Feuer wird das Holz verschlingen. Auf die steinerne Treppe übergreifen, sich wie ein schwarzer Schweif über die Stufen legen. Es wird die Bürotüren herausreissen, den Wachmann foppen und den Büroschlüssel des kreidebleichen Chefs zerfressen. Im Nu wird es über den mächtigen Holzstuhl herfallen und den Chef vor die Wahl stellen, unversehrt zu entkommen oder den Kampf aufzunehmen, in dem er garantiert umkommt oder zumindest verkrüppelt wird. Die Morgendämmerung wird von der nächtlichen Verwüstung auf der Erde nichts ahnen. Sie wird über die Trümmer der Agentur hinwegtrampeln und sie in der Finsternis zurücklassen.

Ich wich vom Briefkasten zurück. Mein Blick prallte auf den Pförtner, ein braunes, an den Türrahmen gelehntes, hilfloses Häufchen. Doch trotz seiner Hilflosigkeit lag ein zuversichtliches Lächeln auf seinem Gesicht. Auch sein Lächeln wird verbrennen, wenn die Agentur in Flammen aufgeht. Und Nada wird wie vom Donner gerührt zusehen, wie die züngelnden Flammen ihr Pausenbrot anknabbern und es dann verzehren.

Ich steckte den blauen Brief in meine Handtasche und tauchte in den Lärm der grossen Strasse. Plötzlich war ich ganz leicht, so leicht, dass ich das Gefühl hatte, abzuheben und zu fliegen. Die Flügel waren mir gebunden gewesen, doch heute hatte ich mich von den Fesseln befreit. Stolz ragten die Häuser in die Höhe, in den Etagen schwirrten Arbeiter herum, Angestellte, Chefs und Maschinen. Autos sausten herum wie Insekten, kreuzten den Lauf meiner Gedanken. Die Beine der Passanten lenkten meine Aufmerksamkeit auf sich, sie kamen und gingen, kamen und gingen. Hände hoben und senkten sich. Schüttelten Hände, rieben Augen, putzten Nasen, kratzten Köpfe, sanken. Zeigten auf Schaufenster, sanken schleunigst wieder.

Fliege ich? Im Trancezustand bin ich auf der Strasse im Vorteil. Ich sehe alle Menschen. Höre die Maschinen. Das Licht meines Bewusstseins leuchtete so hell, dass sich die Konturen der Welt vor mir verwischten. Kein Himmel. Keine Erde. Kein Anfang. Kein Ende. Das Leben ist Zeit. Zeit, die ins Unbekannte dringt. Nein, nicht ins Unbekannte! Sie geht, wohin ich will! Ich bin die Zeit, ich habe ihre Eigenschaften, weil ich allein ihr Bedächtigkeit, Langsamkeit, Sanftmut, Tragik oder Erbarmen zugestehe. Ich hörte meine Schritte im Treppenhaus nicht. Bin ich etwa durch die Wand gegangen?

Unser Haus. Jeder hat ein Zuhause, einen Ort, unter dessen Dach er Schutz sucht, genau wie ein Tier. Das Haus gehört Mutter, Vater, dem Ehemann, dem Geliebten.

Wieso bin ich heute nach Hause gegangen? Wieso muss ich immer nach Hause gehen? Wieso muss ich auf einen Mann warten, der mich heiratet und mir ein Zuhause bietet? Wieso muss ich immer mit einer anderen Person zusammenleben, die meinen Körper schützt, wo sie doch an ihm zehrt. Die mein Hab und Gut verteidigt, wo sie es doch stiehlt? Wieso muss ich in einem Haus wohnen, nicht auf dem Gehsteig, nicht auf einem Feld, nicht in einem Palast und nicht im Krankenhaus?

Ich werde mir ein anderes Zuhause suchen. Woanders schlafen. Mich im Dunkeln zum obersten Stockwerk des höchsten Hauses in Ras Beirut schleichen, mich ins Bett verkriechen und auf Bahâs Brust einschlafen. Nein, er wird mich nicht davonjagen, mir nicht weh tun, meine Entscheidung nicht ausnützen. Er wird meine Gedanken verstehen. Meine Freiheit verstehen. Verstehen, dass ich mich in dieser Nacht nur nach einem anderen Schlafplatz sehne und nach anderen Gesichtern. Statt der Gesichter um mich herum, die ich hasse, will ich Gesichter sehen, die unendliche Zärtlichkeit und Anerkennung in mir anrühren.

12

Auf dem kurzen Weg von unserem Haus zur Agentur war ich in Gedanken bei dem blauen Umschlag, der in meiner Handtasche sein Schicksal erwartete. In meinem eleganten, kleinen Büro dachte ich aber nicht darüber nach, welche Konsequenzen meine Kündigung haben würde: die Trennung von den Menschen, die für eine bestimmte Zeit in mein Leben getreten waren, und der Verzicht auf das fette Gehalt, das mir meine Freiheiten ermöglichte. Hinter der Tür, die mein Büro von dem des Chefs trennte, war man vergnügt. Ein Mann lachte erregt, verletzend. Eine Frau reagierte jauchzend auf die Erregung, ertrug die Verletzungen mit Bravour.

Der Chef und eine Frau schwammen in einem Meer neuer Hoffnungen. Unaufhaltsam verdrängte die Zeit die Gegenwart, schleuderte sie ins Vergessen der Vergangenheit. Ich zählte die Minuten. Ich war die Zeit: Ich beherrschte die Freuden des Chefs, ich war in der Lage, sie ihm zu lassen oder zu vermasseln. Zehn Minuten vor achtzehn Uhr. Beim Schmettern der sechs Schläge wollte ich in die fröhliche Stimmung hinter der Tür hineinplatzen und einen Streit vom Zaun brechen.

Ich lachte stolz, doch das Lachen verging mir, als mir einfiel, dass ich Bahâ am Abend nicht treffen könnte. Bahâ wäre bestimmt frustriert, würde dasitzen und mit seiner weissen Jungfrau auf mich warten. Seine Kommilitonen hatten sich bisher weder an meinem Kleid gestört noch daran, dass er sich von ihnen abgesetzt hatte. Bahâ und ich zogen weder

Aufmerksamkeit noch Neugier auf uns. Kein Stammgast im „Uncle Sam" hatte je erkennen können, wie weit die Beziehung zwischen dem Mädchen mit dem Kaffeeglas und dem dunklen Mann mit Zigarette und Parteizeitung gediehen oder welcher Art sie war.

Das Klopfen an der Tür holte mich zurück. Es war schon fast fünf Minuten vor achtzehn Uhr. Die Tür wurde aufgerissen, und ein weisser Riese zeigte sich, zwischen Kinn und Lippen hing ihm ein gieriges Grinsen. Ich erinnerte mich, diesen Mann schon einmal gesehen zu haben, aber wo?

Er half mir auf die Sprünge. „Ich bin der Direktor der Agentur. Bitte melden Sie mich bei Ihrem Vorgesetzten an." Ein Direktor? Und meldet sich an, bevor er das Büro des Abteilungsleiters betritt? Soll ich diesen „Schaukelstuhl" zu ihm schicken, um schon einmal zu üben, wie man ein Sekretariat schmeisst?

Ich suchte die Acht auf der Wählscheibe, fand sie jedoch nicht. Vor Wut war ich ganz durcheinander, dabei wollte ich doch bis kurz nach achtzehn Uhr kühl bleiben. Der Direktor kam näher und hielt mir eine Schachtel mit einer gezückten weissen Zigarette entgegen. Ich schaute ihm ins Gesicht. Ich hasse diesen Mann. Er ekelt mich an. Ich wies die Zigarette zurück und zählte die Ziffern einzeln ab: Eins. Zwei. Drei. Vier. Fünf. Sechs. Sieben. Acht, Acht, da ist sie. Die Acht ist die Nummer des Chefs. Ich steckte den Finger hinein, wollte wählen, doch mein Finger erstarrte bei der Bemerkung des Direktors: „Ihr Silberring ist wunderschön, doch er ist zu gewaltig für Ihre schmale, zarte Hand."

Meine Hand blieb liegen, wie tot, bewegungslos, der Finger verharrte im Loch der Ziffer Acht. Sein unverschämter

Kommentar biss mir in die Hand, betatschte meine Handfläche. Ich musste ihm deutlich machen, dass weder er noch seine Sprüche mich interessierten.

„Ich kombiniere absichtlich Gegensätze, um durch den Kontrast jedes einzelne Element zu betonen", antwortete ich.

Er bekam rote Ohren. „Jeder Mann, der Ihre Hände zur Kenntnis nimmt", erklärte er, „verspürt unwillkürlich das Bedürfnis, sie von den schweren, metallenen, schmerzenden Fesseln zu befreien. Jeder Mann hat den Wunsch, Ihre Hände zu verletzen und sie im selben Moment zu segnen. Ich rate Ihnen, den Ring während der Arbeitszeit nicht zu tragen." Er verschwand.

Meine Hand lag tot auf der Wählscheibe des schwarzen Telefons, der Ring blitzte hell auf. Mit Hilfe ihrer Schwester, der linken Hand, verbarg ich sie unter einem weissen Blatt. Als wüssten die Menschen um meine aufrichtigen, mutigen und freien Ansichten, treten sie mir alle schon bei der ersten Begegnung vollkommen aufrichtig, mutig und frei entgegen. Als würden sie dadurch versuchen, an mich heranzukommen oder Einfluss auf mich zu nehmen.

Ich erweckte meine Hand wieder zum Leben. Das Bild des Direktors verschwand aus meinem Kopf. Ich öffnete die Tür zum Büro des Chefs und sprang ins Feld der Freude, um einen Streit vom Zaun zu brechen. Der Chef empfing mich mit einem Lachen, das immer aufdringlicher wurde. Ich hatte Lust, über sein Gesicht herzufallen, mich auf seinen Mund zu stürzen, ihm die Lippen mit den Zähnen zu zerfetzen, ihm meine Fingernagel ins Gesicht zu rammen, mich neben ihm auf den Boden sinken zu lassen und mit meinem seidig weissen Taschentuch das Blut von seiner Brust und meinen Händen und Zähnen zu tupfen.

Aber seine Frau war da, ihm gegenüber. An ihrem schmalen Körper hing ein blaues, schulterfreies Abendkleid, in ihrem Ausschnitt steckte eine duftende weisse Lilie. Von Kopf bis Fuss war Blondie auf eine Nacht eingerichtet, in der sie bis zum Morgen ihren Trieben freien Lauf lassen und alle Lust verschlingen würde. Sie schwieg und verglich ihr Haar, Wasserfälle voller Melodien und Lichter, mit meinem kurzen, finsteren Haar, Ausbund von Rebellion und Widerstand. Verglich ihren begnadeten, erfahrenen, erfolgreichen Körper mit meiner idiotischen, verkrampften, missratenen Gestalt. Ihre weichen Gesichtszüge und ihre Nase, umnebelt vom Hauch edlen Parfüms, mit meinem strengen, wirren Gesichtsausdruck und dem zwecklos hinter meine Ohren getupften teuren Parfüm. Und aus dem Vergleich zog sie das simple Ergebnis, dass ich ein Kind sei. Nichts weiter als eine bösartige Göre, wenn man meine Kindlichkeit überhaupt treffend charakterisieren kann.

Sie lehnte sich im Sessel zurück, das Kleid glitt über ihren Busen und klammerte sich an die Brustwarzen, aus Furcht, ganz hinunterzurutschen. Die Lilie wuchs um Zentimeter, sie griff nicht nach ihrem Kleid, um es zu retten und das Wachstum der Blüte aufzuhalten. Und ihr Mann bemerkte nicht einmal den Ruf der Brüste, des Kleides und der Blüte.

Sie wusste, dass ihr Körper lebte. Und er hatte die Gewissheit, in das Leben dieses Körpers eindringen zu können, jederzeit. Ihr Körper aber drängte sich jedem Menschen auf, unabhängig vom Willen seiner Herrin und seines Besitzers.

Mit einer unbewussten Bewegung verschränkte ich die

Arme vor meiner Brust, als ich ein Klopfen darin spürte. Nein, ich will nicht so weit sinken und so ordinär sein. Und allen meinen nackten Körper zeigen, dachte ich. Ich werde mich von der dekadenten Oberschicht unserer Gesellschaft und aller Gesellschaften, die mit Körpern handeln, abheben. Ich werde ausserdem über den Schmutz und den Verwesungsgestank der blinden Fanatiker aus der Unterschicht, die in ihrem Leben nichts weiter als ihren Körper und ihr heiliges Buch besitzen, hoch hinausfliegen.

„Wir wollen hören, was die junge Dame wünscht, bevor wir gehen", liess sich süss und wohlformuliert Blondie vernehmen.

Der Chef warf mir einen fragenden Blick zu, der nicht auf meinem Gesicht verweilen wollte, und sagte: „Ja, ja."

„Der Direktor möchte Sie sprechen", unterbrach ich ihn.

Er runzelte die Stirn und winkte ab: „Er soll bis morgen warten. Ich weiss, was er will." Er verstummte und blickte abwechselnd von meinem Gesicht auf den blauen Umschlag, den ich ihm entgegenhielt. „Was ist das?"

Ich schaute seine Frau an und antwortete: „Öffnen Sie ihn."

„Ich werde ihn schon öffnen, aber was ist das?"

„Öffnen Sie ihn."

Er rang mit seiner Angst, die Beine des Sessels, in dem er hockte, erzitterten. Seine Angst spiegelte sich im Gesicht seiner Frau wider, es verkrampfte sich und wurde bleich. Vor Angst schrumpelten ihre Brüste zusammen, die Blute drohte zu verwelken. Ich entfachte das Feuer, das in dem Briefumschlag steckte: „Das ist meine Kündigung. Jawohl, meine Kündigung."

Ich riss all meine Kraft zusammen, als mir der Chef verärgert seine ganze Aufmerksamkeit schenkte – als wäre ich ein rechtschaffener Herrscher, der sein Land in die Unabhängigkeit und in die politische, kulturelle und wirtschaftliche Blüte geführt hat und es nun dem bösen Spiel der Ausbeuter und zerstörungswütigen Feinden überlässt. Als bekämpfte er mit jedem seiner Worte den Tod, fragte er mich: „Und was ist der Anlass dafür?"

Wird er meinen Standpunkt überhaupt verstehen, wenn ich ihm die vielen Gründe für meine Kündigung schildere? Und was weiss diese Frau schon, was es bedeutet, sich im Nahen Osten dem Antikommunismus zu verschreiben, und was es bedeutet, dass unsere Grenzen permanent überfallen werden von Verrückten, die der Wahnsinn der Naziherrschaft hervorgebracht hat. Was weiss sie schon, welches Ziel die nichtkommunistischen Staaten mit ihrem Schweigen verfolgen und den Verträgen, die sie mit dem Abschaum der Menschheit schliessen. Und dann versagen uns die USA, Grossbritannien und Frankreich jegliche Hilfe. Gleichzeitig führen sie von hier aus, mit dieser und anderen Agenturen, Krieg gegen jeden kleinen und grossen Staat, der uns im Namen der Freundschaft und des Friedens seine freundliche Hand bei unserem Kampf gegen das gefährliche Virus reicht. Wenn ich das so sage, dachte ich, mache ich mich nur lächerlich, deshalb schwieg ich lieber. Ich lächelte, der Chef wurde ärgerlich.

„Bitteschön!" sagte ich nur und deutete auf den Brief. Er traute sich nicht, ihn zu öffnen, als wäre im Umschlag – wie im kleinen, blauen Briefkasten – eine gefleckte hungrige Schlange, die seine Hand verschlingen könnte.

Dann geschah alles mit einer seltsamen Geschwindigkeit. Der Chef schüttelte mich mit Gewalt. Packte mich an der Schulter und schleifte mich hinter sich her. Zerrte an mir. Riss die grosse Tür auf. Stiess mich ins dunkle Treppenhaus. Beschimpfte mich heftig. Drehte sich um. Lief weg. Und schloss die Tür.

Erst als ich die feuchte Nachtluft Beiruts atmete, erholte ich mich von dem Schreck. Die Schulter tat mir furchtbar weh, und die Brust war zum Ersticken zugeschnürt.

Ich weinte, weinte mit offenen Augen, überflutete die flüchtigen Lichter der Scheinwerfer. Erst zu Hause, in der Dunkelheit meines Betts, schloss ich die Augen.

3. Teil

1

Ich konnte es kaum ertragen, mit welcher Selbstgefälligkeit mir mein Vater die zweihundert Pfund zusteckte — als Belohnung, wegen der Kündigung, für ein schickes Kleid bei „Khoury". Meine Mutter stand hinter ihm und zwinkerte mir zu: In dem Kleid wirst du fabelhaft, einfach blendend aussehen. Sie nahm mich bei der Hand und befahl mir, meinen Vater zu küssen.

Widerwillig drückte ich ihm einen Kuss auf die Wange und verliess das Haus. Der Verkäufer erwartete mich schon. Unwillig murrten die Geldscheine in meiner Handtasche. Ich hatte bereits einen grossen Teil meines letzten Gehalts ausgegeben.

Das Kleid war in einem der berühmtesten Pariser Modehäuser kreiert worden. Meine Mutter und Schwester hatten es an einem Mannequin gesehen und sofort gedacht, es wäre wie geschaffen, meine Reize hervorzuheben. Es war ein weisses Kleid.

Ich betrachtete es im Schaufenster. Woher wusste meine Mutter, dass ich weisse Kleider am liebsten mag? Wusste sie vielleicht auch, dass ich es an ihrem Todestag, an dem meines Vaters oder eines anderen Verwandten anziehen, die Farbe Schwarz aber nicht an meinen Körper lassen würde?

Ich ging auf die Ladentür zu. Dem Verkäufer wäre es wahrscheinlich am liebsten, ich würde ihm die zweihundert Pfund schnell hinblättern, mein Päckchen nehmen und den Laden sofort wieder verlassen. Ich hätte ihm die Scheine hinschleudern können wie dreckiges Papier in den Abfall. Die

Scheine gehörten nicht mir. Mit ihnen verband mich nichts. Mich interessierte deswegen auch nicht, auf welche Art ich sie loswürde. Ebensowenig gehörte mir das Kleid, das für Lust und Spass schlürfende Augen geschaffen war.

Ich trat ans Schaufenster, beugte mich zur Scheibe, feine Staubkörner blieben mir an Nase und Lippen hängen. Ich wich zurück, klemmte den Nagel meines Zeigefingers zwischen die Schneidezähne. Wer wird bezaubert sein, wenn mein Körper im Licht glitzert? Für die komischen Kreaturen, die nur auf meine äussere Hülle abfahren, interessiere ich mich sowieso nicht. Vielleicht sollte ich ein Kleid für Bahâ, nur für Bahâ, kaufen, um seinen peinigenden Hunger zu mildern.

Meine Mutter regt sich bestimmt auf, wenn ich statt des weissen Abendkleids ein rotes Tageskleid kaufe. Und behauptet, dass ich es darauf anlege, sie zu provozieren. Aber, es ist ja nicht mein Geld und auch nicht mein Kleid, warum sollte ich dieses Kleid aus Paris besitzen? Paris ... Paris ...

Ich schnappte das Gespräch zweier Passanten auf, und sofort überkamen mich nationale Gefühle. Sie sprachen über den Plan der Amerikaner, über die Bäcker, die wegen der Preissenkung beim Mehl streikten, und über die bevorstehende Weizensaison. Das Geld war nicht mehr einfach drekkiges Papier. Die Scheine bewegten sich in meiner Handtasche. Ein Pfund explodierte! Die Scheine waren Dynamit. Noch ein Pfund explodierte! Die Tasche wurde schwerer, das Leder begann zu glühen. Gleich würden zweihundert Pfund in die Luft fliegen. Die Scheine waren Dynamit. Wie sollte ich sie nach Ägypten schaffen? Es krachte entsetzlich. Gleich würden alle Pfund explodieren!

Ich drehte mich um, wollte weglaufen, als ich eine äusserst zarte Stimme vernahm: „Das weisse Kleid, ist es nicht wunderschön? Aber der Besitzer des Geschäfts sagte, dass es auf der Modeschau verkauft wurde." Und auf französisch fügte sie hinzu: „Schade, nicht?" Ich drehte mich um, es war eine schöne Frau. Sie sprach zu einem Mann, der den Arm um ihre Schulter gelegt hatte.

Ich schaute mich um. Hier begann das jüdische Viertel. Das dritte Pfund explodierte! Leuchtend züngelte die Angst aus dem weissen Kleid im Schaufenster. Aus den Fenstern der Häuser. Ich rannte los. Bestimmt schauten mir die beiden Bummler und die Bewohner der Wâdi Abu Dschamîl verwundert nach.

An der Ecke beim Wassertank wurde ich langsamer. Blieb stehen. Öffnete die Handtasche und begutachtete die Scheine. Ich machte kehrt, blieb wie angenagelt vor dem Schaufenster stehen. Ein Wust von verworrenen Gedanken tobte in meinem gequälten Hirn, als ein gutaussehender Mann aus dem Geschäft trat und mich lächelnd grüsste. Es war der Ladenbesitzer. Er kam mir vor wie ein Schiff, das zweihundert Stangen Dynamit nach Ägypten transportiert.

„Bitte sehr, treten Sie ein!"

Ohne mich um seine geschäftige Zuvorkommenheit zu kümmern, trat ich näher an das Schaufenster. Sah er, was ich in Wirklichkeit war — Sprengstoff? Glaubte er auch, dass die Scheine Dynamit waren? Fühlte er sich wie ein Sprengstofftransporter?

„Bitte sehr, treten Sie ein!" Er verschwand im Laden, überzeugt, ich würde ihm überallhin folgen und jeden Preis zahlen, um das Pariser Kleid zu erstehen. Er glaubte wohl, meine Schwester, eine Stammkundin seines Geschäfts, vor sich zu haben. Ich lachte mir ins Fäustchen. War die äussere Ähnlichkeit Grund genug, mich für so oberflächlich wie meine Schwester zu halten?

Laut lachend stolzierte ich zu dem Ort, an dem Bahâ verzweifelt kämpfte und innere Ruhe vorzutäuschen versuchte. Fröhlich ging ich auf ihn zu und posaunte: „Ich habe gerade eine Heldentat vollbracht."

Er riss sich aus dem schwarzen Zeilengeflecht seiner Parteizeitung los. Auf seinen Lippen erschien der Schatten eines Lächelns, er vertrieb denjenigen der Angst, der sie beherrschte. „Hast du das gleiche geträumt wie ich?" fragte er.

Ich öffnete den Mund, wollte erklären, was mich so beeindruckt hatte, doch er hob die Hand, stoppte mich und sagte: „Während ich auf dich warten musste, habe ich Gestalten durch die Dunkelheit schleichen sehen. Sie waren barfuss. Ihre Gewänder voller Flicken. Die Köpfe unbedeckt. Ihre Hütten standen dicht an dicht. Die zarten Körper ihrer Kinder waren von den Strohlagern blutig gerissen. In den Gemächern zogen sich die Frauen aus; ihre Körper waren von den grausamen Ketten, in denen sie lagen, ganz blau." Er lachte dümmlich. „Bei den Frauen verweilte ich so lange wie möglich!"

Ich lachte mit.

„Der kahle Boden war rissig", fuhr er fort. „Breite, tiefe, dunkle Furchen hatten sich gebildet. In ihnen wüteten schlimme Stürme, die in einigen Städten Schultore niederrissen. Die Schüler schliefen unruhig und hörten das Krachen der Tafeln, der Bänke und des Lehrerpults, die sich gegenseitig kaputtschlugen. Sie setzten sich in ihren Betten auf und kotzten den vergifteten Frass aus, den ihnen der Imperialismus in die hungrigen Mäuler gestopft hatte.

Einmal gekotzt, und das britische Volk ist friedfertig, es respektiert Gesetz und Freiheit.

Zweimal gekotzt, und die arabische Welt bekennt sich zum Empire mit seinen unendlichen Ressourcen und dem hohen Lebensstandard des einzelnen.

Dreimal gekotzt, und das englische Denken verhilft uns zur geistigen Erleuchtung.

Gekotzt und wieder gekotzt. Ganze Berge von Kotze, aufgetürmt, so wie die Berge von Tagträumen?"

Feigling!

Er holte sich Unterstützung von einer jungfräulichen Zigarette, steckte ihren Saum in Brand. „Du lebst in einer Märchenwelt und brauchst noch einige Lektionen über die Pflichten des Individuums und den Wert der Gemeinschaft."

„Ich brauche nicht in deine kindische Partei einzutreten", fuhr ich ihn an. „Ich kenne ja schon einen von der Sorte – dich!"

„Du glaubst doch wohl nicht, dass meine Partei auf euch Märchentanten wartet, damit ihr euch einklinkt, mitmischt und euch festbeisst."

Ich steigerte seinen Frust zusätzlich, indem ich ihm sanftmütig, schweigsam, unterwürfig und verständnisvoll gegenübersass. Als ich ihn so weit gebracht hatte, dass er seinen Kopf wieder in das schwarze Zeilengeflecht steckte, ging ich.

2

Als ich auf die Strasse trat, fühlte ich mich fremd. Dabei war es nicht das erste Mal, dass ich allein auf die Strasse ging. Vielmehr war die Strasse ein Teil von mir, und nur auf der Strasse konnte ich möglichst vielen Menschen zeigen, dass ich unter ihnen weilte.

Als ich auf dem Gehsteig den ersten Schritt machte, bekam ich Angst vor der glänzenden schwarzen Bahn zwischen den stummen Häusern. Nach dem zweiten Schritt blieb ich stehen und schaute mich um: Wohin führt die Strasse? Wer wohnt in all den stummen Häusern?

Einige Minuten verharrte ich wie angenagelt. Ein schmerzhaftes Gefühl von Fremdsein wütete in mir wie ein Sturm und stiess mich hin und her. Die Strasse war wie der Arm eines blutsaugenden Ungeheuers. Schritte kamen näher, stampften hinter mir auf den Boden, als wollten sie ein Hindernis niedertrampeln, um mich zu erreichen. Die Schritte machten mir Angst. Ich spürte, wie die Augen eines Mannes Löcher in meinen Kopf, Hals, Rücken, meine Beine und Füsse bohrten. Ich blieb stehen. Er hielt einen Augenblick hinter mir inne, rannte los, überholte mich und stürmte auf das rote Schild an der nächsten Strassenecke zu. Das Schild blitzte im Licht. Mich wunderte, dass er vom Lichtreflex nicht geblendet wurde und stehenblieb, ebenso wie es mich zum Anhalten aufforderte. Ich ging näher an das Schild heran, reckte den Hals und las: „Bunker". Ich will mal in den Bunker gehen, dachte ich. Ich folgte dem weissen Pfeil auf dem roten Schild. Ging durch das Tor und sprang zwei Stufen hinunter.

„Suchst du jemanden?" fragte mich ein Polizist.

Widerwillig riss ich die Lippen auseinander, räusperte mich und fragte: „Ist das ein Bunker?"

„Ja, das ist ein Bunker", antwortete er lachend. „Er ist aber nicht für herumstreunende Mädchen gedacht, sondern für den Krieg, für den nächsten Krieg!"

„Welchen Krieg?" Ich warf ihm einen spöttischen Blick zu. Keller, Krieg, Waffen, Keller, murmelte ich im Gehen. Ich schaute mir das rote Schild noch einmal genau an. Dann folgte ich der Rue Clemenceau. Vielleicht sollte ich den Typen suchen, der gesagt hatte, ich könne nicht über Politik mitreden wie über Mode und Parfüm.

Bahâ würde als Begründung für meine Kündigung sowieso nur das alberne Argument gelten lassen, dass ich mich geweigert hätte, in einer Agentur mitzuarbeiten, die der Verbreitung des Kommunismus entgegenwirkt, und dass ich darauf aus wäre, es ihm recht zu machen und seine Prinzipien zu heiligen. Deshalb werde ich ihm nichts von meiner Kündigung erzählen.

Im Gehen liess ich meine Hand über die rauhe Steinmauer der Universität gleiten. Mein kindliches Verhalten lenkte die Aufmerksamkeit einiger Passanten auf mich. Die Leute wussten nicht, was ich vor ein paar Tagen in der Agentur getan hatte, nicht, wohin ich ging. Nicht, in wen ich verliebt war. Und auch nicht, was ich über sie, über Gott und die Welt dachte. Genau wie die Studenten nahmen sie nur wahr, was sie mit eigenen Augen sahen.

Ich betrat die Universität. Wie immer waren Gruppen von Studenten auf dem Gelände verstreut. Mir graute davor, einen Weg durch das Meer lechzender, unwissender, prüfender, verwunderter Augen zu bahnen. Ich preschte über den Platz zur Bibliothek, ohne mich zu erinnern, dass ich diesen Ort monatelang regelmässig aufgesucht hatte.

Ich sah ihn. Nein, mein Blick blieb nicht an dem blöden fremden Typen hängen. Mein Blick löste Bahâ aus einer Gruppe von Studenten, die sich im Kreis versammelt hatten. Sie plauderten, lachten und planten einen Ausflug oder wollten den Abend in irgendeiner Hütte verbringen. Er lachte, plauderte und plante nicht mit. Er nahm nicht einmal wahr, was um ihn herum geschah. Er ragte in den Raum, sein Kopf berührte den Himmel. Neben ihm offenbarte sich die Sonne auf den Schultern eines grünen Baums.

Zum ersten Mal erlebte ich ihn nicht im Café. Ich erkannte ihn nicht auf den ersten Blick. Ich kannte ihn als alltäglichen, normalen Menschen. Er trug dunkle Anzüge, dazu einfache Krawatten, die farblich nicht zu den Anzügen passten. Rot und braun. Blau und grün. Wer ihn nicht aus dem Hörsaal kannte, ihn im Café mit den Händen herumfuchteln, auf der Strasse oder in der Strassenbahn sah, kam niemals auf den Gedanken, er sei Student.

Wenn man seine Bekanntschaft machte, oder besser gesagt, wenn er gewillt war, Bekanntschaft mit jemandem zu machen, gingen diesem seine Gesichtszüge nicht mehr aus dem Sinn, ebensowenig wie der Anblick der Sonnenstrahlen. Ich weiss nicht, warum ich mich nicht traute, zu ihm hinzugehen.

Das Unigelände unterschied sich von unserem Treffpunkt. Es kam mir vor wie ein neues Bett in seinem Zimmer, von dessen Fenster aus man auf eine Rennbahn sieht. Um ihm näherzukommen, ziehe ich meine Kleider Stück für Stück aus. Nackt schmiege ich mich an ihn, während von der Rennbahn das Gejohle der verwunderten Menschen immer lauter wird. Um meine Nacktheit zu betonen, legt er seine Kleider nicht ab. Selbst den Schlips behält er um.

Als er mich sah, schüttelte er fragend den Kopf. Ich rührte mich nicht. Ich sah ihn wie das Sonnenlicht auf dem grünen Baum. Ich rannte weg und sank vollkommen durchgeschwitzt im Café auf einen Stuhl. Bestellte zwei Tassen Kaffee: Bahâ würde mir hierher folgen.

Bahâ erleuchtete den Eingang des „Uncle Sam" wie die Sonnenstrahlen das Grün des Baums hatten erstrahlen lassen. Vom Licht umgeben, drehte ich mich um. Ich betrachtete die Gäste, wollte wissen, wie sie auf die unendliche Güte, die aus seinen Augen strömte, reagierten. Doch sie waren mit ihren Gedanken woanders, sie achteten weder auf ihn noch auf mich.

Ich lächelte ihn an. In seiner Mimik war nicht das leiseste Anzeichen erkennbar, dass er sich auf mich freute. Nicht einmal ein flüchtiges Lächeln. Er verharrte am Eingang. Löste sich ein wenig von der Tür, so wie die Sonnenstrahlen vom Grün des Baums auf den Boden geglitten waren. Unentschlossenheit strich ihm um die Füsse. Dies hier, dachte er wahrscheinlich, ist ihr Terrain. Ich folge ihr kleinlaut, wohin sie will. Diese alberne Frau ist sich absolut sicher, dass ich ihr hörig bin. Sie hat ihre Befehle schon erteilt, mir einen Kaffee geordert!

Er drehte sich um, wollte verschwinden. In meinen Fingern zuckte die Wut. Beinahe wäre ich aus dem Stuhl gefahren, doch er blickte noch einmal zurück und bemerkte, dass ich ein neues Kleid trug, sein rotes Kleid! Er kam auf meinen Tisch zu, seine Zigarette wimmerte unter der Glut. Ich kann es nicht ertragen, wenn Bahâ weit entfernt ist vom Aschenbecher, vom Stuhl und dem Kaffeeglas.

Er setzte sich mir gegenüber hin. Seine Unentschlossenheit, sein Verstand und seine Vernunft waren dahin – das rote Kleid!

„Du weisst, dass ich jetzt einen Kaffee brauche?" murmelte er und deutete auf das rote Kleid. Ich lachte verlegen. Schweigen umgab unsere Lippen.

Hör auf, die Fäden des roten Kleids aufzutrennen, das ich nur für dich, für dich allein, gekauft habe. Es ist für dich. Es gehört dir. Hör auf, die Nähte mit den Augen zu lösen, so dass der Stoff an meinem nackten Körper flattert. Befiehl mir, das Kleid auszuziehen, statt es Faden für Faden von meinen Beinen, Brüsten und Schultern zu reissen. Sag etwas. Das Kleid engt meine Brüste ein, sie sind gewohnt, frei im Raum zu schweben. Das Kleid engt meine Beine ein, deren Glätte, Rundungen und Schritte sich unter ihm abzeichnen. Es sind dieselben Beine, die verloren in der Gegend herumgestakst waren. Ich kann nicht mehr laufen, kenne kein Mass mehr. Das rote Kleid bedeutet den Abschluss der letzten verdriesslichen Stunden, die ich in der Agentur abgesessen habe.

Doch er blieb stumm. Seine Augen sogen sich voll, berauschten sich! Ich stampfte mit meinem hohen Absatz auf den Boden. Seinen Augen – nur den Augen – wurde bewusst, dass meine reizvollen Füsse auf weissen Thronen ruhten, so dass er sich ihnen mit den Augen bequem zu Füssen werfen konnte. Zum ersten Mal in der Menschheitsgeschichte kniete ein Gott vor einer göttlichen Sklavin nieder.

Trauriges Summen tropfte rot aus seinem Mund. Lustvoll saugten sich seine Augen an meinen Beinen fest. Seine Lider erschlafften. Das Summen wurde leiser. Leiser und noch leiser. Es war nur noch ein Beben von Lippen, ein Gebet. Es roch wie im Tempel – die Fenster geschlossen, und in allen Räumen die Wände und der Boden mit reich gemusterten persischen Teppichen ausgestattet. Die Teppiche hat ein Fürst dem Tempel gestiftet, weil die Ärzte nicht in der Lage waren, seinen Sohn von einer bösen Krankheit zu heilen. In seinem Kummer und seiner Angst stiftete der Vater sein Vermögen und rief die Heiligen um Hilfe an: „O Teppichheilige!" Und kniete nieder. Die Heiligen berieten sich, liessen die silbernen Perlen ihrer Gebetsketten durch die Finger gleiten und kamen überein, dass den Teppichen täglich ein Gebet zu widmen sei.

Bahâs Lippen bewegten sich gleichmässig. Da wusste ich, dass auch er die Weihgabe gerochen hatte. Die wallenden Gelüste verzehrten seine Unterlippe, und die Oberlippe war steif, unterwürfig, feige. Die Oberlippe fuhr auf zum Himmel, die Unterlippe lag am Boden. Die eine befand sich auf dem rechten Pfad, im Garten Eden, auf dem Thron, den am Jüngsten Tag die Engel umflattern. Die andere war hier im Café, kroch verloren zwischen den weissen Schuhen und meinen Beinen herum.

Zwischen der Himmelslippe und der Bodenlippe wurde das Gesumme immer lauter. Während die leuchtenden, goldenen Kuppeln das Antlitz der Sonne verletzten, betete die

Oberlippe: Gott, hilf mir, ein gehorsamer Sklave zu sein. Einer, der nicht tötet, nicht lügt, Verbotenes nicht kostet und andere nicht um ihren Wohlstand beneidet, denn du hast uns erschaffen in Klassen, ja, in Klassen. Die Unterlippe drohte, in die Enge getrieben und aufmüpfig: Gott, du bist eine Maschine im Jenseits. Und ich bin eine Maschine im Diesseits. Ich werde mir von dir nehmen, was ich will. Und dir geben, was ich will. Ich werde die schwarzen Seidentücher zerreissen, die die Gesichter der Frauen verhüllen. Und das Fleisch von dem koketten Bein reissen, das mich erregt.

Singen, Brummen, Bellen. Das ist das Summen. Das ist das Summen. Das ist das Lied seines finsteren Dorfs. Nichts als Fesseln. Seuchen. Dürre. Kampf!

Das Lied vertrieb mich aus dem Tempel. Ich schrie: Hör auf! Bahâ hörte nicht auf zu summen. Die Melodie quälte mich, schleifte mich hinter sich her über die unwegsamen Pfade finsterer Phantasien. Vom Tempel in eine Lasterhöhle, aus einem finsteren Kerker in das Schloss eines korrupten Herrschers, von den Säulen und Galgen in endlose Wüsten.

Hör auf! Er hörte nicht auf. Lockte mich. Wusste, dass ich bereit war, die Augen zu schliessen, ihm meinen nackten Hals hinzuhalten, mich an seine Brust zu werfen, ihn mit Küssen zu überhäufen und ihm ins Ohr zu flüstern. Die Lippen zu einem Kuss zu formen, ihn zergehen zu lassen auf dem Stuhl, dem Tisch, den Gesichtern der Gäste im Café, auf jedem Hindernis, das sich meinen Lippen in den Weg stellte, bis er endlich mit dem Summen aufhörte.

„Bitte, hör auf zu winseln, sonst geh ich", flüsterte ich.

Als sei ihm klar geworden, dass er die Früchte, die in der Saison des roten Kleids gereift waren, ernten musste, hielt er inne und versagte sich den Genuss, meine Beine anzubeten.

Er blickte auf, kletterte die Falten des Kleids hoch, schwang hin und her zwischen der Phantasie, unter dem Kleid nach dem Schenkel zu tasten, und der Wirklichkeit meiner vorspringenden Brüste. Ich spürte das Gewicht seiner Blicke auf Hals und Brust.

„Bevor du gehst, solltest du die beiden obersten Knöpfe deines Ausschnitts abreissen", sagte er, nachdem das Summen zwischen Himmelslippe und Bodenlippe verhaucht war.

„Was?" rief ich mit fragenden Augen und gehobener Hand.

Er klatschte ausgelassen in die Hände, als wollte er mich auffordern, die Knöpfe sofort abzureissen. Sofort. „Du kannst die Knöpfe auch gleich kaputtmachen. Es ist nur zu deinem Vorteil."

Vorteil? Schade, ich hatte nicht die Gelegenheit, mit ihm darüber zu diskutieren, wer von uns beiden einen Vorteil daraus ziehen würde, wenn ich eine Luke öffnete, meine Brüste herausschauten und Bewunderung einheimsten, wenn ich sie in den Blicken baden liesse. Oder wenn ich die Augen strafen würde, indem ich die Brüste ins Dunkel sperrte, so dass die Augen vergeblich nach ihnen Ausschau hielten.

„Wo warst du gestern?" Das Fragezeichen breitete sich träge über sein Gesicht. Mein Bedürfnis, mich an ihn zu hängen und ihn zu halten, wuchs. Seine Frage war ein Schiff, mit dem ich über die Meere in eine neue Welt mit eigenen Grenzen und Bewohnern und mit besonderem Reiz kreuzte. Mit der Frage: „Weisst du, wovon ich gerade träume?" riss er mich aus meinem tobenden Schweigen.

„Nachts mit einem Revolver am Fluss entlangzuschleichen, wenn das Blut aus einem Hals spritzt", antwortete ich und lachte verlegen.

„Sei nicht so hart", rief er. „Warte! Hör auf! Glaubst du, ich sei fähig, diesen miesen König umzubringen? Ich bin ein Kommunist und hasse den Kommunismus. Ich bin heimatlos und werde verfolgt von dem korrupten Regime in meinem Land. Ich hasse die Diktatur, und die Prinzipien der Partei stehen meinen Überzeugungen zum grössten Teil entgegen. Ich hasse das Töten und bin doch gezwungen, es zu tun. Ich hasse die Universität und muss trotzdem hin. Denn nur dieser Weg führt zum Sieg. Ich hasse mich selbst! − Du machst dich nicht noch einmal über meine Phantasien lustig", drohte er. „Meine Phantasien sind die Braut meines Lebens. Sie helfen mir, die Wirklichkeit zu ertragen − zumindest eine Zeitlang."

Zigaretten und Phantasien sind seine Bräute. Und ich?

„Gestern hätte ich dich gern bei mir gehabt, um dich mit einem Knüppel zu verprügeln", erklärte er. „Wie mein Onkel früher seine Frau verprügelt hat!"

Mir blieb die Luft weg. Leichenbleich erstarrte ich auf dem Stuhl. In seinen Phantasien geht er mit meinem Körper um, als wäre er sein Eigentum wie für den Onkel der Körper seiner Frau. Ihn hat gequält, dass ich gestern weggeblieben bin, und dafür will er mich jetzt mit Prügel bestrafen. Mich blutig schlagen. Ich sah die Bereitschaft in seinen Händen und Augen wachsen.

„Unbemerkt habe ich mitbekommen", fuhr er fort, „was nachts zwischen meinem Onkel und seiner Frau passierte. Mein Onkel und mein Vater sassen jeden Nachmittag beisammen, tranken Tee und liessen die Perlen ihrer Gebetsketten gemächlich durch die Finger gleiten. Ich tat, als wäre ich ins Lernen vertieft und mit meinen Gedanken weit weg. Da erzählten sie sich in allen Einzelheiten, wie sie sich ihren Frauen gegenüber verhielten. Mein Onkel verprügelte seine Frau bei jeder Kleinigkeit. Früher dachte ich, es wären Kleinigkeiten, doch jetzt ..." Er starrte mir ins Gesicht, sammelte sich und fuhr mit der Wucht seiner Überzeugungen, zu denen er aufgrund persönlicher Erfahrungen gelangt war, fort: „Zwischen Frau und Mann gibt es keine Kleinigkeiten, die zu diesem Verhalten führen. Seine Frau hat ihn gequält, ja gequält."

Seine Worte und sein Ton schmerzten mehr als Schläge einer Eisenstange. Ich habe ihn gestern gequält. Soll ich mich dafür entschuldigen? Soll ich ihm erzählen, dass ich einen triftigen Grund hatte, nicht zu kommen? Muss ich mich jeden Tag mit ihm treffen? Ich spürte das feine Band, das mich an ihn fesselte.

Er zerrte mich in sein elendes Dorf, aus dem er seine Theorien hatte: „Sie liebte ihn. Nein, sie betete ihn an." Er schaute mir wieder ins Gesicht, auf die Brust, auf die Beine. Forschte wie ein Archäologe nach der Liebe in meinem Gesicht, auf der Brust und den Beinen. Ich wusste nicht, ob sein forschender Blick etwas entdeckte. Ich wusste es nicht. Wie ein gelähmtes Häufchen Elend sass ich auf dem Stuhl. Mein Gesicht war gefesselt von dem feinen Band. Meine Brust versteckte sich hinter dem feinen Band. Meine Beine verfingen sich in der Schlinge des feinen Bandes.

„Das Blaulila reizt mich", sprach er weiter. „Mein Onkel hat die Flecken auf dem Körper seiner Frau immer so phantasievoll beschrieben. Jeder Schlag mit dem Knüppel macht einen blauen Fleck. Noch einmal zugeschlagen macht rote Striemen. Ein Schlag und noch ein Schlag, und das Kleid klebt am weichen Körper. Bis der Körper dunklen Wolken im Abendrot, kurz vor Sonnenuntergang, gleicht. Und nachts, die Spuren der Schläge brannten noch auf dem zarten Fleisch, hüpfte die Frau wie ein zahmes Häschen zu ihrem Mann, drängte sich an ihn und flehte ihn um Verzeihung an!" Erregt lachte er und flüsterte: „Am liebsten würde ich dich jetzt vom Stuhl zerren und durch das Fenster auf die Strasse werfen, damit du kaputtgehst!"

Seine brutale Phantasie machte mich wütend, dann bekam ich Angst. Ich krallte mich mehr und mehr an den Stuhl, suchte eine Waffe, um mich zu verteidigen, falls er sich auf mich stürzen und mir weh tun sollte. Wenn er mich packt, lege ich meinen Arm um seinen Hals. Vergrabe den Kopf in seiner Brust, presse mich an seinen Körper und lecke an seinem Ohr. Schliesse die Augen, komme zur Ruhe. Seine Wünsche, Strenge, Phantasien und seine Qualen versinken dann in den Schlaf.

Seine Phantasien schienen ihn zu drängen, nach Erfüllung zu schreien. Als fürchtete er, schwach zu werden, wenn ich mich mit meiner Zärtlichkeit gegen ihn wehrte, erhob er sich und fragte, ob ich ihn begleiten wolle. Ich lehnte ab. Er stützte sich auf seine Hosentaschen und krümmte den Rükken, als wäre er ein Fremder aus dem letzten Jahrhundert. Er schlurfte die wenigen Stufen des Cafés hinunter, zur Tür, zum Bettler. Zur grossen Strasse.

3

Noch ein Tag wie gestern? Gestern! Ich sprang aus dem Bett und flog zum Spiegel, um darin das Geheimnis meiner Freude zu erforschen und den Grund der Zuversicht, die mir aus den Augen sprach.

Ein sanftes Gefühl, manche nennen es Glück, riss mich fort. Ich pfiff ein Lied, das ich mir aus verschiedenen Liedern zusammensetzte. Es klang schräg und nervte meine Mutter. Ungehalten befahl sie mir zu schweigen. Ich schwirrte durch die Wohnung. Im Badezimmer wusch ich mich, in meinem Zimmer bändigte ich mein gestutztes Haar, auf dem Balkon träufelte ich mir etwas Kölnischwasser auf Arme und Brust. Es war ein warmer Morgen. Ich zog mein weisses Leinenhemd an und liess die unteren Knöpfe offen, damit sich eine Hand um meine nackte Taille legen konnte. In der Küche lackierte ich mir die Fussnägel und schlüpfte in Sandalen, die ohne die bändigende Schnalle und den rot glänzenden Nagellack entschwebt wären.

An der Tür warf ich meiner Mutter einen prüfenden Blick zu. Sie sah betrübt, verwirrt, bestürzt aus. Lauerte auf eine passende Gelegenheit, nachzufragen, warum ich so auf mein Äusseres bedacht sei und was meine Freude, Eile und mein sonderbares Verhalten zu bedeuten hätten. Meine Mutter ist mir egal. Ich mag sie nicht. Ich achte sie nicht. Ich habe mich nur an ihre Anwesenheit in diesem Haus gewöhnt. Als ich die Tür zuzog, verschwand nach und nach das Haar meiner Mutter, ihr rechtes Ohr, ihre Wange, Nase, schliesslich das ganze Gesicht.

Wartet Bahâ schon im Café? Ich habe Angst vor seiner Wut, wenn ich mich verspäte. Ich habe Angst, dass ihn wieder die Lust überkommt, mich zu verprügeln, mir weh zu tun. Ich hasse, ja, ich hasse die Frau seines Onkels!

Die Stimmung auf der Strasse war sonderbar. Lautlos fuhren die Autos an mir vorbei. Nur wenige Fussgänger waren unterwegs. Ich dachte nicht daran, dass es noch früh am Tag war. Die Männer sind an ihren Arbeitsplätzen. Die Frauen in der Küche, im Modegeschäft, beim Schneider oder Friseur. Die Kinder in der Schule. Und ich musste nicht zum Unterricht, war nicht in die Arbeit eingebunden, nichts lockte mich, nur der Gedanke an eine Nacht voller Wärme. Ich war verliebt in das Leben. Ich liebte das Leben.

Ich war wie diejenigen, die am Strand ihren Körper der Sonne offenbaren, um ihre Haut gesund und geschmeidig zu halten. Ich war bereit, meine Hoffnungen, Gefühle und Gedanken preiszugeben. Vielleicht würden sie ja dadurch klarer, reifer und bedeutender. Sie würden mit Bahâ oder einem anderen ihre Erfüllung finden. Aber, wozu diese Gedanken? Warum können Bahâ und ich uns nicht ausgelassen und normal verhalten? Uns berühren, zärtliche Worte flüstern, einen Ausflug machen, uns zurückziehen?

Ich stiess die Glastür des Cafés auf, stieg die breiten Stufen hoch und schaute mir die Gesichter aufmerksam an. Zuletzt sah ich in das Gesicht einer Frau, sie wirkte verloren zwischen ihrem Glas Tee, dem Stück Kuchen, der Milchkanne und der Zuckerdose. Ich setzte mich neben die Frau auf die schwarze Lederbank, zog den kleinen Tisch zu mir heran und hielt nach dem Kellner Ausschau, um ihm zu sagen, er solle die Asche meines Vorgängers von dem roten, dreieckigen Tisch wischen. Ich richtete meine Aufmerksamkeit auf einen Mann, der neugierig beobachtet hatte, dass ich allein einen mutigen Vorstoss in die Männerdomäne Café gewagt hatte. Eigennutz sprach aus seinen Augen und aus den Fingerkuppen seiner gefalteten Hände. Ich sass neben der Frau. Sie bot mir Schutz vor dem Eigennutz unserer Männer. Eine Gruppe von ausländischen Männern war damit beschäftigt, Zeitung zu lesen und Getränke hinunterzukippen.

Wo steckt nur der alte, hagere Kellner? Er soll endlich kommen. Die Asche auf dem Tisch verkörperte einen Mann, einen Fremden, der vorher hier gesessen hatte. Ich spürte seine Körperwärme auf dem Sitzpolster. Nachdem der Kellner endlich die Reste des fremden Mannes mit einem gelben Lappen weggewischt hatte, sass ich bewegungslos und mit gesenktem Kopf da. Ich wusste, dass ich eine wichtige Erfahrung gemacht hatte. Ich konnte es nicht ertragen, mit einem anderen Mann als Bahâ in Berührung zu kommen.

Die Frau zündete sich eine Zigarette an, ohne dass einer der Männer ein verwundertes oder missbilligendes Gesicht gemacht hätte. Sie war Ausländerin, zählte nicht zu den orientalischen, in der Obhut der Männer gefangenen Frauen. Sie nippte am Wasserglas. Einer der blonden Männer nahm ein Buch in seine gepflegten Hände und blätterte kühl wie ein Engländer darin herum. Ich fragte mich, ob er Engländer sei. Bahâ hasste die Engländer. Der Fremdling sollte besser das Café verlassen. Die Frau zappelte unruhig auf ihrem Platz, streckte die übereinandergeschlagenen Beine aus, um sie zu entspannen. Die Universitätsuhr schlug das erste Viertel, das zweite Viertel – nach elf Uhr. Wo blieb Bahâ?

Ich griff nach dem Kaffeeglas, doch meine Finger zitterten. Ich zog meine Hand zurück, rieb sie an der weissen, metallenen Tischkante und hob dann das Glas mit allen zehn Fingern. Als das Glas seinen kurzen Weg vom Tisch zum Mund nahm, sah ich, wie die Frau ihre Blätter zusammenschob und den jungen Ober rief. Dieser wiederum gab dem alten, hageren Kellner ein Zeichen. Sie zählte ihm das Geld vor, und er gab ihr das Wechselgeld heraus. Sie drückte ihre Tasche an die Brust, blickte zu Boden, drehte sich um und stieg die Stufen hinunter, die ich aus meiner Ecke sah. Ich nahm alle Kraft zusammen, um das Glas zu halten.

Allein im Café versuchte ich, mich nicht über die Männer aufzuregen. Sie waren weit weg. Von dem Mann, der mir am nächsten sass, trennte mich die schwarze Bank. Ich beugte den Kopf vor, um meine Lippen am Rand des Glases zu beruhigen. Ich bekam einen Tropfen in den Mund. Der und die folgenden braunen Tropfen blieben mir im Hals stecken, als der Lärm von der Eingangstür und die langsamen Schritte der Männer zu mir herüberkamen. Ich schloss die Augen. Der Rauch englischer und amerikanischer Zigaretten, der mir in die Nase stieg, sagte mir, dass die neu eingetretenen Typen sich um den viereckigen roten Tisch auf die lange schwarze Bank setzen würden.

Widerwille zerrte an meinen Armen und lag in meinem Blick, der auf die Musikbox gerichtet war. Ich konnte es nicht ertragen, dass einer der Typen sich neben mich setzte. Ich hatte mich nicht im Griff. Ich spürte das feine Band, das mich an Bahâ fesselte. Ich musste meinen Körper schützen, Bahâ zuliebe. Musste weg von hier, durfte nur Orte aufsuchen, die seinen Wünschen, Ansprüchen und Prinzipien entsprachen.

„Wartest du auf jemand, Saîd?" Schon ging es los mit den Zudringlichkeiten. Ich kümmerte mich nicht um sie, trank meinen Kaffee und sog an den Lippen.

„Sie ist nicht übel", sagte Saîd. Sie lachten dreckig und hüllten meinen Kopf in eine weisse Rauchwolke. Ich nahm meinen ganzen Mut zusammen, um mich für einen Augenblick zu orientieren, als unzählige Augen aus dem dichten Dunst aufblitzten. Sofort fühlte ich mich nackt, ich knöpfte den obersten Knopf meines weissen Hemds zu: die Öffnung für Bahâ.

Ein Uhr. Bahâ wird nicht kommen. Ich werde gehen. Vielleicht kommt er doch noch. Wie sollte ich mich von der Bank losreissen und meine Beine in Bewegung setzen, ohne dass die Kerle sofort ihre Blicke auf meine Brust, Lippen und Beine hefteten? Während die Typen am Nebentisch auf englisch mit einigen Brocken Arabisch diskutierten, fasste ich den Entschluss, mich so zu verhalten wie die ausländische Frau. Ich rief den Kellner. Drückte ihm das abgezählte Geld für den Kaffee in die Hand. Nahm meine Tasche. Stand auf. Zögerte noch einen Moment, bevor ich ging.

„Sagst du nicht Auf Wiedersehen oder Tschüss, Saîd?" ermunterte ihn einer der Typen. Die Bemerkung dieses Vollidioten löste einen nervösen Lachreiz in meiner Kehle aus. Ich presse die Lippen zusammen, um nicht loszuplatzen. Und verliess das Café. Die Zeichen des Misserfolgs verrieten mich. Der geschlossene Knopf. Das rebellische, schwarze Haar. Die zornigen Finger, die nicht wussten, wohin oder was tun.

Wie krank lief ich in der Wohnung umher, als hätte ich mich hierher verirrt und wäre auf der Suche nach einem anderen umherirrenden Menschen. Ich hörte die Stimme meiner Mutter, die mich ins Esszimmer rief. Ich blieb auf der Türschwelle stehen, um mich mit der Existenz meiner Mutter im Haus abzufinden. Ich bin gezwungen, immer nach Hause zu kommen, hier zu schlafen, hier zu essen, hier zu baden, hier meinen zukünftigen Mann kennenzulernen. Mein Zuhause: Mutter, Vater, zwei Schwestern, ein Bruder. Ich kann es nicht ertragen, in dieser kalten, gefühllosen Raritätensammlung zu leben. Ich hätte schreien und ins Café rennen können, um Bahâ zu suchen und für immer das Haus zu verlassen.

Nach und nach nahm ich das lange Haar meiner Mutter wahr, ihr linkes Ohr, ihre Wange, ihre Nase, ihre Hand. Die Hand meines Vaters winkte in die Luft. Ich sah ihre Gesichter, wie sie sich näherkamen, wie sie in den Tiefen schmutziger Gewissheit badeten, an der Oberfläche auftauchten und im Licht verlogener Zufriedenheit trieben. Dummdreist grinsten sie mich an. Ich zog mich wütend zurück. Wussten sie denn nicht, dass ich ihn heute nicht gesehen hatte, ihn aber sehen musste, um zu leben? Ich brauchte den Erfolg, nachdem ich die Welt des Studierens und des Arbeitens samt den falschen Illusionen verlassen hatte.

War es mein Stolz, der mich den Nachmittag und die Nacht ans Bett kettete und mich davon abhielt, ins Café zu gehen und Bahâ zu sehen? Ich weiss es nicht. Aber ich genoss die süsse Lust, daran zu denken, dass ihn das Warten auf mich irre machte. Schliesslich hatte er mich auch irre gemacht, mich in gleicher Weise gequält.

Und heute! Warum kam er nicht? Ich war deprimiert. Jawohl, ich verschanzte mich hinter einer Zeitschrift. Ich hatte sie extra für den lästigen Kampf gegen die Männer im Café gekauft. Dennoch erfasste mich die Scham. Ich schlug die Zeitschrift auf und versteckte meinen Kopf dahinter. Aber mein Körper blieb unbedeckt. Er musste die Blicke ertragen, wurde von den Sprüchen verletzt und von den unterschiedlichsten Phantasien meiner Feinde fortgerissen. Und gemartert vom knirschenden Sand unter den Schritten, die sich näherten oder entfernten.

Wo steckte Bahâ jetzt? Quälende Fragen gingen mir nicht aus dem Kopf. Könnten sie sich doch nur einen Weg zu den Ohren bahnen, um sie zu betäuben und mich von dem Lärm zu erlösen.

„Wetten, dass sie Journalistin ist? Sitzt hier schamlos herum und kassiert auch noch Geld dafür. Hunderte von Pfund."

„Wahrscheinlich muss sie sich durchkämpfen. Ihr Vater ist bestimmt tot, und einen Bruder, der sie ernährt, hat sie auch nicht."

„Meinst du, sie weiss, was sie sich damit einbrockt?"

„Nein. Sie ist keine Ausländerin."

„Hör zu, ich habe sie im Hörsaal gesehen."

„Schau, sie trinkt aus einem kleinen Glas. Was schliessen wir daraus?"

„Arabischer Kaffee, du Idiot."

Mit einer Hand hielt ich die Zeitschrift, die andere legte ich auf den Aschenbecher, er sollte mir helfen, die Typen um mich herum zu ignorieren. Der Aschenbecher war aus milchig-weissem Glas. Ich beugte meinen Kopf über ihn und sah es rötlich schimmern. Das Rot des Tisches verlieh ihm Schrecken und Bedeutung. Er war Teil von Bahâ. Er wartete genau wie ich auf ihn. Wie lange musste ich, wie lange mussten der Aschenbecher und der Stuhl noch warten? Ich war so ruhig wie der Aschenbecher und der freie Stuhl. Um uns herum wurde es immer lauter und lauter. Der Lärm streifte mich, den Aschenbecher und den Stuhl, glitt ab und entwich dank unserer Ruhe.

So war der Aschenbecher am schönsten: Er war sauber, roch nach Seife. Der Kellner hatte ihn heute morgen mit einem Baumwolltuch poliert. Der Aschenbecher strahlte und erwartete den Genuss einer weissen Zigarette, die auf seinem glatten Rand verglimmt und sich in den Tod stürzt. Meine Finger krabbelten zum Aschenbecher, um einen Teil von Bahâ zu berühren. Er war kalt, sehr kalt, kälter als meine Finger, die sich sofort einzogen und an meine Brust drängten. Starrsinnig stand der Stuhl vor mir. Prahlte mit seiner Geduld und seinem Starrsinn.

Ich hasse freie Stühle. Hasse die Frau von Bahâs Onkel. Hasse das Regime in seinem Land. Hasse sein Dorf, das die kümmerlichen Überreste seiner Persönlichkeit zu Staub zermalmt hat. Und nun schwirrt der Staub seiner Hypothesen, Hoffnungen, Theorien und Überzeugungen im Universum herum. Ich hasse mein Zuhause. Das Café. Hasse die Männer, die mich ansehen.

Ich hasse, hasse, hasse, hasse!

Wut packte mich, ich hätte den Aschenbecher und den Stuhl zertrümmern können. Ich schlug die Zeitschrift zu, nahm meine Tasche und ging. Hinter mir liess ich Teile von Bahâ, den Aschenbecher und den Stuhl. Und Teile meiner selbst, einen Fetzen meiner Lippen in den Augen eines Mannes, eine Handvoll Bewunderung in den Armen eines anderen, das Pulsieren meiner Brust an den Lippen eines dritten und fünften.

Heute war der dritte Tag. Waren mir die Qualen ins Gesicht geschrieben? Verrieten meine Augen, dass ich es über hatte zu warten, ihn nicht zu sehen, und dass ich unter der Trennung litt?

Meine Mutter zitterte am ganzen Leib, als sie an mein Bett kam. Sie machte mir einen Vorschlag. Nein, es war kein Vorschlag, sie flehte um Erbarmen. Ich sollte um Gottes Willen zu einer vergnügten, unterhaltsamen Abendgesellschaft bei einer Verwandten mitkommen.

Ich nickte, willigte ein. Ausser sich vor Freude ging sie. Ich starrte an die Wand. Heute abend gehe ich aus. Das Remmidemmi und die Musik sollen mir die schleichenden Sekunden verkürzen, die an meinen Nerven sägen. Wie soll ich das langsame Ticken bis zum Abend überspringen?

Wer hat den Wecker auf meinen Kleiderschrank gestellt? Tick, tick, tick, tick. Äderchen, so fein wie Haare, platzen in meinem Körper. Tick, tick. Sechzig Mal tick macht eine Minute. Tick. Es läutet an der Tür. Klingeling. Tick, tick. Meine Mutter ruft das Dienstmädchen: „Öffne die Tür!" Tick, tick. Die Tür quietscht, sie wird geschlossen. Tick. In die Vergangenheit, los. Tick. In ... tick. Die ... tick. Vergangenheit ... tick. Millionen Mal tick, und ich bin im Nichts!

Ich stopfte die Finger in die Ohren, klammerte meine Aufmerksamkeit an die weisse Wand. Und ich werde am Abend mein Kleid tragen, das Kleid aus Paris.

Ich stieg aus dem Bett, geriet in einen Sturm: Tick, tick, ti ... ck ... tickticktick, der mich durchs Zimmer wirbelte. Ich befreite mich, öffnete den Schrank, griff mir das weisse Kleid, zog den Schlafanzug aus, stülpte mir das Kleid über den Kopf wie einen Korb von Jasminblüten. Jetzt hörte ich die grässlichen Schläge der voranschreitenden Zeit nicht mehr. Auf dem Weg zum Spiegel glitt der weisse Berg über meinen Körper. Der Schreck stand mir ins Gesicht geschrieben, als ich im Spiegel meine Brüste in zwei Körbchen sinken sah, die der Pariser Schneider extra für sie angefertigt hatte. Die Schultern blieben nackt. Ich wich zurück. Nein, ich durfte das Kleid heute abend nicht tragen und meinen Körper verschenken, als wäre er nur dazu da, dass andere sich daran berauschen wie an einer Schallplatte, einem Drink oder einem Korb voll Blumen.

Tick, tick. Ich streifte das Kleid ab und warf es in den Schrank. Drei Sekunden genügten, um den weissen Berg niederzureissen. Tick. Tick. Tick. Ich drehte mich. Mein Kopf ragte in den Raum, überwältigt von Bildern, die für einen Moment lebendig wurden: Bahâ, sein kindliches Lachen. Sein Kummer. Seine Traumbilder. Sein Zorn. Der Reiz an seinem Zorn. Und sie, die sich zwischen uns drängte. Meine Konkurrentin, auf die ich tödlich eifersüchtig war, seine Zigarette! Jawohl, der Wecker trampelte mir mit seinem Ticken auf den Nerven herum, und ich beneidete die Zigarette in Bahâs Hand und seinem Mund!

Halbnackt stürmte ich ins Wohnzimmer, kehrte mit einer Schachtel Zigaretten zurück, streckte mich auf dem Bett aus, legte die Schachtel neben mich und nahm meine Rache. Ich verteilte die zwanzig Zigaretten, zerkrümelte sie und verstreute die braunen Krümel. Triumphierend grinste ich, als ich mir vorstellte, wie Bahâ mit aschgrauem Gesicht auf meine bösartigen Finger starrt und sich mit letzter Kraft auf mich stürzt, um seine jungfräulichen, unschuldigen Bräute vor den üblen Anschuldigungen zu schützen und vor den Klauen unbezähmbarer Weiblichkeit, entstellt durch alberne Eifersucht. Das Grinsen breitete sich aus, wurde breiter, steigerte sich zu einem dreckigen Gelächter.

Ich drehte mich zur Wand. Schloss die Augen. Aus der tiefen Dunkelheit unter den Augenlidern und der stillen Pupille führte ein Weg der Reue zu einem Ziel. Die Reue schritt voran, beabsichtigte, den Lauf der Zeit einzuholen. Ich streckte den Arm, berührte die Wand, zeichnete mit den Fingern an die Wand. Warum habe ich die Arbeit gekündigt? Würde mich die Trennung von Bahâ genauso quälen, wenn ich noch in der Agentur arbeiten würde? Womit kann ich das Ticken der Zeit füllen und es zum Schweigen bringen? Ich schlug die Augen auf, sah auf die Wand, zu der ich mich vor dem Übel und der Bürde der Zeit geflüchtet hatte. Doch die Wand war glücklich, strahlend weiss, kühl und weit weg von mir.

In der Ecke hüllte ich meinen Körper in Kleider, als wollte ich einen mir anvertrauten, wertvollen Schatz verbergen. Mit grösster Mühe versuchte ich meine zitternden Finger zu beherrschen. Ich legte einen schwarzen Ledergürtel um die Taille, band damit die Kleider fest. Ich schloss die Tür hinter mir ab, um die Gegenstände in meinem Zimmer einzusperren. Der Wecker auf dem Kleiderschrank sollte alles verschlingen und daran ersticken, sich nicht mehr bewegen können.

Ich schloss die Tür ab und ging. Nach ein paar Schritten kehrte ich um. Hatte ich die Tür geschlossen? Hatte ich die

Tür wirklich abgeschlossen? Vielleicht war sie noch offen. War sie nun abgeschlossen oder nicht? Abgeschlossen, nicht ... Ich stemmte mich mit der Schulter gegen die Tür. Sie war abgeschlossen. Ich schlich durch den Flur und hatte die Vorstellung, ein Schlüssel würde mir den Weg versperren. Der Geruch von Nagellack stieg mir in die Nase, die Stimme der Blonden erreichte mich. Aus ihr war das Verlangen einer Frau herauszuhören, das vom Grün der Hoffnung besänftigt werden wollte.

„Soll ich für dich einen Termin beim Friseur vereinbaren?" drängte sie mich.

Der aufbrausende Ton meiner Mutter vermischte sich mit der leisen, sehnsüchtigen Stimme meiner Schwester. „Deine Haare müssen neu gelegt werden. Denk daran, dass wir heute abend eingeladen sind. Zieh dein weisses Kleid an."

Ich schloss die Wohnungstür hinter mir, sperrte meine Mutter ein, die sich ihr Leben zurechtbastelte, und ihre Tochter, die ihr Leben nach deren Vorbild gestaltete. Als ich die Treppen hinabgestiegen war, überlegte ich, ob ich meine Zimmertür abgeschlossen hatte. Nein, ich hatte sie nicht abgeschlossen. Doch, ich hatte sie abgeschlossen. Nein. Doch. Ich musste zurück und nach der Tür sehen. Ich durfte die Tabakkrümel nicht nackt, verkrampft, stumm dem Verhör meiner tobenden Mutter aussetzen. Doch da fiel mir ein, dass die Wohnungstür beim Schliessen quietscht und dass der Schlüssel im Schloss knackt. Ich stellte mir vor, wie meine Hand sich feige und mitleidig den Gegenständen entgegenstreckte, die ich zum Tode durch den messerscharfen Wecker verurteilt hatte.

Als ich meinen Weg fortsetzen wollte, wurde mir klar,

dass ich zurück in mein Zimmer musste. Doch womit hätte ich mich bewaffnen sollen, um die giftigen Pfeile aus den Augen meiner Mutter und meiner Schwester abzuwehren? Stand meine Zimmertür sperrangelweit offen wie die des Milchladens, so dass jedermann frei ein und aus gehen konnte?

Ich ging zum Milchladen. Der Gedanke, umzukehren und nach meiner Zimmertür zu sehen, liess mich nicht los. Der Ladenbesitzer arbeitete unermüdlich. Nur ab und zu unterbrach er seine Tätigkeit, heftete seine neugierigen Blicke auf die Balkone des neuen Hochhauses, das schon fast bis in die Wolken ragte, um Vertraulichkeiten zu erspähen.

Der Mann arbeitet. Scheffelt Kleingeld, das sich in Hunderte, Tausende, Hunderttausende, einen gewaltigen Wolkenkratzer verwandeln soll. Er ohrfeigt seinen Sohn mit Blicken, um ihn zum Arbeiten anzutreiben. Die Wangen des Jungen sind stark gerötet, sein Mund verrät Rebellion, und in seinen Augen zeichnet sich der Entwurf für ein gewaltiges Hochhaus und das Gerüst einer riesigen Firma ab, die ihm allein gehört. Und ein mächtiger Sessel, auf dem er thront.

Männer arbeiten an dem neuen Haus, lassen sich auf Holzbrettern abseilen, singen Volkslieder, ziehen Wasser in Eimern hoch, schleppen Steine auf dem Rücken, schwingen mit Leichtigkeit Schaufeln mit rotem Sand durch die Luft.

Der Hausbesitzer arbeitet auch. Schliesst mit ausländischen Firmen Getreidegeschäfte ab. Geschäfte kann er nur machen, wenn er ständig den Telefonhörer ans Ohr hält, bis alles und alle fix und fertig sind. Das Ohr, das schwarze Kabel, der Wachmann an der Tür, der Chauffeur und die Autoreifen. Bis die Ehefrau fix und fertig ist vom Kochen, und auch ihre Hand, die ständig das Gesicht retuschiert und in den Schrank nach Kleidern greift. Bis sein Sohn fix und fertig ist, weil er seine Lektionen dem Lehrer auswendig aufsagen muss, der die reichen, faulen Kinder satt hat. Und bis die Nacht fix und fertig ist, weil sie das durchdringende Licht ertragen muss, wenn er in seinem Zimmer Rechnungen schreibt.

Sie arbeiten alle. Bauen sich eine glückliche Zukunft auf. Und was tue ich für meine Zukunft? Warum habe ich die Arbeit gekündigt? Mich interessiert die Zukunft nicht, solange mich die Gegenwart quält. Die lebenden Minuten! Die Minuten.

Wohin soll ich gehen? Ich irre umher. Irre ziellos umher, irgendwo, irgendwohin. Dahin, wo das Echo der schleichenden Minuten ein Ende findet, und dorthin, wo aus allen Winkeln im Haus der Verwandten der Klang von Musikinstrumenten hervorbricht.

Bahâ arbeitet auch. Er ist ein intelligenter Student, der jede ruhige Minute nutzt, um zu seinem Diplom zu kommen. Obwohl er nicht glaubt, dass sein Diplom irgendeinen Wert hat, kämpft er, um es vom ehrwürdigen Herrn Dekan entgegenzunehmen. Er sitzt jetzt irgendwo in unserer prächtigen Hauptstadt. Seine Anschauungen und die Realität stehen im Widerspruch zueinander, und die Realität wird den Sieg über seine Anschauungen davontragen. Er sagt: Ich werde die Bücher zerreissen! Das Opium der Imperialisten verbrennen. Es nicht rauchen, da meine Familie sich ihren Lebensunterhalt von Palmen pflücken muss. Dann legt er die Bücher an die Brust, neigt den Kopf, küsst sie zärtlich und sagt: Ein Leben mit Buchstaben ist mehr wert als ein Leben in den Bäumen, als ein Leben dort, wo nur alle paar Monate eine Hochzeit stattfindet. Ich bekenne mich zur kommunistischen Lehre!

Die Partei bereitet Bahâ eine Zukunft: Du bist ein Mensch, und dein Nachbar ist ein Mensch. Du isst heute genauso Kartoffeln in einem Lokal der Stadt wie der mächtigste Mann. Auch er verschlingt seine Kartoffeln glücklich und zufrieden. Du bist ein berühmter Mann, die Regierung fördert dein Talent, rühmt es und beutet es aus. Dumm bist du. Denn du lässt dich von der Regierung ausnutzen, hilfst Felsbrocken wegzuschaffen, die Wüste in ein grünes Paradies zu verwandeln, Erz zu verhütten und Steine abzubauen. Du brauchst Anzug, Schuhe und Hemd. Du holst dir deinen Lohn ab und gehst ins Geschäft. Du hast nicht die Qual der Wahl, denn du findest nur das gleiche Hemd, das dein Nachbar trägt, und die gleichen Schuhe, die alle Männer tragen. Aber eins musst du wissen: Wenn dir etwa einfällt, dein Mädchen mit einer schicken Krawatte zu überraschen, musst du auf existentielle Dinge verzichten. Und wahrscheinlich wirst du nicht tagelang auf das Rauchen verzichten wollen. Deshalb raten wir dir, deine Gefühle abzutöten, bevor du dich in unsere erhabene Welt einreihst. Wir erlauben dir unter der Bedingung zu heiraten, dass du auf die Schnelle mit deiner Frau verkehrst, und nur in ihren Pausen, denn sie arbeitet im Hausbau, verkauft Erfrischungsgetränke oder fegt Strassen. Bist du sowjetischer Bürger oder kommt dir in den Sinn, den schwarzen Schleier von ihrem Körper zu lüften und die kümmerlichen Reste ihrer Menschlichkeit zu vernichten? Vergiss nicht, ihr den Schleier wieder überzuziehen. Vergiss nicht, wenn du das Haus verlässt, nachzuprüfen, ob du die Tür abgeschlossen hast. Und vergiss nicht, dass du auch andere Häuser aufsuchen kannst, wenn du deine schlaffe Frau mit dem Schleier satt hast.

Ich lief. Ein kurdisches Mädchen hielt mich an und befahl: „Kauf einen Kaugummi! Hier, die grüne Packung. Du willst lieber die roten? Oder vielleicht die gelben mit Pfefferminzgeschmack?" Genervt schüttelte ich den Kopf, um sie abzuwimmeln. Doch sie blieb hartnäckig, wurde unverschämt: „Entweder du kaufst eine Packung oder gibst mir fünf Piaster, sonst wirst du mich nicht mehr los! Los, fünf Piaster, los, gib her!"

Ich klebte ihr eine, was ich sofort bereute. Sie arbeitete! Baute sich eine Zukunft auf. Kämpfte mit den Minuten, ohne die Last der Zeit zu kennen. Und ich hatte meinen Arbeitsplatz gekündigt. Warum habe ich nur gekündigt? Warum?

„Hundetochter!"

Bin ich wirklich eine Hundetochter, wie das kurdische Mädchen in seiner Wut gesagt hat? Tochter. Hundetochter. Diese Worte sind ihre Waffe. Hat sie einen schlechten Charakter, weil sie mich beschimpft hat? Hat mein ehemaliger Chef einen besseren Charakter, wo er mich doch wie eine räudige Hündin aus dem Büro gejagt hat?

Ich begriff! Weil ich seiner Zukunft im Weg war, warf er mich hinaus. Weil ich ihrer Zukunft im Weg war, rächte sich das Mädchen mit Schimpfworten an mir. Der Chef, das kurdische Mädchen, Bahâ, der Milchverkäufer, der Hausbesitzer, meine Mutter, mein Vater, sie alle gehen unterschiedliche Wege, um zu dem einen Ziel zu kommen, der Zukunft.

Wie sieht meine Zukunft aus? Meine Zukunft sind leere Minuten.

Es war Abend. Als ich mich auf den Beifahrersitz fallen liess, seufzte meine Mutter auf, erbleichte meine Schwester, riss mich der Fahrer ins Meer seiner staunenden, schmierigen Blicke. „Los!" befahl ich ihm. Er machte sich ans Lenkrad und zuckelte mit dem Auto los. Sein Staunen floss in seine Hände.

Und meine Mutter war ein Schlachtfeld stummer Fragen, die gegen die Türen prallten. Warum ziehst du bloss ein Tageskleid für die Abendgesellschaft an? Wo hast du das teure, weisse Kleid gelassen, das angemessen gewesen wäre? Wie konntest du nur diese Sandalen anziehen? Die Blonde war der Stolz meiner Mutter. Mit ihr konnte sie jedem Paroli bieten, der sie wegen ihrer missratenen Tochter schmähte. Ich entschwebte mit Bahâ auf eine aufregende Traumreise im Auto.

Die Musik. Der Saal klagte, wand sich wie vor Schmerzen unter den Peitschenhieben der Schallplatten. Wahrscheinlich verschlang er auch meine Mutter und Schwester. Wo waren die beiden nur abgeblieben? Ich sehnte mich nach ihnen, fühlte mich einsam. Starrte auf die dünne Scheibe und wartete benommen, dass sie jeden Moment zerspringen und in Fetzen durch das unzüchtige Haus fliegen würde.

Ich hörte nur Musik! Ich sah nur die schwarze Scheibe! Ich entfernte mich. Unauffällig trat ich auf den Balkon und verbarg mich in einer dunklen Ecke. Eine Gruppe von Männern stand im Licht und rauchte. Eine traurige Stimme drang an mein Ohr: „Ich habe im arabisch-israelischen K.K..Krieg gekämpft." Er schwieg.

Hatte er mich vielleicht im schwachen Lichtschein des Fensters gesehen? Er näherte sich, kam auf mich zu. „Suchst d.d..du jemand?" fragte er mich.

Sechs Köpfe drehten sich um. Im schummrigen Licht glühten sechs Zigaretten, die zwischen den brutalen Fingern der Männer klemmten. Ich gab keine Antwort. Ging auf ihn zu und setzte mich auf die Brüstung. Er zündete sich eine Zigarette an. Seine Hand zitterte, seine Lippen bebten, seine Augen und Hände waren ein einziges Flehen, als er sich mir näherte.

„Warst du Soldat im Krieg? Warst du ... Nein, warst du Offizier?" Mit meiner Frage brachte ich ihn zum Stillstand. „Hast du viele Zionisten getötet?" fragte ich wie aus der Pistole geschossen.

Er erschrak. Hatte er erwartet, dass ich mich unaufgefordert vom Schlachtfeld verziehen würde? Von den Männern, dem Geflecht, das ihn vernichtete? Wollte er mich zu einem wilden Tanz auffordern, um mich in Rausch zu versetzen? Er verkrampfte sich zu einem zitternden Häufchen Angst an der Wand. Einige Männer brachen in schallendes Gelächter aus. Andere machten ein trauriges Gesicht.

„Er hat den Boden mit dem Blut der Mistkerle getränkt, und du fällst nicht einmal in Ohnmacht!" scherzte einer.

Plötzlich zerrte mich eine energische Hand von der Gruppe weg und führte mich in den riesigen Saal, in dem Hochstimmung herrschte. Ich versuchte, mich dem Griff zu entwinden, wie ein kleiner Vogel dem eines gefrässigen Adlers. Er stiess mich in den Sessel, pflanzte sich vor mir auf und befragte den geschlossenen Knopf, die verhüllten Finger und das widerspenstige Haar. Was will dieser gefährliche Offizier bloss von mir?

Die Fliesen tanzten unter unseren Füssen. Der Sessel tanzte, die Wand tanzte, der Kronleuchter über den Köpfen tanzte, die Bilderrahmen tanzten. Ich rührte mich nicht. Die Musik tobte und tobte, spann zwischen den Tanzpaaren im Saal einen Vorhang aus den Fäden der Kleider, die nicht länger an den Hüften hängen wollten, aus weissen Hemden, die sich von den schwarzen Jacketts befreien wollten. Ich raffte den Saum meines Rocks, tastete nach dem geschlossenen Knopf am Halsausschnitt, fuhr mir durchs Haar, um die Locken zu ordnen, die zum Tanzen bereit waren. Er beugte sich zu mir herunter. Nein, er wird mich nicht dazu bringen, dass ich meinen Körper zerlege, den Busen an die Brust eines Sterns drücke, das Bein über einen Ast hänge, mit den Lippen den Mund des Mondes berühre, mich an dem lodernden Höllenfeuer berausche und einen Wunsch an dem vom Zahn der Zeit zerfressenen Brett voller edler Versprechungen rette.

„Hier ist vielleicht ein Lärm!" Ich wollte mit dieser Äusserung die ständigen Angriffe der Musik auf meine Wahrnehmung und meine Gefühle abwehren.

Meine Bemerkung verwandelte ihn wieder in ein Häufchen Angst. Mit den Stürmen der Erinnerung ringend, sank er in den Sessel neben mir und murmelte: „Dort war auch Lärm. Dort... dort... war B.B..Blut, Schlamm, wilde Musik, Hilfeschreie und Gesichter, die scharf waren auf Fleisch! Hab keine Angst", sagte er lauter. „Ich war w.w..wild darauf, ihr Fleisch mit den Zähnen zu zerreissen!"

Die bellende Musik sammelte und verdichtete sich in seinem Gesicht. Ich verlor den Halt, als er eine entsetzliche Grimasse zog und seine perlweissen Zähne und zwei nikotingelbe Schneidezähne zum Vorschein kamen. Mit seiner

Grimasse wurde er zum Tier. Zum Monster. Er war furchterregend. Er machte mir Angst. Zwischen seinen Zähnen sprudelten Blutquellen hervor, an den Lippen hingen ihm verweste, von Maden zerfressene Fleischfetzen. Fleisch des Feindes, jedes vorstellbaren Feindes!

Als ich den Blick von seinem Mund abwandte, erkannte er die Bedeutung seiner Worte und ihre Wirkung auf mich. Ihm wurde meine Angst bewusst, denn ich zitterte wie er. Er rang sich ein armseliges Lachen ab. Seine Zähne, weiss wie die eines sechsjährigen Jungen, blitzten auf. Ich streckte die Hand aus, um das armselige Grinsen und die Verwesung wegzuwischen. Er wich mit dem Oberkörper zurück, packte meine Hand mit brutalem Griff, liess sie los, so dass sie bewegungslos neben mir niedersank. Dann legte er sich die gewaltige Hand an die Brust: „Nein. Hier t.t..tut es mir weh!"

Plötzlich brach die Musik ab, das Scharren der Füsse verstummte. Einige Gäste wollten das Lied noch einmal spielen. Die Schallplatte rotierte in einem Tobsuchtsanfall. Der Mann war wie gelähmt, drückte die Hand auf seine Brust. Auf seinen Lippen erstarrte das „weh". Die Luft musste sich in seinen Mund zwängen.

Was bedeutete das? Zeigte er auf sein Herz? Versuchte er, sich auf die übliche primitive Art anzunähern? Wer war er? Ein Offizier, der in einem gescheiterten Befreiungskrieg gekämpft hatte. Was hatte ich mit ihm zu tun? Das feine Band legte sich um mich. War er frustriert? War Bahâ jetzt auch frustriert, klagte einer Frau seinen Hunger?

„Die Musik bringt mich ganz durcheinander. Frische Ware aus dem Westen", flüsterte ich kokett, um ihn mir vom Leib zu halten.

Sein Gesichtsausdruck verriet, dass er mir nicht zugehört hatte. „Ich werde d.d..dorthin zurückkehren", sagte er.

Um meine Anspannung zu überspielen, lachte ich belustigt auf.

„Lach nicht! B.b..bitte nicht!" fuhr er mich an. „Dein herbes, heiseres Lachen provoziert mich. Es zerfrisst meinen Körper! Es zwingt mich ..."

„Wozu?" hakte ich energisch nach.

„D.d..deine Lippen zu zerfetzen!"

Zwischen seinen und meinen Lippen tanzte der Raum, es duftete nach Kamille. Wo war mein Ekel hin? Es war die Musik, die schwarze Schallplatte, deren Geschosse alles zerstörten, was sich ihnen in den Weg stellte. Ich riss den obersten Knopf ab, befreite die Brust aus der Einsiedelei. Er löste seine Krawatte.

Blutige Münder bissen, rasende Füsse sprühten Funken, in den Narben der Unterdrückung platzten neue Wunden auf. Ich schloss die Augen, besann mich auf die traurige Melodie, die Bahâ auf den Lippen gehabt hatte, und liess meinen losgelösten Körper allein gegen die hartnäckigen, verletzenden Flammen ankämpfen, während dem Mann der Atem stockte. Auch er schloss die Augen und legte den müden Kopf auf die Sessellehne. Die Musik entführte ihn, wirbelte ihn in einem verrückten Tanz herum, der ihn vollkommen erschöpfte.

Die Welt, auf die ich mich besann, forderte von mir Unterwürfigkeit und Demut.

Die Welt, in der sich mein Körper befand, war beherrscht von Zwang zum Eigensinn, zum Widerstand, zur Zerstörung.

Die Welt, in die der Mann abdriftete, unterstand einer absoluten, strafenden Autorität. Er musste also in aller Vorsicht die Hälse, Brüste und Köpfe der bösen Feinde durchbohren.

„Du bist ein Held!" stammelte ich unterwürfig.

„Was?" fragte er aufgeschreckt, den Finger am Abzug.

„Warum trägst du keine Offiziersuniform?" fragte ich, um die zornigen Geschosse abzuwehren.

Er rieb sich die Hände und lachte. Lachte erregt. Er machte mich wütend. „D.d..dir imponiert wohl die prächtige Militärkleidung!" sagte er zynisch. Und lachte. Lachte und zog die Blicke auf unsere Ecke.

„In der Ecke ist es harmonisch", triumphierte ich.

Harmonie ... harmo ... Die wilde Musik zerbrach an dem neuen Hindernis, liess nur Bruchstücke des gleichmässigen Rhythmus in unserer Ecke zurück. Das Echo eines Kampfliedes hallte in der Erinnerung des Mannes wider, er sprach wie im Traum: „Als Kind war für m.m..mich das Höchste, einen klugen, zuverlässigen Revolver im Ledergürtel um die Hüfte zu haben. Einen, der wie ein Löwe in seiner Höhle über jeden wacht, der ihm die Herrschaft streitig machen will. Und der jeden niederträchtigen Usurpator mit einem abschreckenden B.B..Blick in die Flucht schlägt. Im ersten Buch, das ich mir gekauft habe, waren die Uniformen eines grossen Offiziers abgebildet. Das war mein Einmaleins. Die M.M..Milch, die ich morgens widerwillig hinunterwürgte, war das Blut, der Nährstoff für meinen Körper, der später die prächtige Uniform tragen sollte. Mein Bruder war wild auf meine Spielsachen und k.k..klaute sie mir immer. Mir fiel nicht einmal auf, dass sie verschwunden waren, und es machte mir auch nichts aus, wenn ich sie einige Tage später in seinen Händen sah. W.w..weisst du warum?"

„Warum? Warum?" wiederholte ich.

„Weil er es nicht w.w..wagte, den kleinen, roten Revolver zu nehmen, der immer zwischen uns im Bett lag. Die prächtige Uniform liess mich nicht mehr los, die prächtige Uniform, die Uniform ..."

Er regte mich auf mit seinen Träumen. Zwischen der tanzenden Decke und dem tanzenden Boden nahmen Bahâs Träume Gestalt an. Sie leben alle in einer Traumwelt. Sie träumen alle im Wachzustand. Ich wandte meinen Blick von ihm und beobachtete die schwarze Schallplatte, streifte die Handschuhe, das Gefängnis meiner Finger ab. Distanziert lauerte er auf einen Angriff von mir. Und kaum hatte er mich zum Tanzen aufgefordert, stieg in mir der Ekel wieder hoch.

Er zog sein Jackett aus. Verkrampft klammerte ich mich an den Sessel. „F.f..für dich bin ich ohne prächtige Uniform wohl kein Mann?" donnerte er. „Bin ich kein M.M..Mann? Ich weiss. Ich muss die Offiziersuniform tragen, um ein richtiger Mann zu sein."

Ich stand auf. Er krallte sich flehentlich an meinen Arm. „In fünf Minuten, spätestens, spätestens zehn Minuten bin ich wieder bei d.d..dir, als Mann."

Ich stiess ihm die Hand vor die Brust, so dass er in den Sessel zurücksank und stöhnte: „Nein. Hier t.t..tut es mir weh!"

Ich erstarrte vor Entsetzen. Er schloss die Augen. Das Leid floss ihm von der Stirn in die Augen. Seine Hände öffneten hastig das weisse Hemd und legten eine zuckende, rote Narbe frei. „Sieh hierher! Hier."

Nein, ich sah nicht hin, sondern verharrte einige Augenblicke an der zuckenden Wunde. Der Takt der Musik versperrte mir den Fluchtweg, so dass ich durch den Wald schwarzer Härchen zur Wunde vordringen musste. Die Narbe war ein eitriger Tümpel mit ausgetrockneten Rändern. Während um uns die Tanzbeine wie Raketen gegen die Decke geschleudert wurden, zwang sein Stöhnen mich unter Androhung von Strafe, ein Stück gesundes Fleisch aus meiner Brust zu schneiden, es ihm in seine Wunde zu legen und ihn so von seiner Qual zu erlösen.

Hastig legte er sich die Hand auf die Wunde. Vollkommen entkräftet drängte er die andere Hand an meinen Arm, an dem ich einen silberglänzenden Armreif trug. Ich starrte ihm ins Gesicht. Ein Flakon, ein Samtkleid, ein randvolles Glas und ein grosser Schuh schimmerten darin. Ich bewegte meinen Arm, wollte ihn ihm entreissen, doch seine Finger krallten sich am silbernen Armreif fest. Meine Hand war wie gelähmt. Ich sah ihm direkt in die Augen. Er suchte mein Mitleid. Mitleid? Die Musik drängte mich, seinen Körper zu schnetzeln und im Feuer der Wohlgerüche um mich herum zu garen.

„Ich b.b..bin in einer Schlacht verwundet worden. Der Arzt hat nur eine schnelle Behandlung vorgenommen, ohne die inneren Schmerzen, die zurückbleiben, zu bedenken. Die Wunde t.t..tut weh. Tut weh. Tut weh."

Er drückte den Armreif, um ihn zu zerbrechen, sich an meinem Arm zu rächen. Doch dann löste er seinen Griff und strich über das glänzende Metall. „Die Wunde quält mich", fuhr er fort. „Sie q.q..quält mich. Ich habe versucht, sie herauszureissen, sie mit einem scharfen Messer herauszuschneiden. Die Messerspitze traf auf einen harten Gegenstand, und der rutschte ins blutige Loch. Es wird wohl eine K.K..Kugel sein!"

Das Feuer in seinen Augen frass die Worte, die Sehnsüch-

te, den Rhythmus des Cha-Cha-Cha, des Mambo, des Rock
'n' Roll und sämtliche Teufel der Welt. Statt das Feuer zu
löschen, entfachte ich eine gewaltige, zerstörerische Feuers-
brunst mit meiner Frage: „Wie bist du verwundet worden?"

Er lachte. Ich war froh, seine Qualen gelindert zu haben.
Er reagierte nicht auf meine Frage, vergrub den Kopf in den
Händen. „Ich bin in der Schlacht verwundet worden", stammelte er endlich. „Ich habe versucht, m.m..mir die Wunde
vom Leib zu reissen. Ich hatte den Revolver schon mit zwei
Kugeln geladen und überlegte, wie ich sie herausreissen
könnte. Und ob ich sie mir aus der B.B..Brust schiessen sollte. Nein", fuhr er fort, „der G.G..Gedanke behagte mir
nicht, weil die Kugel zu tief eindringen, mir die Lungen
durchbohren und mich umbringen könnte. Ich w.w..will
aber nicht sterben. Ich will nur die Wunde herausreissen. Ich
legte den Stahl auf die Wunde, um den ersten Versuch zu
machen, da b.b..beruhigte sich die Wunde, und der Schmerz
legte sich. Wie war das möglich? Wie kam das? Sie war ge-
kühlt worden. Die Flamme erlosch, und ich hatte nun den
Schlüssel zum G.G..Geheimnis." Er schüttelte meine Hand
kräftig, krallte sich am silbernen Armreif fest. Als ich aufschrie, lachte er und sagte: „Seitdem kühle ich die Wunde
mit Hilfe meines Revolvers, der mit zwei K.K..Kugeln geladen ist ... Bitte!" flehte er.

Ich starrte auf seine Brust. Was wollte er?

„Ich flehe d.d..dich an!"

Ich zitterte.

„Ich habe jetzt k.k..keinen Revolver dabei, leg mir deinen
Armreif auf die Wunde."

Ich entriss ihm meine Hand.

„Du hast den schlummernden Schmerz geweckt.

W.w..warum hast du nur nach der Schlacht gefragt? Los, jetzt leg deine Hand auf meine Brust", drängte er.

Dieses Monster machte mir Angst. Als ich die Hand ausstreckte, biss mir die wilde Musik in die Finger, frass einen Nagel an, durchtrennte meine Adern und legte sie den Gästen um den Hals. Krebsrot schoss seine Anweisung aus dem Lauf der Musik. Meine Finger waren Eisbrocken.

„D.d..deine Finger!" brüllte der gereizte Offizier.

Ich strich leicht über die Wunde.

„Mach schnell! M.m..mach schnell!" drängte er.

Hatte ich ihm wehgetan? Hatte ich ihn vielleicht gar nicht berührt? Hatten die Eisbrocken den Weg zur zurückgelassenen Feuerstelle im schwarzen Wald nicht gefunden? Loderte die Wunde wirklich, und Rauchwolken stiegen auf? Ich weiss es nicht. Ich weiss es nicht. Ich kann mich nur noch daran erinnern, dass der Schmerz auf mein Handgelenk übersprang, der Armreif sich ins Fleisch drückte, ich aufschrie, stöhnte und die Augen schloss. Als ich sie aufschlug, sah ich ihn gehen.

Ich schleppte mich aus dem Saal in ein Taxi, nach Hause. Meine Mutter, meine Schwester und die verrückten Schallplatten liess ich zurück. Mich verfolgten rote, im Licht glitzernde Bilder von der Leiche eines jüdischen Piraten, von einer prächtigen Offiziersuniform, von Zelten, in denen sich Kinder tummelten.

Meine Hand beruhigte sich nicht. Ihretwegen konnte ich die heftigen Vorwürfe meiner Mutter und den geschmacklosen Spott meiner Schwester nicht ertragen.

Meine Hand. Sie ist das Opfer eines Kapitalverbrechens. Die gaffenden, glotzenden, neugierigen, unterwürfigen Blicke strichen im „Uncle Sam" um sie herum.

Die blauen Flecken taten mir weh. Ich sah auf dem Tisch vor mir eine rote Linie: eine Offiziersmütze auf einem Smaragdzepter, der Stiefel eines einfachen Soldaten auf einem schlammigen, blutigen Feld, eine zerrissene Flagge auf der Müllhalde eines abscheulichen internationalen Verrats.

Doch Bahâ vergeht sich an meinen hochfliegenden Hoffnungen, weil er schon den vierten Tag wegbleibt. Ich wünsche mir, vom Strom seiner Gedanken mitgerissen zu werden, will mir das blöde Geschwätz des Aschenbechers, des Stuhls und den Lärm der Gäste nicht mehr anhören.

Wie oft muss ich noch hierher kommen? Immer wieder kommen. Und kommen. Kommen und auf diesen Mann warten, nur um mit ihm ein paar unproduktive Minuten zu verbringen, mich wieder nach Hause zu verziehen, ein neues unproduktives Treffen für den nächsten Tag einzufädeln und ein weiteres für den darauffolgenden Tag zu verabreden? Arbeite ich? Fülle ich die Leere? Baue ich mir eine Zukunft auf? Ich lächelte. Diese Gedanken machte ich mir nur, weil mich die Hand so furchtbar schmerzte. Dunkle Kummerwolken zogen an meinen Augen vorbei. Ich nippte an dem wartenden Glas. Ich zahlte dem Kellner fünfzig Piaster und stürzte hinaus wie ein Wirbelsturm, rempelte die herumgammelnden Studenten auf der Strasse in der Nähe der Universität an.

Da ich es heute zwischen den vier Wänden nicht aushielt, ging ich erst spät nach Hause. Ich machte mir den Spass, die Augen der Leute zu betrachten, die blauen, die schwarzen und die honigfarbenen. Ich forschte nach Angst, Langeweile und Unterdrückung darin. Doch sie strahlten vor Optimismus. Ich hatte das irre Bedürfnis, die Passanten anzuhalten, um sie in ein lockeres Gespräch zu verwickeln. Ich musste spüren, dass ich zu ihnen gehörte, und musste sie die Wucht meiner Existenz spüren lassen.

Ich wollte eine Frau anhalten. Verunsichert blieb ich stehen: Hatte ich eigentlich dem Kellner das Geld für den Kaffee gegeben? Hatte ich es ihm gegeben oder nicht? Hatte ich meine Zimmertür abgeschlossen oder nicht? Sollte ich die Frau anhalten oder nicht?

Meine Hand tat mir weh. Die Lider wurden mir schwer. Ich schleppte mich ins Bett. Wie oft musste ich noch ins „Uncle Sam" gehen, immer wieder und immer wieder, und mich dem Willen Bahâs, zu erscheinen oder wegzubleiben, aussetzen?

Schon einmal hatte ich mich dem göttlichen Willen widersetzt. Das war vor langer, langer Zeit. Ich spielte mit den anderen Kindern im Garten. Im Vorbeigehen sah ich eine Eidechse langsam über die Wand laufen. Es war sehr heiss. Die Hitze im Garten liess erst nach, wenn die Sonne verschwand und sich im Schoss des tiefen Meeres schlafen legte. Als ich die Eidechse sah, hatte ich den Drang, ihr dicke Stöcke in die gläsernen Augen zu rammen. Doch damit nicht genug. Ich wollte sie töten.

Ich hob einen grossen Stein auf und sprach zu dem Tier: „Deine Seele ist in meiner Hand, du wertloses Nichts. Ich habe die Macht, dich zu vernichten. Habe das Recht, dich zu begnadigen und dich freizulassen." Bevor ich mein Urteil vollstreckte, fragte ich meinen Freund: „Hast du etwas dagegen, wenn ich diesen Pechvogel umbringe?"

„Warum willst du ihn umbringen? Das ist Sünde. Wirf den Stein erst, wenn ich die Augen geschlossen habe. Du kommst in die Hölle, und am Jüngsten Tag erschlägt dich die Eidechse mit einem Stein", sagte er ängstlich.

Weil der Kleine mich aufregte, schlug ich ihm den Stein auf den Kopf. Blut strömte ihm übers Gesicht. Ich rannte weg. In den darauffolgenden Tagen beobachtete und verfolgte ich die Eidechse allein. Sollte ich sie begnadigen oder umbringen? Der Garten war mein Königreich.

Meine Schwester erzählte mir einmal von einem Selbstmord und beendete ihre Geschichte mit dem Satz: „Das war ihr Schicksal." Das war ihr Schicksal – und seins und ihrs. Später bat ich meine Mutter, mit mir in den Garten zu der Eidechse zu kommen, die ich in einen Käfig gesperrt hatte. „Soll ich das Vieh umbringen? Oder soll ich es freilassen?" fragte ich sie.

Sie packte meine Hand und schrie: „Du bist kriminell, kriminell!" Sie zerrte mich weg, um das Tier vor mir zu schützen. Doch ich entschlüpfte ihr und sagte: „Ich habe die Macht, es zu töten oder es am Leben zu lassen."

Meine Mutter schlug mich auf den Mund, schleifte mich nach Hause und verbot mir für die nächsten Wochen, in meinem Königreich zu herrschen.

Wer war Bahâ? War er mein Schicksal?

4

Ich zog mir das seidene Laken über Brust, Hals und Gesicht, schloss die Augen und malte mir im Dunkeln zwischen Kissen und Laken ein wunderbares Wiedersehen aus.

Alle Gäste im „Uncle Sam" sind mit etwas beschäftigt. Vor sich ein Glas Kaffee, eine Zigarette zwischen den Lippen, liest ein Mann die Morgenzeitung. Ein anderer stützt den Kopf auf die Hand, schaut den Passanten nach und seufzt jedesmal, wenn eine Frau vorübergeht. Der Kellner schwirrt wie immer um die Tische. Ich sorge dafür, dass der Junge Bahâs und meinen roten Tisch poliert und den Aschenbecher genau in die Mitte stellt. Heute eröffnet mir Bahâ, wie einsam er sich während seiner Krankheit gefühlt und wie sehr er unter der Trennung von mir gelitten hat. Und ich gestehe ihm – ja, was?

Meine Phantasie wurde gestört von harten, aufeinanderfolgenden Gongschlägen und dem Sprecher, der ankündigte: „Sie hören nun die Nachrichten." Mein Vater soll endlich das Radio abstellen. Es war acht Uhr dreissig, Zeit zum Aufstehen. Mein Vater darf – denn ihm gehört das Haus, das Radio und das ganze Vermögen –, er darf Radio hören, wann immer und so laut er will. Ich bin nur Gast in diesem Zimmer, manchmal ein Flüchtling. Die durchdringende Stimme des Sprechers schweigt nicht, denn sie erfüllt eine staatliche Aufgabe und wird dafür bezahlt.

Ich verfluche meinen Vater, den Sprecher und alle Imperialisten! Setzte mich auf den Bettrand, befeuchtete das Handgelenk mit den Lippen, um den brennenden Schmerz unter dem silbernen Armreif zu lindern. Ich erhob mich vom Bett, ging ans Fenster und sah mein Spiegelbild in der Fensterscheibe: ein blasses Häufchen Probleme. Ich zog mich im Badezimmer an und rannte auf die Strasse, um helles Licht, tiefe Stille und Freiheit zu spüren. Ich hasse unser Haus. Ich will es für immer verlassen.

Ich kann den Reichtum in diesem Haus nicht geniessen. An seine Bewohner bindet mich kein zärtliches Gefühl. Vergeblich bemühe ich mich um ihre Freundschaft und eine Harmonie, die zwischen den Angehörigen einer Familie üblich ist. Ich gehöre nicht zu ihnen. Ich hasse sie.

Mein Trost ist meine Liebe. Bin ich verliebt? Ich sehne mich danach, wünsche mir, mich im klaffenden Widerspruch in Bahâs Leben zu verlieren. Empfangen und geben. Im Leben mit Bahâ hätte ich die entscheidende Möglichkeit, mein Leben selbst zu gestalten. Schliesslich besitze ich ja auch einiges Geld.

Wieder im Café. Hier war kein Mann, der Zeitung las und Kaffee trank. Nur einer mit dem Rücken zu mir, der Zeitung las. Und der, der seufzte, wenn eine Frau vorüberging, war noch nicht gekommen. Ich streckte den verletzten Arm. Während mein Blick auf ihm ruhte, machte ich mir Gedanken. Die zuckende Wunde in der Brust eines arabischen Offiziers. Das zärtliche Gefühl, das in der ungepflegten jüdischen Nachbarin wächst. Der verbogene Reif an meinem Handgelenk. Der leere Aschenbecher vor mir. Da bemerkte ich seine Hand. Bahâs Hand erschien auf allen Tischen. Bei ihrem Anblick bekam ich rasendes Herzklopfen. Beinahe hätte ich mich vorgebeugt, sie demütig, unterwürfig mit den Lippen berührt, wenn er sie nicht weggenommen und schroff befohlen hätte: „Los, reiss mir ein Blatt aus deinem Notizblock heraus. Mach schnell, ich will meinem Bruder im Irak ein paar Worte schreiben. Mach schon, mein Kommilitone wartet."

Ein paar Augenblicke war ich hin- und hergerissen zwischen seinem blassen, trüben Gesicht und meinem grünen Notizbuch in der Tasche, zwischen dem Gehorsam seinem Befehl gegenüber und der Notwendigkeit, mich gegen sein herrisches Gehabe zu wehren, zwischen einem Lächeln, einem Gruss, einem Geständnis und einem finsteren, stolzen, abweisenden Blick.

Ich erstickte die Tränen der Enttäuschung, riss ihm ein weisses Blatt heraus und noch ein zweites. Auf das eine schrieb er: „Die erfolgreichste Taktik ist es, die Intelligenz zur Führung der Revolution zu drängen – zuerst mit einer friedlichen Demonstration." Das andere Blatt knüllte er zusammen. Diese Bewegung überzeugte mich, dass seine Hand fähig war, mir wehzutun, während er mich zärtlich wiegte.

Ich schaute auf seinen zerrissenen Schuh, als er seinem Kommilitonen den gefährlichen Zettel reichte und ihn verabschiedete. Gab er die Linie vor oder kam sie von der Partei? Wird das Ergebnis dem Volk oder den arabischen Imperialisten von Nutzen sein?

„Warum begrüsst du mich nicht?"

Ich schaute immer noch auf seinen Schuh.

„Hast du dich während meiner Abwesenheit einsam gefühlt? Wenn du den Kopf aufs Kissen gelegt hast, sind dann deine Gedanken zu mir geschweift und hast du dich gefragt, wo ich sein mag? Ob vielleicht eine Frau bei mir ist, mir den

Tee serviert, die Zigaretten reicht und das Bett macht?" Er weidet sich auf meine Kosten. Womit weidet er sich? Weiden sich alle Männer im Privatleben an ihrem Befehlston?

Ich blickte immer noch auf seinen Schuh. Sein zerrissener Schuh zog mich wegen der albernen sozialistischen Prinzipien an, die er umzusetzen versuchte, und wegen der Geldbündel in Form von eleganten Schuhen im Schrank meines Vaters – das Feinste, was „Redshoe" und „Hâschem" aus Europa importierten. Doch am stärksten zog mich meine Leidenschaft an den Schuh. Sie drängte aus mir heraus, wollte sich in zärtlichen Worten entladen, in einen Vorwurf ergiessen, in die Umarmung zweier Hände ausbrechen. Der Schuh bewegte sich, versteckte sich unter dem Stuhl.

Seine Stimme klang ungehalten und bedrückt, als er mich ironisch fragte: „Siehst du dir meine Schuhe an? Ich habe keine anderen. Es ist zum Lachen, nicht? Was hältst du davon, dass unser Ministerpräsident die feinsten Schuhe aus britischen Firmen trägt? Läuft dir bei der Vorstellung, mit unserem überaus vornehmen Thronfolger verheiratet zu sein, nicht das Wasser im Munde zusammen? Jedes Jahr sackt er Dinare von den schuftenden Bauern ein, um sie an der Riviera, in Pariser Vergnügungslokalen und in Hotels im altersschwachen Empire zu verprassen!"

Ich sah ihm ins Gesicht, ängstlich, gefügig. Er senkte den Blick aus Furcht, meine Lippen könnten meine Zustimmung zu erkennen geben. Ich biss mir auf die Lippe, schob meine Aufforderung auf. Schwieg ängstlich. Und er schwieg scheu.

Verwundert blickte er zwischen meinem Gesicht und meinem verletzten Arm hin und her. Ich reagierte nicht, und er fragte nicht nach dem Bluterguss an meinem Handgelenk. Sein strenger Blick gab mir zu verstehen, dass er zu stolz sei, um sich mit dem Leid anderer Menschen abzugeben.

Auf meinem Handrücken traten blaue Adern vor. Meine empörten Finger trommelten auf den roten Tisch, hätten ihn am liebsten zerhackt. Bahâs Finger stimmten mit ein, liessen ihre unterdrückte Wut aus. Bahâ schaute auf meinen blauen Arm. Was er wohl sah? Sah er vielleicht eine grobe Hand, die im Dunkeln zupackte? Im Hellen oder im Dunkeln? Entscheidend ist, dass sie zupackte, entfesselt von einem unzüchtigen Wunsch, der auf zwei feisten, widerwärtigen Lippen erwachte.

Die widerspenstigen Locken auf meinem hochmütigen, parfümierten Kopf gerieten ausser Rand und Band, und die grobe, bedrohliche Hand auf dem Arm geriet ausser Rand und Band. Der Wunsch, der auf den widerwärtigen Lippen nach Nahrung jammerte, geriet ausser Rand und Band. Die parfümierte Brust wich angewidert zurück, die Hüfte drehte sich, um wegzulaufen. Und als sich auch die Beine umgedreht hatten, zitterte die grobe Hand und biss in den Arm.

Seinem Starrsinn zum Trotz schmeichelte er mir mit den Blicken und suchte unter dem roten Schloss meiner Lippen nach der Farbe Blau. Wie er folgte ich aufmerksam dem Schauspiel, das sich auf meinem blauen Arm abspielte. Was sah ich? Er fing an, ein Volkslied zu summen. Ich verbarg den Arm unter meiner Tasche.

Mein Körper erschlaffte. Meine Gedanken schwirrten im düsteren Universum seines Summens herum. Ich muss meinen Körper in eine runde Form pressen, meine Brüste einschmelzen, damit die Höhen und Tiefen meiner Brust zu einer ebenen Fläche werden. Die Schenkel, die Waden und Füsse aneinanderstellen, damit sie nicht gehen können. Das Auge an die Zunge binden, die Zunge ans Ohr. Mein Ohr jedem angehenden Musiker als Saiteninstrument überlassen.

Er verstummte. Das Universum meiner Gedanken bebte und erlosch. Ich wurde in einem neuen Universum wiedergeboren, als er sein Lied pfiff. Verhüll deinen Körper! Befolg meinen Willen! Bedeck dein Gesicht mit dem schwarzen Schleier! Häng zwischen uns einen starren Vorhang! Ertrag mein barbarisches Wesen! Stöhne nicht unter den Ohrfeigen meines Gespötts! Nein, beklag dich nicht bei Gott über mich, denn ich bin dein Gott! Und der, den du um Gnade anflehst, ist der Gott deines Gottes!

Er sah mich überheblich an. Mein Bluterguss wünschte sich, von ihm beachtet zu werden, und sei es noch so kurz. Doch er überging den Arm und stieg zu meinen Beinen hinab, erfreute sich an ihnen und lächelte sie an.

Wie das verletzende Ticken des Weckers in meinem Zimmer kroch mir die Stimme aus der Kehle: „Bist du, als du die vier Tage krank in deinem Zimmer gelegen hast, allein gewesen?"

Er riss sich Fleisch von meinen Beinen, und beim Wegtragen zitterten ihm die Lider vor Unbehagen. „Du hast nur Mitleid mit mir!" sagte er mit dem Blick auf mein verkrampftes Gesicht. „Es hat dir doch überhaupt nichts ausgemacht, dass ich nicht da war. Spiel jetzt bloss nicht die Mitleidige, Interessierte und Verliebte!" rief er verbittert. Dann kam er mit seinem Kopf ganz nah an mein Gesicht und flüsterte eindringlich: „Sag mir, dass du mich magst. Sag, dass du dich um mich gesorgt hast. Sag, dass du einen Mann brauchst, der die Last des Lebens mit dir teilt! Sprich, sprich!"

Glitzernd umhüllte mich das Glück. Ungeheure Energien reiften in mir. Ich war bereit, mich aufzuopfern, hinzugeben. Doch ich wollte es nicht in Worten sagen. Ich wollte etwas tun, Tatsachen schaffen, ihm auf diese Weise zeigen, wie sehr ich ihn mochte, mich um ihn sorgte und ihn brauchte.

Ich war bereit, ihm in sein Zimmer auf dem Dach des höchsten Hauses in Ras Beirut zu folgen. Bereit, den Wecker, der mich ständig an meine öde Einsamkeit erinnerte, zu zertrümmern. Bereit, mit ihm in einem Bett zu schlafen, den Kaffee aus einer Tasse zu trinken und dasselbe Buch zu lesen.

Er zündete sich eine Zigarette an, stand auf. Ich nahm meine Tasche vom blauen Arm, um mich auch zu erheben und meinem Bedürfnis nachzukommen, alles mit ihm zu teilen – sogar das Stehen. Doch er hinderte mich daran. Ich blieb wie gelähmt auf dem Stuhl sitzen, als er sagte: „Arrogant wie du bist, bildest du dir ein, dass mich der Verzicht gequält hat? Glaubst du etwa, dass ich an dich gedacht habe, als ich schlaflos, krank und einsam war? Muss mich denn ständig dein Schatten, ausgerechnet dein Schatten, verfolgen? Wer bist du? Hör genau zu. Heute morgen war ich kurz auf dem Burdsch-Platz. Heute morgen habe ich all meinen Hunger gestillt. Beruhigt dich das?" Und er verschwand.

5

Bahâ wird kommen. Für wen habe ich mich denn sonst in Gedanken zurechtgemacht und parfümiert, schlaflos im Bett, allein mit seinem Bild? Ich ziehe den weissen Rock an und binde mir den roten Gürtel um die Taille. Das kostbare Parfüm meiner Mutter tupfe ich mir hinter die Ohren. Nein, verspäten will ich mich nicht! Ich bahne mir hastig einen Weg durch die schleichenden Menschen, schneide die Kabel der Autohupen durch und wiederhole die schönen Sätze, die ich ihm sagen werde: Ich war um dich besorgt. Mich quält, dass du jedesmal so unvermittelt aus dem Café verschwindest. Ich liebe selbst den Stuhl, auf dem du gesessen hast, liebe den Aschenbecher und dein gestreiftes Hemd. Ich beneide die Zigarette zwischen deinen Lippen. Hasse deine Mutter, deinen Onkel – und die Frau, die für ein paar Pfund deinen Hunger mit einem flüchtigen Blick stillt! Nein, rühr meine Tasche nicht mit deiner schmutzigen Hand an, die von dem flüchtigen Rausch besudelt ist. Reib dir nicht den Ekel aus den Augen, der sie blind macht. Nein, zerreiss nicht mein weisses Hemd, um deine Augen damit zu bedecken. Sei ehrlich, mutig und frei.

Er wird nicht kommen. Weshalb mache ich mir noch Gedanken?

Er wird kommen.

Und wenn er nicht kommt? Wie soll ich das Zittern meiner rechten Hand, meiner Finger bezwingen? Ein Verwandter, dem ich auf dem Weg zum Treffen mit Bahâ zufällig begegnet war, hatte sie gedrückt. Es war zu spät gewesen, um auf die andere Strassenseite zu springen. Ich habe mir nämlich geschworen, auf dem Weg zu unserem Treffen alle Menschen zu ignorieren und niemandem zu erlauben, mich an der Durchführung meiner Interessen zu hindern oder meine Pläne zu durchkreuzen. Das habe ich mir geschworen. Doch dann hatte dieser Typ an meiner Hand gehangen und sie gedrückt. Und als ich ihm einen wütenden Blick entgegenschleuderte, ist er aufgebracht zurückgewichen. Ich habe ihn verdutzt stehengelassen. Entscheidend war, dass mir ein heisser Schauer in die Knochen gefahren ist. Ich hielt meine Hand an das kalte Glas, hob es und goss das eiskalte Wasser über meine Finger. Die Hand kühlte sich ab und der Schauder verflog.

Er wird kommen.

Wegen des Glatzkopfs am Tisch nebenan bekomme ich noch ein steifes Genick. Seit ich da bin, zwinkert er mir zu und grinst mich schamlos an. Selbst den hageren Kellner regte diese Schamlosigkeit auf. Anscheinend machte er sich Gedanken, wie er reagieren könnte. Wenn er der Besitzer des Cafés wäre, hätte er diesen unverschämten Kerl schon längst vor die Strassenbahn geworfen. Doch er war nur ein einfacher Angestellter und rackerte sich für die Zukunft seiner Kinder ab. Auch ich hatte nicht die Wahl, zu gehen oder zu bleiben. Es war meine Aufgabe, jetzt auf Bahâ zu warten, so wie es seine Aufgabe war, Student und Parteimitglied zu sein. Und wie der Kellner die Wünsche der Gäste erfüllte. Der Bettler vor den Passanten die Hand aufhielt. Die Arbeiter an dem gewaltigen Haus bauten. Mein ehemaliger Chef mit gekreuzten Beinen in seinem mächtigen Sessel sass. Und der Glatzkopf sich nach einer anstrengenden Arbeit ausruhte. Ich beobachtete, wie der Kellner Bahâ an der Tür mit einem freundlichen Lächeln begrüsste und innerlich triumphierte, als preise er in einem stillen Gebet Gott, der aus der Not hilft, der Finsternis ein Ende macht und die Menschen aus gefährlichen Abgründen rettet.

Bahâ blieb kurz an der Tür stehen. Sein Blick wanderte zu mir, dem Kellner und den Gästen. Er gab dem Kellner die Hand und erkundigte sich nach seinem Befinden, seinen Kindern und der Arbeit. Zusammen kamen sie an meinen Tisch. Der Kellner ging erst, nachdem er sich vergewissert hatte, dass es mir gut ging, ich glücklich und gerettet war.

Um mich herum verschwammen die Gesichter. Als ich zum Sprechen ansetzte, gab Bahâ den Körpern wieder festumrissene Gesichter. Ich schloss den Mund. Unsicherheit, Misstrauen und Selbstzweifel sprachen aus meinen Augen. Hatte ich meine Tür abgeschlossen oder nicht? Hatte ich meinen weissen Rock angezogen oder nicht? War er es, der fragte: „Warum bist du hier?"

„Wo sollte ich denn sonst sein?" fragte ich kopfschüttelnd zurück.

Die eigenartige, undefinierbare Farbe seiner Augen verdunkelte sich. Ich sah darin den Ort, an dem er mich gerne hätte: im Haus seines Vaters, dort im Schatten kleiner Dattelbäume, wo ich vor den entehrenden Blicken fremder Männer geschützt wäre. Wo es Frauen verboten ist, fremden Männern die Hand zu geben. Denn lässt eine Frau erst einmal zu, dass ein anderer als ihr Ehemann ihre Hand berührt, dann erlaubt sie ihm auch, andere Körperteile zu berühren. Ich sah den Ort, an dem ich nur in Begleitung anderer Frauen das Haus verlassen und durch die engen Gassen schleichen darf, an dem die feinen Sonnenstrahlen und die Blicke der Männer an den weiten Gewändern zerschellen.

Bahâ schloss die Augen. Als er sie wieder aufschlug, waren die Bilder erloschen und an ihre Stelle die Schatten matter Wut getreten. Er zündete sich eine Zigarette an und blies mir den Rauch ins Gesicht, als wollte er mich durch einen Vorhang vor den neugierigen Blicken der Männer im Café schützen. Als ich mir die weisse Rauchwolke vom Gesicht wedelte, fühlte er sich provoziert.

„Du ziehst absichtlich die Blicke dieser Mistkerle auf dich", sagte er. „Ihretwegen trägst du enge Kleider und leichte Schuhe, schneidest dir das Haar kurz und schminkst dir die Lippen. Gib's zu, du bist eine Schande für dein Geschlecht. Verschandelst ein orientalisches Gesicht, damit du aussiehst wie eine verdorbene Europäerin. Warum kommst du hierher? Warum achtest du dich nicht selbst – als Frau?"

Idiot! Beschämt klammerte ich mich an den Stuhl. Er hatte recht. Ich liess die hochgekrempelten Ärmel hinunter. Nahm das eine Bein vom anderen und stellte die Füsse dicht nebeneinander. Schloss den obersten Knopf. Strich mir die losen Locken aus der Stirn und steckte sie zu ihren braven Schwestern nach hinten. Leckte mir den duftend roten Schatten von den Lippen. Er verfolgte genau, wie ich mich ihm gefügig unterordnete.

„Ist es dir lieber, wenn ich in der Küche hocke und warte, bis die Brautwerberinnen anklopfen?" muckte ich auf.

Er bekam glühend rote Ohren. Um sich um die Antwort zu drücken, schaute er auf die Studentenzeitung. Verschämt lächelte ich. Zum ersten Mal las er nicht die Parteizeitung, sondern eine andere. Ich unterdrückte ein Grinsen, als er sie auf dem Tisch ausbreitete und befahl: „Sieh dir die Frauen an, sind sie nicht attraktiv und hinreissend? Die Blonde ist Deutsche. Ja, die zweite von links. Die mit dem Badeanzug. Im Abendkleid ist sie nur so dahingeschmolzen. Gestern abend war ich auf der Modeschau, die von Studentinnen veranstaltet wurde. Später ... hörst du mir überhaupt zu? Später wurde getanzt."

Ja, ja, ich habe alles genau gehört. Ich sehe die Blondine und die teuren Designerkleider. Jetzt verstehe ich auch, warum er nicht die Parteizeitung, sondern die wöchentliche Studentenzeitung dabei hat. Er will meine Gefühle testen. Warum will dieser Feigling auf Umwegen zu seinem Ziel gelangen? Warum sagt er nicht einfach, ich liebe dich oder ich hasse dich. Ich begehre oder bewundere dich. Ich verehre oder verachte dich.

„Sag!"

Als die drei Buchstaben herausplatzten, wurde mir klar, dass ich Angst hatte, Bahâ zu verärgern, so dass er mich für immer verlässt und ich wieder in die Einsamkeit, Unruhe, Leere zurückfalle.

Ich bin eine Sklavin des Kalifen Mamûn. In seinem Palast wimmelt es nur so von Sklavinnen, Tänzerinnen, Musikantinnen und Sängerinnen. Der Wein wird in Gläsern gereicht, die von den berühmtesten persischen Künstlern geblasen wurden. Dichter sitzen mit gekreuzten Beinen auf Seidenkissen und rezitieren unzüchtige Gedichte, begleitet von schwingenden Hüften, aufrührerischen Busen und hübschen Jünglingen. Über den Tigris fahren Boote mit jauchzenden, ineinander verschlungenen Liebespaaren. Er ist der erhabene, mächtige Kalif, und ich die hörige Sklavin. Ich bin des Todes, erscheint auf seinem Gesicht auch nur das leiseste Anzeichen der Worte: „Peitscht sie aus, schlagt ihr den Kopf ab!" Und ich lebe auf, wenn ihm der Befehl über die Lippen kommt: „Bereitet ihr ein Gemach mit Teppichen, goldenen Lampen und üppigen Schüsseln, und an der Tür sollen zwei Sklavinnen zu ihren Diensten bereitstehen."

Er erteilt Befehle, ich führe sie aus, ohne Wenn und Aber. Also ist es auch in Ordnung, dass er getanzt, getrunken, einen draufgemacht und mit einer Frau geschlafen hat. Und ich habe die Nacht allein im Dunkeln verbracht und darüber nachgedacht, wie ich ihm die Qualen von der Stirn und den lauen Lidern wischen kann. Was haben wir schon für eine Beziehung, dass ich eifersüchtig sein könnte? Und seit wann mischen sich Frauen in die Angelegenheiten der Männer?

Wenn er wütend wird, heule ich eben. Mich beherrscht die Scham, die er mich empfinden lässt. Es ist eine Schande, zu weinen. Eine Schande, sich aufzuregen. Eine Schande, seine Ideen und sein Recht zu verteidigen. Eine Schande, Schande, Schande, Schande, als Frau im Café zu sitzen. Ich riss ihm die Zeitung aus der Hand, um sie zu zerfetzen.

„Nicht doch! Wenn du das Foto zerreisst, brichst du mir das Herz", sagte er. Er kam mir ordinär und ungebildet vor wie ein Mann, der keine Umgangsformen kennt und niemals Mitglied einer Partei war.

„Du solltest dir das Foto rahmen und übers Bett hängen!" spuckte ich ihm ins aufgebrachte Gesicht.

Verunsichert und verlegen verzog er die Mundwinkel. Seine Verlegenheit breitete sich über die Nase, Lider, Augen und glitt dann zu seinen Händen hinab. Hängen wohl in seinem Zimmer Bilder von nackten Frauen an der Wand? Befriedigt er sich an den Bildern, statt mit einer Frau aus Fleisch und Blut zusammenzuleben? Und wenn er seine Lust mit einer Frau aus Fleisch und Blut stillt, fürchtet er sich vor einer intelligenten Frau?

Um seine Verlegenheit zu überspielen, summte er ein Lied. Wenn er doch schwiege! Er wollte, dass ich mich an seinen Schuh klammere und ihn um Verzeihung und Gnade anflehe. Schliesslich war er ein Gott. Mein Gott! Er hatte mir unsichtbare Fesseln angelegt, die mir Ekel vor anderen Männern verursachten.

Wenn er doch schwiege! Er bedrängt mich. Ich soll ihm etwas geben. Was will er? Vielleicht, dass ich am hellichten Tag in sein Zimmer mitgehe und mich anstelle des Fotos an Händen, Füssen und Brüsten an die Wand nageln lasse? Ich schwieg. Lächelte ihm ermutigend zu.

„So gefällst du mir", erklärte er grinsend. „Du sollst sanft, weise, tapfer und aufopfernd sein. Männer lieben es, von den Wogen eines weiblichen Lächelns – auch wenn es geheuchelt ist – umspült zu werden, um Kummer und Sorgen zu vergessen."

Wieder eine von diesen trügerischen Vorstellungen, an die er glaubt. Soll denn die Frau ewig verlogene Rollen spielen? Den Mann anlächeln, den sie hasst? Lächeln, obwohl sie ihn fürchtet? Lächeln, während sie seinen Tod plant?

„Gestern auf dem Fest wurde mir billiges, edles, reizendes Lächeln nur so hingeworfen. Schade, dass man das Lächeln nicht anlassen kann, sonst hätte ich mir die Taschen für triste Stunden damit gefüllt", sagte er. „Die träge Musik säuselte berauschend in meinen Ohren, meine Augen schmachteten nach dem Zauber der Schöpfung, meine Finger verlangten danach, die nackten Schultern zu liebkosen. Ich bereute, drei Jahre lang die Einladungen zu solchen Partys ausgeschlagen zu haben. Eingehüllt in die Duftwolken des Parfüms wollte ich die Freuden, das Vergnügen und die Ausgelassenheit von drei Jahren nachholen. Wie alle anderen Studenten heftete ich mir ein Namensschild ans Jackett, lehnte mit dem Rükken an der Wand und genoss die schillernden Zweige der Ägyptischen Weiden, die zwischen den dunklen Stämmen der Eichen hin- und herschwangen." Er blickte auf und berichtigte sich: „Nein, der Vergleich stimmt nicht. Die Frauen waren junge, zarte Palmwedel an alten Stämmen. Eine schöne Frau gesellte sich zu mir. Wohin sollte ich mich retten? Ich kann doch nicht tanzen und fürchtete mich vor einer unverfrorenen Aufforderung. Normalerweise fordert der Mann die Frau zum Tanzen auf. An diese Regel hielt sie sich auch. Ich verdeckte mein Namensschild. Ich wollte nicht, dass sie mich kennenlernte. Ich war feige, hoffte, dass sie wegginge!"

Nachdenklich, traurig schwieg er einen Moment, bevor er weitererzählte: „Sie kam näher. Ich drängte mich an die Wand, hangelte mich weiter, blieb hinter einer lärmenden Gruppe stehen und linste zu ihr hinüber. Plötzlich zupfte mich eine andere schöne Frau am Ärmel und bot mir ein Glas Whisky an. Ich wurde ganz grün im Gesicht, in meinem ganzen Leben habe ich noch keinen Alkohol angerührt. Ich konnte doch nichts Verbotenes kosten. Und ich konnte die Frau nicht enttäuschen. Sie war nett und wollte mich aufheitern!"

„Und hast du das Glas getrunken?" hakte ich interessiert nach.

„Ich hätte ihr den Whisky in ihr betrunkenes Gesicht schleudern können", antwortete er zögernd. „Doch ich nahm es ihren bezaubernden Händen ab, schüttete das edle Getränk auf das Fensterbrett, verliess den Saal, zerriss mein Namensschild und kehrte zurück in mein Zimmer. Ich war sehr unhöflich, oder?"

„Du bist ein Held, weil du weisst, was du willst", tröstete ich ihn. „Aber ein Feigling, weil du nicht dazu stehst."

Ich erhob mich, um das Café zu verlassen. Unterwürfig blickte er zu mir auf: „Bist du so nett und gibst mir Tanzunterricht?"

Ich drehte ihm den Rücken zu und murmelte: „Nein, ich kann auch nicht tanzen!"

Wahrscheinlich unterstellte er mir, dass ich tanzen könne. Er ahnte nicht, dass ich mich schämte, mit ihm zu tanzen, und aus fremden Armen flüchten würde.

6

Zum ersten Mal habe ich etwas gegeben und etwas erhalten. Als ich dem Verkäufer bei „Marveles" die zwanzig Pfund für ein Paket mit einem rot-weissen Band gab, überkam mich das Gefühl, wichtiger und erhabener zu sein als Menschen, die kein Geld bezahlt, also auch kein Paket erhalten haben.

Meine Mutter machte grosse Augen, als ich das Paket auf mein Bett ablud, das Band durchschnitt, das Stroh über das Laken und den Boden verstreute, aus kleineren Kartons Aschenbecher auspackte und auf meinem Schreibtisch aufreihte.

„Statt Bücher kaufst du dir solchen Kram, was? Du musst verrückt sein", murmelte meine Mutter im Gehen.

Ich machte meiner Mutter keinen Vorwurf. Sie kann nicht nachvollziehen, dass man Geld für Dinge ausgibt, die einen bestimmten Menschen verkörpern. Sie würde meine Gedanken auch nicht verstehen, wenn ich es ihr erklären würde. Für mich ist es nicht weiter tragisch, verrückt zu sein, wenn ich ihren mit meinem Verstand vergleiche.

Die Ränder der weissen Aschenbecher waren jeweils mit einer grün-braunen Geige verziert. Und der Deckel der Zigarettendose mit einer grossen Geige. Die ganze Nacht lauschte ich ihrem Schweigen, denn ich erwartete jeden Moment, dass sie in Klagen oder Freude ausbrechen würden. Am Morgen lächelte ich sie an, wünschte ihnen einen schönen Tag und küsste leidenschaftlich ihre kalten Körper. Mein Mund wollte endlich geben, reichlich geben.

Die Blonde hämmerte an die Badezimmertür. „Wie haben

deine Freundinnen die Nacht verbracht, haben sie schön gespielt?" fragte sie gehässig.

„Halt die Klappe und scher dich um deinen eigenen Kram!" entgegnete ich, den Kopf unter kaltem Wasser.

Mit einem Tritt gegen die Tür ging sie, um mich bei meiner Mutter anzukreiden. Dann hörte ich Gesprächsfetzen: „Am schönsten sind ihre Augen. Jeden Morgen ... spaziert sie über die Strasse. Sie ist im achten Monat ... Ich glaube, sie kriegt Zwillinge ... die hat vielleicht zu schleppen ... ihr Mann ist fett ..."

Ich wickelte mir ein grosses Handtuch um den Körper und ging barfuss auf den Balkon, um die schwangere Jüdin zu sehen. Sie lief über den Gehsteig, schob ihre breiten Hüften durch die Gegend wie eine alte, stinkende Ente. Ich spuckte. Meine Spucke segelte wie eine weisse Taube hinunter und flatterte über die alte Ente hinweg. Ich wich zurück, als meine Mutter mich schalt: „Schämst du dich nicht, so hässlich zu deiner Schwester zu sein!"

Mich schämen? Ich schaute finster drein, war verwirrt. Mich schämen? Ich muss mich schämen, als Frau ins Café zu gehen. Muss mich schämen, halbnackt auf dem Balkon zu stehen. Muss mich für − in den Augen meiner Mutter und der anderen Leute − unzüchtige Gedanken schämen. Für einen Gedanken, auf den mich die Schwangere gebracht hatte. Ich wollte geben genau wie sie.

Ich erwiderte nichts. Meine Mutter nahm wahrscheinlich an, ich hätte mein Betragen eingesehen. Vor dem Spiegel betrachtete ich meinen Körper. Was muss ich tun, um ebenso heranzureifen, aufzublühen und nach der Schwangerschaft eine reife Frucht zu ernten?

Ich liess das Handtuch fallen. Auf Zehenspitzen stehend, legte ich meinen Mund an den Spiegel, schloss die Augen und sah mich im Zustand der Hingabe. Ich wollte leben, was mir zusteht. Wollte nach meinem Misserfolg bei der Arbeit und im Studium ein Kind bekommen. Um ein Kind zu bekommen, brauche ich jedoch einen Mann. Würde ich mich – wie meine syrische Freundin – auch immer auf dem Fensterbrett übergeben, wenn ich nicht mit Bahâ, sondern einem anderen Mann verheiratet wäre? Wäre das der Preis für ein Kind? Müsste ich, um geben zu können, einem fremden Mann die Hand drücken, der meine Hand lähmte? Würde ein Kind Bahâs Bereitschaft steigern, eher gegen die Israelis als für den Kommunismus zu kämpfen?

Ich entfernte mich vom Spiegel. Warf mich aufs Bett. Träumte ich? Träumte ich im Wachzustand? Ist es mit zwanzig nicht an der Zeit? Wenn ich den Traum meiner Mutter oder Bahâ erzählte, würden sie mir Vorhaltungen machen: Schäm dich! Was hast du nur für unzüchtige Gedanken?

Verwirrt hastete ich ins „Uncle Sam". Bahâ war in die schwarzen Zeilen seiner Parteizeitung vertieft. Wortlos setzte ich mich auf den Stuhl an der Wand und warf ihm verstohlene Blicke zu. Er erwiderte meinen scheuen Gruss nicht, schaute nicht einmal zu mir auf. Und eine Hand regte sich auch nicht, weder vor Freude noch vor Unbehagen.

Sein Schweigen löste ein Schamgefühl in mir aus: Es ist eine Schande, als Frau ins Café zu gehen. Eine Schande, mit Männern zusammenzuarbeiten. Eine Schande, kurzärmelig gekleidet zu sein. Eine Schande, schwarze Nylons zu tragen.

Eine Schande, zu rauchen. Eine Schande, sich mit Männern zu unterhalten.

In seinen Augen sitzt auf dem Stuhl ein Haufen Schande. Deswegen sagt er kein Wort. Sag doch etwas. Deine Worte könnten mein Schamgefühl fortspülen. Lies den Grund meiner Verwirrung von meinem Gesicht ab. Dann bauen wir, du und ich, ein einfaches, warmes Nest, und ich erfülle dir deine Wünsche. Und ich mache die grosse Erfahrung: Ich gebe, also lebe ich!

Er schweigt. Summ dein Lied, wenn du willst! Er schweigt. Beweg dich, schlag mich rot und blau, aber erlös mich von den Schlägen deines Schweigens. Er schweigt.

Wie ein Wunder stürzte eine Amerikanerin mit einem achtjährigen Kind an der Hand ins Café. Als ich seufzte, riss sich Bahâ von den schwarzen Zeilen los. „Was ist los?" fuhr er mich an. „Hat dich eine Schlange gebissen?"

„Sieh mal, das Kind, es ist die Freude seiner Eltern!"

Kaum hatte ich das gesagt, faltete er die Zeitung vorsichtig zusammen, als wäre sie ein Säugling von wenigen Wochen und fragte belustigt: „Interessierst du dich sehr für die Kreaturen, die sich ihren Eltern aufdrängen?"

Hätte er bloss den Mund gehalten. Als sei er um den rosigen, zarten Körper seiner Zeitung besorgt, steckte er sie in die Tasche und sagte streng: „Diese kleinen Kreaturen sind Egel, die ihren Eltern das Blut aussaugen. Sie selbst gedeihen, und die Eltern gehen ein."

Ich furchtete mich, gleichzeitig empfand ich Mitleid mit ihm, als er sagte: „Wenn ein Mann auf ein Leben mit einer Frau aus ist, wird er sich nicht aus eigenem Fleisch und Blut einen Konkurrenten schaffen wollen, der ihm die Liebe, Zärtlichkeit und Aufmerksamkeit seiner Frau streitig macht."

Ich wurde blass. Meine Blässe sprang über auf sein Gesicht, so dass seine roten Augen noch gereizter und zorniger wirkten. „Hör zu, aber nimm es mir nicht übel. Ich will dir die Nachteile dieser Parasiten aufzählen. Sobald der Mann nach Hause kommt, macht die Frau ihm Vorschriften. Schliess die Tür leise. Mach nicht so einen Krach, das Kind schläft. Zieh die Schuhe aus. Denk dran, das Kind ist krank. Lass es nicht weinen, wieg es in den Armen. Rühr mich nicht an, das Kind schreit nach seiner Milch. Mach dir den Kaffee selbst und trink ihn allein in der Küche. Ich kann nicht mit zu deiner Familie, es ist besser, wenn sich das Kind etwas ausruht."

In dem Moment hätte ich mein Kind dem Teufel überlassen und es schreien lassen, bis die Decke eingestürzt wäre. Ich hätte Bahâs Kopf an die Brust gedrückt, um ihm die Schmach und die Qualen aus den Augen zu wischen, und hätte seine Sehnsucht nach einem tiefen, bodenlosen Meer von Liebe gestillt. Erschüttert neigte ich den Kopf und schwieg.

Bahâ schaute nach der Zeitung in seiner Tasche und stand auf. Mein Blick blieb an seinen neuen, blitzblanken Schuhen hängen. Seine Füsse bewegten sich, meine flehentlichen Blicke forderten sie auf, zu ihrem Platz zurückzukehren.

„Soll ich gehen oder bleiben?" fragte er.

Habe ich Macht über ihn? Liegt es an mir, ob er bleiben oder gehen soll, ob er aus der Partei austreten oder die Revolution vorantreiben und die politischen Verhältnisse in seinem Land verändern soll? Ist es meine Aufgabe, ihm die Liebe zu Kindern einzuimpfen oder seinen Hass noch zusätzlich zu schüren? Das Schweigen befiel mich wie eine Krankheit.

„Antworte!"

Schweigend entschied ich, dass er sich frei entscheiden sollte. Ich würde ihn dafür bewundern. Als er sich bewegte, streckte ich flehentlich die Hand nach ihm aus: Nein, geh nicht!

Er lachte geringschätzig, trat meinen Blick auf dem Boden mit Füssen und liess mich zurück. Meine leeren Hände lagen auf dem Tisch. Kein Bahâ, kein Kind, keine Arbeit, kein Studium. Nur Niederlagen, Niederlagen, nichts als Niederlagen.

7

Während die Dunkle im Wohnzimmer in einer wissenschaftlichen Zeitschrift blätterte, zog mich die Blonde auf den Balkon.

„Wo hast du zu Mittag gegessen?" fragte sie flüsternd.

„Ich habe unterwegs ein Sandwich verdrückt. Wieso?" erwiderte ich verwundert.

Die Röte wich von ihren Wangen, sie klammerte sich mit zitternder Hand an die Nagelfeile. Sie verriet mir, dass mein Vater angesichts meines leeren Stuhls beim Mittagessen einen Entschluss gefasst hatte. „Ab sofort werde ich über ihre Zukunft bestimmen", hatte er gesagt. „Ich habe es satt, dass sie mich zum Narren hält."

Ich zuckte mit den Schultern und wollte gehen. Ich kannte meine Schwester. Wie ein Tonband nahm sie Stimmen auf, registrierte Geschimpfe, Lob, Kritik und Empfehlungen, um dann bei der betreffenden Person zu tratschen. Sie zog mich an den Haaren, die inzwischen wieder gewachsen waren, und gab mir unter Tränen zu verstehen, dass Vater es ernst meine.

Mein Vater will meine Hoffnungen zunichte machen, dachte ich. Aber ich will sie Wirklichkeit werden lassen. Tröstend klopfte ich ihr auf die Schulter: „Er wird mir nicht lange Paroli bieten können. Ich glaube nicht, dass er etwas gegen mich unternehmen wird. Und wie du selbst siehst, geht er mir aus dem Weg und setzt sich nicht mit mir auseinander."

Ich überliess sie der Feile, damit sie ihre von der Strandsonne gerösteten Finger weiterpflegte. Stiess die Tür zum Zimmer meiner Mutter auf und ging an ihr Bett.

„Du wirst noch dein ganzes Leben auf der Strasse verplempern", empörte sie sich. Sie stand auf. Mir gefiel das durchsichtige Negligé, das an ihrem welkenden Körper hing. Ich hatte die Idee, in diesem Negligé zu schlafen.

„Dein Verhalten passt uns nicht", sagte sie. „Du musst wissen, ja, du musst wissen, dass wir beschlossen haben ..."

Mir steht das weisse Negligé bestimmt viel besser als ihr! Bei den Worten „dass wir beschlossen haben" starrte ich in ihre blöden Augen und äffte sie nach: „dass wir beschlossen haben ... beschlossen haben ..."

„Dass wir beschlossen haben ... beschlossen haben ..." Sie stockte angesichts der Wut, die aus meinen Augen funkelte. Geschlagen wechselte sie das Thema und bemerkte abfällig: „Kein Mann wird dich als Ehefrau haben wollen."

Ich schielte auf ihr edles Negligé und sagte im gleichen abfälligen Ton: „Wenn ich so ein durchsichtiges Negligé trage, wird er gegen mich nicht ankommen können. Er wird mir zu Füssen liegen, sich umbringen, nur um mich nackt zu sehen."

Sie stand da, kerzengerade. Griff nach ihrem Morgenmantel und band sich beim Näherkommen den Gürtel um. Sie hatte mich noch nicht erreicht, als ich sie zum Stehen brachte: „Ihr, Vater und du, braucht euch in eurer allgegenwärtigen Ignoranz bloss nicht einzubilden, dass ich mir mein Leben von euch vorschreiben lasse! Und glaubt ja nicht, dass ich jeden x-beliebigen Typen heirate, den ihr kauft."

Und schon traf die Ohrfeige, die zweite in diesem Jahr. Ich rannte in mein Zimmer. Unterdrückte den heftigen Drang, ihr das Gesicht blutig zu schlagen.

Ich bin verwirrt. Laufe schon seit Stunden in meinem Zimmer auf und ab. Bahâ hatte sich heute morgen einen Scherz erlaubt. Wusste er denn nicht, welche Bedeutung sein Scherz haben würde?

„Lîna ...", rief er. Zum ersten Mal redete er mich mit meinem Namen an und nicht einfach mit „du". Sein Ruf sprengte die Ketten einer verlorenen, finsteren, unterdrückten Welt und flehte um Hilfe. Ich lauschte ihm wie einem schwachen Kind.

„Gehst du schwimmen?" Seine Frage machte mich wütend. Wie konnte dieser Schurke das keimende Schamgefühl in mir ignorieren. Die Schande, den Knopf offen zu lassen. Die Schande, einem fremden Mann die Hand zu geben. Die Schande, einen anderen Mann als meine Herzensliebe anzulächeln. Die Schande ... Wusste er nicht, dass es eine Schande ist, sich auszuziehen, sich in den Sand zu legen und widerwillig die gierigen Blicke der Männer auf sich zu ziehen? Wusste er nicht, dass es unhöflich ist, einer Frau das Wort abzuschneiden? Was will er? Ich bin heute gereizt.

„Ich bin ganz begeistert von den wunderschönen Stränden Beiruts im Sommer. Mich faszinieren die bunten Badeanzüge der schönen Frauen, die im weissen Sand liegen und allen Gewalten trotzen, dem Himmel, der Erde, dem Wasser und den Männern. Als ich aber selbst in der Badehose am Strand stand, hätte ich vor Scham sterben können. Ich bildete mir ein, alle Leute um mich herum würden mich anstarren und mit dem Finger auf mich zeigen. Ich wollte ins Wasser abtauchen, um den Blicken für immer zu entkommen. Doch ich war wie gelähmt, denn ich bildete mir ein, alle Leute seien angezogen, nur ich nicht. Ein Mann badete in seinem neuen Anzug. Eine Frau trug ihr Abendkleid. Und ein Kind Schuhe. Nur ich war nackt. Trug nicht einmal eine Badehose."

Ich schauderte vor Entsetzen. Da ihm sein Eingeständnis bewusst wurde, fragte er: „Muss ich noch zum Friseur, bevor ich ..."

„Was?" unterbrach ich ihn. „Wohin willst du? Zum Strand?"

„Nein, zu einem Rendezvous!" sagte er zögernd.

Ich fühlte mich wie ein weisses Blatt im lodernden Feuer. Er muss seine Männlichkeit unter Beweis stellen, dachte ich. Er muss die Zeichen seiner Verklemmtheit verwischen.

Er ging. Und ich machte mich in den Strassen Beiruts auf die Suche nach den Spuren meiner Zukunft.

Bahâ baute mir eine Zukunft auf.

Vater baute mir eine Zukunft auf.

Ich kämpfe, um mir selbst eine Zukunft aufzubauen.

Welcher Zukunft folge ich?

Während meine Familie im Wohnzimmer beisammensass, schlich ich ins Zimmer meiner Mutter und entführte das durchsichtige Negligé. Mein zarter, reifer Körper glitzerte verlockend im fahlen Licht der Strassenlaterne. Ich legte die Lippen an den Spiegel. Feierlich trug ich zum ersten Mal keinen Baumwollpyjama, sondern weisse Seide, atmete nicht den Geruch von Dürre, sondern den Duft von Parfüm ein, kümmerte mich nicht um die Ansichten anderer, sondern dachte an die Zukunft. Ich legte mich aufs Bett. Wahrscheinlich schlich mein Nachbar an seinem Fenster auf und ab und wunderte sich, dass es in meinem Zimmer so dunkel war.

In dem kleinen, runden Spiegel, den ich in der Hand hielt, traten mir meine vollen Lippen und meine tiefschwarzen, angestrengten Augen entgegen. Ich schleuderte den Spiegel auf den Boden und sprang wie eine weisse Dämonin aus dem Bett. Schlich zum grossen Spiegel und verglich meine Figur mit der der schwangeren Jüdin. Sie trug einen gefährlichen Feind aus, während ich das Leid eines wehrlosen Volks, seine Unwissenheit und seine Rebellion mit mir herumtrug. Sie sicherte die Zukunft eines verstossenen Volks, während ich in der Illusion auf ein Wiedersehen lebte. Ich war benommen von der Energie meines Körpers, der mehr als jeder andere Körper hätte geben können.

Nachdem ich das Negligé in die Kommode meiner Mutter zurückgelegt hatte, setzte ich mich zu meinen Familienangehörigen, um mir ihr Gewäsch anzuhören. Mein Vater blickte nicht von der Abendzeitung auf. Meine Mutter erwiderte meinen Gruss nicht. Die Dunkle lächelte mir ermutigend zu.

Ich öffnete den Mund, wollte die erstickende Stille stören und fragte meine Mutter, als hätte es keinen Streit zwischen uns gegeben, wie Männer auf dem Burdsch-Platz ihre Bedürfnisse befriedigen, wenn sie morgens kurz dorthin gehen. Ich klappte den Mund zu, da ich mir zu gut war, einen anderen Verstand zur Klärung meiner Fragen zu bemühen.

Das Schweigen erdrückte mich. Mir war danach, meiner Mutter die weissen Zähne auszuschlagen. Meinem Vater die Zeitung vom Schoss zu reissen und zu zerfetzen. Der Blonden die Haare, die friedlich über ihren Rücken hingen, auszureissen. Sie sollten reden! Obwohl ich das Schweigen nicht ertragen konnte, wollte ich mich nicht geschlagen geben und abziehen. Ich wollte im Schweigen ausharren, dem Atem meiner Zukunft lauschen, die sie mir gemeinsam zurechtbasteln wollten.

Vater stiess den Rauch aus. Wie ein Tyrann sass er da, als er die wichtigen politischen Meldungen las. Er bastelte an meiner Zukunft. Er räusperte sich. Sein Blick fuhr zur Decke, als wollte er sich bei ihr Rat holen, welche Erziehungsmethoden er auf seine Kinder anwenden konnte. Meine Mutter wiegte ihn auf ihrem hoffnungsvollen, zärtlichen, beipflichtenden Lächeln.

Die fügsame Blonde mit ihrem zarten Wesen und dem matten Blick sass abseits, in Gedanken bei der samtbezogenen Schatulle, in der sie ihre goldenen Ketten und Armbänder aufbewahrte. Die Dunkle beobachtete mich. Sie schwiegen, hielten ihre Gedanken vor mir geheim.

Als Vater seine Zeitung senkte, blitzte der goldene Rahmen seiner Brille auf. Grinsend stellte ich das hinausgeschmissene Geld für sein Brillengestell dem Grundbedürfnis gegenüber, Geld für Schuhe zu haben.

Ein weiteres Mal phantasierte ich. Mit gleichmässigen Schritten gehe ich auf ihn zu, zermalme ihm die Brille und drücke ihm die Splitter in die Augen. Ich entreisse ihm die Zeitung, aus der er seine Tyrannei und Arroganz schöpft. Ich besudle das Nussbaumholz und die Polster der kostbaren Möbel, mit denen er Respekt heischend seinen Wohlstand demonstrieren will, mit Dreck. In die Vasen kippe ich den Küchenmüll. Mit einem Messer zerschneide ich ihm die Schuhe und zwinge ihn, abgelaufene zu tragen. Ich verbanne ihn aus dem zweiten Stock in ein elendes Loch in einem Arbeiterviertel. Ich stecke ihn in irgendeine Dachstube. Das würde ihm klar machen, was er in Wirklichkeit ist: ein Nichts, unfähig, andere Schicksale zurechtzubasteln!

Er kratzte sich an der Nase. Als meine Mutter, ihren Rock glättend, hinausging, folgte er ihr und zwinkerte der Dunklen verschmitzt zu. Mutig zwinkerte er auch mir über den Kopf meiner Schwester zu. Doch mein herausfordernder Blick löschte seine verschmitzten Augen. Er senkte den Blick und schleifte ihn über den Boden, während er meiner Mutter folgte. Er war entschlossen, mein Schicksal ohne Kommentar zurechtzubasteln.

Ich verkroch mich ins Bett. Meine Mutter quälte mich, indem sie ihre Tür jeden Abend schloss und das Licht löschte. Und ich verbrachte die Nacht mit Bahâs Bild im Dunkeln. Sie lebte wirklich. Sie, die so normal lebte. Und ich lebte in falschen Hoffnungen, dabei war ich so voller klarer und reifer Gefühle.

8

Mit langsamen Schritten, gedankenverloren und hoffnungsvoll ging ich ins „Uncle Sam". Bahâ qualmte wortlos. Ich hätte ihm die Lippen mit dem Glimmstengel versengen können, damit sie das Schweigen brachen. Ich warf mich auf den Stuhl, öffnete den Mund, doch Bahâs Schweigen und das Schweigen im Café liessen mich verstummen. Nein, ich musste mein Leben selbst gestalten. Ich muss Bahâ zwingen, sich anzuhören, worüber ich mir den Kopf zerbrach, so wie ich ihm lange zugehört hatte. Ich wollte dem Schweigen ein Ende machen, drauflosreden. Ich hatte das Schweigen satt! Er sollte wissen, dass ich mir meine Zukunft selbst aufbauen würde.

„Ich will ..." Ich spuckte das Wort aus.

Bahâ schaute von seinen Unterlagen auf, die er noch ein letztes Mal durchsah, bevor er sich in den Kampf der Abschlussprüfungen stürzte. Er verschlang mein Gesicht mit seinem stumpfen Blick und erkannte, dass ich die Fassung verlieren würde, bereit war, aufzubrausen, zu rebellieren und um mich zu schlagen. Doch machte er sich meine Unsicherheit, mein Zittern und Zögern zunutze. Mit scheinbarer Stärke zerstörte er binnen weniger Augenblicke herrliche Paläste von Menschlichkeit, die ich in langen, langen Nächten und nicht enden wollenden schrecklichen und düsteren Tagen gebaut hatte: „Sag schon, was du willst!"

Sein energischer Ton trieb mir die Wut in den Kopf. Ich wollte ihm erklären, dass ich Angst hatte, eines Tages endgültig von ihm verlassen zu werden und in Einsamkeit, Leere und Unruhe zurückzufallen. Dann würden mir nur bruchstückhafte Erinnerungen an ihn bleiben: Ekel, Scham, vernichtendes Schweigen.

„Sprich schon!" Mit seinem Befehl ohrfeigte er mich. „Sprich!"

In seinem aufgebrachten Gesicht zuckte der kindliche Mund. Meine Augen hefteten sich auf das Mal an seiner linken Wange. Seine Augen blinzelten unbehaglich unter meinen Blicken, die an dieser Narbe, der Spur einer Krankheit, zerrten.

„Das ist nicht weiter schlimm. Nicht weiter schlimm", beschwichtigte er mich. „Nur die Königsfamilie und die Feudalherren werden von dieser Seuche nicht befallen. Sie nennt sich ‚Bagdad-Beule'. Es tut ein bisschen weh und hinterlässt Spuren. Starr nicht so auf meine Wange. Das kommt von den Krankheitserregern in den Sümpfen, vom Dreck, von Verwahrlosung und Armut."

Entsetzt senkte ich den Blick zu Boden, hob ihn wieder, als er sagte: „Die Demonstrationen sind gescheitert. Die Regierung hat die Parteifunktionäre in feuchte Kerker geworfen. Sogar in euren Gräbern ist die Luft besser zum Atmen als dort. Sie werden meinen Bruder verurteilen!" Und als sei ich für das Scheitern der Befreiungsbewegung verantwortlich, fuhr er vorwurfsvoll fort: „Die Niederlage freut dich wohl, weil du ja nicht hinter unseren Prinzipien stehst. Freu dich nur, wie sich die Imperialistenfreunde freuen. Doch der Tag wird kommen. Dann wirst du, gerade berauscht von der Lust im Ehebett, die Wahrheit erfahren. Ihr nennt sie ein Märchen. Wir aber werden unser Ziel erreichen."

„Bahâ, du redest Unsinn!"

„Du solltest dich besser von mir fernhalten. Merk dir, ich trete jeden mit Füssen, der mir im Weg steht und meine Ziele behindert. Ich werde dich töten. Werde meinen Vater töten. Den Ministerpräsidenten. Werde Millionen von Menschen töten, um meine Pläne zu verwirklichen."

Er begann sich aufzulösen. Ich sah zu, ein paar Gäste standen um uns herum. „Was willst du? Wer bist du schon, dass du etwas zu melden hast? Was verbindet uns überhaupt? Kenne ich dich? Wo habe ich dich kennengelernt? Wer bist du? Eine Frau im Café. Wie lächerlich. Wie bedauernswert!"

Ich rieb mir die Augen. Träumte er im Wachzustand, oder träumte ich im Schlaf? Er löste sich auf. Ich war bereit, etwas zu geben, ihm von mir Leben abzugeben. Diese leidende, wirre, lügnerische Existenz löste sich immer weiter auf. Als er sich eine Zigarette anzündete, hätte ich gerne eine Totenklage erhoben. Er löste sich auf. Löste sich vor meinen Augen auf. Und ihm gegenüber erhob sich eine gewaltige Statue mit dem Namen Stolz — mein Stolz.

Ein Mensch löste sich auf, und eine Statue erhob sich. Ich streckte die Hand aus, um ihm die Zigarette aus der Hand zu nehmen. Sie beschleunigte den Auflösungsprozess. Ich streckte die Hand aus. Wollte das Café mit Klagen erfüllen. Bahâ, reiss die Statue nieder! Lass nicht zu, dass ich meinen Stolz auf deinen Trümmern errichte! Meine Kehle brachte keinen Laut heraus. Wie gewohnt sog er Lust aus meinen Beinen, die er in seine Lider einbrannte, um sie in kargen Zeiten vor Augen zu haben! Er stand auf, um für immer aus meinem Leben zu verschwinden. Nein, es ist mit mir vorbei, wenn er geht.

Ich wollte ihn zurückhalten, indem ich mit erstickter

Stimme herausplatzte: „Du kannst mir nicht erzählen, dass ich dir nichts bedeute oder dass du in mir nur das Bild irgendeiner Frau begehrst. Oder dass ich ein Zigarettenstummel bin, den du irgendwohin wirfst, eine Laus, oder dass ich tot bin. Bin ich etwa tot?"

Er zertrat seine Zigarette und erwiderte: „Ich bin nicht so chaotisch wie du. Ich bin an meine Familie gebunden. Ich habe die Prinzipien der Partei. Habe Zukunftspläne. Ich bin weder schwach noch ein Tier, und ich lebe auch nicht ausschliesslich für eine Frau und mich selbst. Diese Lebensweise, die du Freiheit nennst, ist Dekadenz. Es war nur Zeitvertreib!"

Lügner! Die einzelnen Buchstaben brannten mir im Kopf, sie lösten sich in meinen Tränen auf, ohne dass sie meine Lippen erreichten. Mein Blick wanderte über die Gesichter der Gäste. Sie waren teils spöttisch, teils mitleidig, teils zornig. Hatte ich mit dieser Situation gerechnet? Hatte ich damit gerechnet, dass ich meinen Stolz und meine Haltung wahren würde, statt mich an ihn zu klammern und mich flehentlich in seine Arme zu werfen?

Da war seine Hand. Oh, wie rot kam mir seine Hand hinter dem brennenden Streichholz vor! Seine Hand schwebte vor meinem Mund und meinem Hals. Ich hatte die Vorstellung, unter seinen weissen Fingernägeln würde es rot hervortropfen. Sofort stieg mir der Geruch der Flüssigkeit in die Nase. Es war blaues, geronnenes Blut. Ich beugte mich mit der Nase über seine Hand, doch er zog sie weg. Als ich meine Hand an die Nase hielt, glaubte ich Blut zu entdecken, das aus meinen Adern stammte und unter meiner Haut durch meinen Körper geflossen war.

Mühsam stand ich auf. Bahâ, meine Perspektive, war verloren, verloren! Die spöttischen, mitleidigen, zornigen Blicke folgten mir. Ich trat auf die Strasse, tauchte in den Lärm und ins Gewühl ein. Ich lehnte mich mit dem Rücken an einen Stromleitungsmast bei der Strassenbahnhaltestelle und weinte.

Ich weinte. Weinte viele Stunden, an den Stromleitungsmast gelehnt, ohne meine Tränen zu trocknen. Die Passanten schauten mich verwundert an. Ich konnte das Bedürfnis zu weinen nicht unterdrücken. Ich weinte, bis ich das Gefühl hatte, der Schmerz hätte meine Körperflüssigkeit bis auf den letzten Tropfen verbraucht. Meine Tränen fühlten sich an wie Blut. Ich trocknete sie mit einem weissen Taschentuch, um zu sehen, ob sie noch Wasser wären. Ich hörte auf, Tränen zu vergiessen, und atmete tief ein.

Eine Frau in Trauerkleidung kam vorsichtig auf mich zu. Ihrem Gang haftete die Spur feuchter Tränen an und ihren Augen die Zeichen versiegter Tränen. Sie stellte sich zu mir an den Mast und flüsterte: „Hör auf zu weinen. Weinen nutzt nichts. Ist er jung oder alt? Er ist jung. Dein Schweigen verrät es mir. Nur die Jungen sterben. Ich habe auch einen jungen Mann verloren, meinen Sohn. Zehn Jahre habe ich um ihn geweint. Zurückgekommen ist er nicht. Nein, hör auf zu weinen, er kommt nicht mehr zurück. Er kommt nie mehr zurück, nie mehr. Obwohl meine Augen schwach geworden sind, ist er nicht zurückgekommen. Obwohl meine Wangen eingefallen sind, ist er nicht zurückgekommen. Weinen bringt ihn dir nicht wieder. Nun hör schon auf zu weinen."

Ich brach wieder in Tränen aus, in eine Flut von Tränen.

Ich sagte kein Wort. Die Frau ging weiter. Zuletzt sah ich, wie sie sich mit ihren schwarzen Kleidern in die überfüllte Strassenbahn zwängte. Ich biss mir kräftig auf die Lippe, um den aufkeimenden Zorn zu beherrschen. Wohin sollte ich halbtote Laus auf der Strasse noch kriechen?

Wohin? Wohin? Wo ... hin ... wo?

Mir fuhr ein Gedanke durch den Kopf, den ich sofort ausführte. Wie ein Pfeil schoss ich mit geschlossenen Augen zwischen ein anfahrendes Auto und die stehende Strassenbahn. Die Strassenbahn kam in Fahrt. Die Räder rollten. Leute schrien auf. Die Trillerpfeife des Polizisten schrillte. Ein Mann packte mich an den Kleidern und zog mich zurück. Der Fahrer hielt das Auto an. Stieg aus. Schlängelte sich mit geballter Faust durch den dichten Verkehr. Sein widerlicher Mund schimpfte entsetzlich: „Du Schlampe! Du Schlampe! Ist das deine Methode, Geld zu erpressen? Schlampe, denk ja nicht, dass ich dir Schmerzensgeld zahle, wenn du unter meine Räder kommst! Du Schlampe! Schl..."

Ich riss mich von dem Mann los, verschwand in eine Seitenstrasse, liess mich auf die Schwelle eines Hauses sinken, vergrub den Kopf in den Händen und weinte. Ich war sogar unfähig, meinem Leben ein Ende zu machen. Ich bin eine Leiche, die nicht stirbt!

Wieso, wieso habe ich mich anders entschieden? Wieso kam ich, kurz nachdem ich meinen Selbstmord beschlossen hatte, wieder zu mir, zögerte zwischen Strassenbahn und Auto, um unversehrt auf die andere Strassenseite zu kommen, und gab dem Mann auf diese Weise Gelegenheit, mich an den Kleidern zu packen und zu retten?

Ich hob den Kopf. Die tiefe Stille, die geschlossenen Fenster, das Rauschen des Verkehrs auf der Hauptstrasse ängstigten mich. Mein Blick stolperte über eine glimmende Zigarette an der Bordsteinkante. Ich richtete meine Aufmerksamkeit auf den Stummel, der allmählich neben der Bananenschale verglomm. Ich vergass, wer ich war. Was ich getan hatte. Wohin ich ging. Der Stummel half mir, zu Kräften zu kommen. Ich hatte den Drang, etwas zu verbrennen, zwischen den Fingern zu zerquetschen, zu vernichten.

Die Stille war schwer, bitter. Ich hörte Schritte. Sie kamen näher, wurden lauter, leiser, verschwanden. Das Feuer frass langsam den Rest der weissen Zigarette. Von ihr trennte mich nur die schmale, schwarze Strasse. Mühsam stand ich auf. Mir war schwindlig. Die Schatten der grauen Häuser drehten sich in der düsteren Strasse. Ich wäre gefallen, hätte ich mich nicht mit aller Kraft auf die rote Glut neben der Bananenschale konzentriert. Ich musste sie mir unter die Nase halten, mich an ihr berauschen, mich an ihrer Wärme beleben. Würde ich auf ihr herumkauen, könnte ich den entsetzlichen Gedanken löschen, auf den mich Bahâ gebracht hatte. Ich musste die gegenüberliegende Strassenseite erreichen. Für einen kurzen Moment schloss ich die Augen und war bereit, mit nur einem Schritt den Stummel zu erreichen.

Ein Mann kam aus der Seitenstrasse gebogen. Er bewegte sich durch die Dunkelheit, summte eine bekannte Melodie, füllte seine Lungen mit der feuchten Luft. Meine Augen verfolgten ihn, mit einem Blick auf den Stummel. Ungefähr noch zwei Meter zum Stummel. Er schaute beim Gehen in die Luft. Schritt darauf zu, näher, näher, zertrat den Stummel. Das Weiss war dahin, die Glut erloschen!

Ich folgte dem Mann, um ihm ins Gesicht zu treten. Ich

wollte mir beweisen, dass ich noch lebte. Doch als ich ihn aus den Augen verlor, blieb ich erschöpft stehen.

Ich ging nach Hause, als sei ich gezwungen, dorthin zurückzukehren. Immer muss ich nach Hause zurück. Dort schlafen. Essen. Baden. Mein Schicksal besiegeln lassen.

Nachwort

Es gibt literarische Werke, die zunächst, im Moment ihres Erscheinens, wie erratische Blöcke im Raum stehen — zumindest in dem Raum, in dem sie erschienen sind. Der Roman *Ich lebe* der Libanesin Laila Baalabakki ist ein solches Werk. Als er 1958 erschien, sorgte er für heftige Reaktionen, ja für einen Skandal, der durch kurz darauf folgende weitere Werke der Autorin nur noch bestätigt und verstärkt wurde. Das Buch, ein auf diese Weise bis dahin nicht gehörter Aufschrei einer jungen Frau gegen die Welt, in der sie lebt, diese literarische „Erklärung der Frauenrechte", wie es in einer Rezension hiess, wurde schon kurz nach seinem Erscheinen auf arabisch ins Französische übersetzt. Und auch in dieser Übersetzung hat *Ich lebe* für ein gewisses Aufsehen gesorgt, jedoch aus anderem Grund. Man sah es als Frauenstimme, wie sie im Westen schon bekannt war — durch Françoise Sagan oder zuvor durch Colette, auch durch Katherine Mansfield oder im 19. Jahrhundert durch die Brontë-Schwestern. Mit den Werken all dieser Frauen ist Laila Baalabakkis Erstling verglichen worden.

Die beiden unterschiedlichen Reaktionen werfen ein bezeichnendes Licht auf das Verhältnis zwischen arabischer und westlicher Literatur, zumal bis in die fünfziger und sechziger Jahre. Was in arabischer Umgebung als neu, als bahnbrechend, ja auch als skandalös empfunden wurde, konnte in Europa ein Gefühl des Déjà-vu hervorrufen und den Eindruck vermitteln, dass die Literaturen anderer Weltregionen auf dem richtigen Weg seien: dem der Nachahmung westlicher Literatur. Ein auch aus anderen Bereichen bekanntes Gefühl der Führungsfunktion wird hier sichtbar, das seinen Grund darin hatte, dass die Ablösung vom europäischen Vorbild bzw. dessen Weiterentwicklung erst langsam einsetzte, dass der Einfluss des westlichen Imperialismus mittels Kulturimport und Schulen prägend war. Das gilt auch gerade für den Libanon, wo der französische Einfluss nicht erst seit der Unterwerfung des Landes unter direkte französische Kontrolle nach dem Ersten Weltkrieg sicht- und spürbar ist.

Auch Laila Baalabakki stand, wie andere ihrer Landsleute, unter diesem Einfluss, der gleichzeitig als zerstörerisch und als fortschrittlich gesehen werden konnte.

Laila Baalabakki ist 1936 in Beirut geboren. Ihre Familie stammte aus dem Süden des Libanon, wo die beiden Grossväter in der schiitischen Gemeinschaft religiös-kommunale Funktionen innehatten: derjenige väterlicherseits war Koranschullehrer, derjenige mütterlicherseits dörflicher Rechtsgelehrter. Nach dem Tod ihrer Ehemänner sind die Grossmütter nach Beirut übergesiedelt. Ihre eigene Mutter, so berichtet die Autorin, war Analphabetin, wurde als Fünfzehnjährige verheiratet und hatte zehn Kinder. An diesem Punkt ist *Ich lebe* also nicht autobiographisch.

Nach Oberschule und einem abgebrochenen Studium, das sie aber 1960/61 in Paris fortsetzte, arbeitete Laila Baalabakki einige Zeit als Sekretärin beim libanesischen Parlament und wandte sich gleichzeitig der Schriftstellerei zu. In kurzen Abständen erschienen Ende der fünfziger, Anfang der sechziger Jahre die — wenigen — Werke, die Laila Baalabakki bekannt gemacht haben: die beiden Romane *Ich lebe* (Anâ aḥyâ, 1958), *Die monströsen Götter* (al-Âliha al-mamsûḫa, 1959) und die Erzählungssammlung *Schiff der Zärtlichkeit zum Mond* (Safînat ḥanân ilâ l-qamar, 1964). Die Reaktionen auf das letztgenannte Werk liessen Laila Baalabakki sich von der Schriftstellerei abwenden. Das Buch wurde vor Gericht geschleppt, die Autorin wegen „Verstosses gegen die öffentliche Moral" unter Anklage gestellt. Und obwohl das Gericht auf unschuldig erkannte und obwohl es öffentliche Erklärungen einer grossen Zahl libanesischer Autoren und Autorinnen gab, beschloss Laila Baalabakki, sich künftig dem Zeitungsjournalismus zu widmen. Denn an den Freispruch waren Bedingungen geknüpft: Bücher sollte sie künftig vor dem Druck der Zensurbehörde vorlegen!

Ich lebe hatte zwar schon Vorgänger, die jedoch eher „ruhig", weniger angriffig waren; auch sie aber schon genährt durch westliche Vorbilder. Es hat inzwischen auch zahlreiche Nachfolger verschiedener Art gegeben, Romane, in denen die familiären Voraussetzungen einer jungen Frau zu töchterlichen Revolten führen. So Emily Nasrallahs nur wenig später erschienener Roman *Septembervögel* und Hanan al-Scheichs *Sahras Geschichte* aus der Zeit des libanesischen Bürgerkriegs.

Bei Laila Baalabakki werden ebenso wie dann bei Emily Nasrallah verschiedene Reaktionen von Töchtern auf ihre Elternhäuser gezeigt, jedoch nur eine, diejenige Lînas, wird wirklich ausgearbeitet. Die anderen beiden, diejenigen ihrer Schwestern, bleiben sozusagen im Rahmen der Familie: Streberin ist die eine, Modepüppchen die andere, in beiden

Fällen kommt das Leben, wie es der Hauptfigur, Lîna, vorschwebt, zu kurz.

Diese wagt das trotzige Aufmucken, scheitert aber schliesslich, und das ist bezeichnend. In den wesentlichen Bereichen, besonders der Arbeit, des Studiums und der Beziehung zum anderen Geschlecht, bleibt ihr Aufbegehren folgenlos. Das mag seinen Grund darin haben, dass kein Modell verfügbar ist, an dem sich Lîna orientieren könnte, oder dass die Autorin dieser Art der Selbstbezogenheit, wie sie Lîna vorführt, nicht das Wort reden will. Denn was Lîna zeigt, ist ein im Grunde zielloser bürgerlicher Individualismus, dem das exzessive kollektivistische Denken Bahâs gegenübergestellt wird.

Der Aufstand, wenn es denn ein solcher ist, gegen die herrschende Gesellschaft geht im Roman schief; es kommt zu keinem neuen Lebensentwurf, Lîna kehrt zurück in ihr Elternhaus. Und trotzdem ist in der libanesischen Literatur, und der arabischen insgesamt, nach *Ich lebe* nichts mehr wie zuvor.

Hartmut Fähndrich

PS. Zur Erleichterung der Aussprache arabischer Namen wurden in der Übersetzung betonte lange Silben mit einem Zirkumflex (ˆ) versehen.

ARABISCHE LITERATUR IM LENOS VERLAG
Herausgegeben von Hartmut Fähndrich

Jachja Taher Abdallah, Menschen am Nil
Zwei ägyptische Novellen, 187 Seiten
Aus dem Arabischen von Hartmut Fähndrich und Irmgard Schrand

Laila Baalabakki, Ich lebe
Roman aus dem Libanon, 284 Seiten
Aus dem Arabischen von Leila Chammaa

Salwa Bakr, Atijas Schrein
Roman aus Ägypten, 122 S. Aus dem Arabischen von Hartmut Fähndrich

Salwa Bakr, Die einzige Blume im Sumpf*
Geschichten aus Ägypten, 117 Seiten
Aus dem Arabischen von Hartmut Fähndrich

Edwar al-Charrat, Safranerde
Roman aus Ägypten, 261 S. Aus dem Arabischen von Hartmut Fähndrich

Driss Chraibi, Ermittlungen im Landesinnern
Roman aus Marokko, 287 Seiten
Aus dem Französischen von Angela Tschorsnig

Ali Ghalem, Die Frau für meinen Sohn*
Roman aus Algerien, 272 Seiten
Aus dem Französischen von Agnès Bucaille und Susanne Thauer

Gamal al-Ghitani, Seini Barakat
Roman aus Ägypten, 401 S. Aus dem Arabischen von Hartmut Fähndrich

Emil Habibi, Der Peptimist
Roman aus Palästina, 257 Seiten
Aus dem Arabischen von Hartmut Fähndrich, Angelika Neuwirth et al.

Emil Habibi, Das Tal der Dschinnen
Roman aus Palästina, 172 Seiten
Aus dem Arabischen von Hartmut Fähndrich und Edward Badeen

Sonallah Ibrahim, Der Prüfungsausschuss*
Roman aus Ägypten, 220 S. Aus dem Arabischen von Hartmut Fähndrich

Ghassan Kanafani, Das Land der traurigen Orangen*
Palästinensische Erzählungen, 160 Seiten
Aus dem Arabischen von Hartmut Fähndrich

Ghassan Kanafani, Bis wir zurückkehren
Palästinensische Erzählungen, 160 Seiten
Aus dem Arabischen von Hartmut Fähndrich

Ghassan Kanafani, Männer in der Sonne/Was euch bleibt
Zwei palästinensische Kurzromane, 196 Seiten
Aus dem Arabischen von Hartmut Fähndrich und Veronika Theis

Ghassan Kanafani, Umm Saad/Rückkehr nach Haifa*
Zwei palästinensische Kurzromane, 152 Seiten
Aus dem Arabischen von Veronika Theis und Hartmut Fähndrich

Abdellatif Laabi, Kerkermeere
Bericht aus Marokko, 229 Seiten
Aus dem Französischen von Giò Waeckerlin Induni

Muhammad al-Machsangi, Eine blaue Fliege
Ägyptische Kurzgeschichten, 104 Seiten
Aus dem Arabischen von Hartmut Fähndrich

Hanna Mina, Bilderreste
Roman aus Syrien, 331 S. Aus dem Arabischen von Angela Tschorsnig

Hamida Naana, Keine Räume mehr zum Träumen
Roman, 287 Seiten. Aus dem Arabischen von Hartmut Fähndrich

Emily Nasrallah, Flug gegen die Zeit
Roman aus dem Libanon, 279 Seiten
Aus dem Arabischen von Hartmut Fähndrich

Emily Nasrallah, Septembervögel*
Roman aus dem Libanon, 200 S. Aus dem Arabischen von Veronika Theis

Pappschachtelstadt
Geschichten aus Ägypten, 217 Seiten
Ausgewählt und ins Deutsche übertragen von Hartmut Fähndrich

Hanan al-Scheich, Sahras Geschichte*
Roman aus dem Libanon, 272 S. Aus dem Arabischen von Veronika Theis

Sakarija Tamor, Frühling in der Asche
Syrische Erzählungen, 124 Seiten
Aus dem Arabischen von Wolfgang Werbeck

Bitte verlangen Sie unseren Sonderprospekt.
Lenos Verlag, Spalentorweg 12, CH-4051 Basel

* auch als Taschenbuch in der Reihe LENOS POCKET

LITERATUR AUS DEM LIBANON IM LENOS VERLAG

Roman aus dem Libanon
Aus dem Arabischen von Veronika Theis
275 Seiten, broschiert
Lenos Pocket, Band 17
ISBN 3 85787 617 4

„Hanan al-Scheich versteht es wie wenige arabische Autorinnen, die geheimsten Gefühle der orientalischen Frau zu beschreiben; sie bricht mit allen sexuellen Tabus, denen die Frau in der arabisch-muslimischen Gesellschaft nach wie vor unterworfen ist. An ihren Protagonistinnen wird deutlich, was es bedeutet, als Frau in der arabischen Gesellschaft zu leben."
Süddeutsche Zeitung

LITERATUR AUS ÄGYPTEN IM LENOS VERLAG

Geschichten aus Ägypten
Aus dem Arabischen von Hartmut Fähndrich
117 Seiten, broschiert
Lenos Pocket, Band 19
ISBN 3 85787 619 0

„Salwa Bakr schreibt meist über die Lebenserfahrungen von Frauen. Bezeichnend ist, dass ihre Figuren oft zu den untersten sozialen Schichten gehören und somit Opfer einer zweifachen Diskriminierung sind, dass diese ein genaues Bewusstsein ihrer Lage entwickeln, sich immer wieder auflehnen und für eine Verbesserung ihrer Situation, ihrer Stellung als Frau kämpfen."
Berner Zeitung

Salwa Bakr wurde 1993 mit dem Arabischen Literatur-Preis der Deutschen Welle ausgezeichnet.

LITERATUR AUS DEM LIBANON IM LENOS VERLAG

Roman aus dem Libanon
Aus dem Arabischen von Hartmut Fähndrich
279 Seiten, gebunden
ISBN 3 85787 204 7

„Durch die subtile Darstellung der Gefühls- und Erfahrungswelt ihrer Figuren vermittelt Emily Nasrallah einen eindrücklichen Blick auf ein Stück libanesischer Wirklichkeit und das Leben der Emigranten. Der Roman ist aber auch über die konkreten Verhältnisse hinaus eine gelungene Reflexion über Fortschritt, Heimat und Identität."
Luzerner Zeitung

LITERATUR AUS DEM LIBANON IM LENOS VERLAG

Emily Nasrallah

Septembervögel.

Jedes Jahr im September fliegen Schwärme von grossen Vögeln mit kräftigem Flügelschlag über unser Dorf. Dann schauen die Leute zum Himmel auf, an dem sich die ersten Wolken gebildet haben, und sehen, seltsam beklommen, den Zugvögeln nach, den „Septembervögeln", wie sie im Dorf genannt werden. Sie kündigen einen neuen Abschnitt im Kreislauf der Zeit an; sie erinnern daran, dass der Winter vor der Tür steht. Ein Greis hält, auf seinen Krückstock gestützt, mitten auf dem Weg inne, streicht sich über den Schnurrbart und schickt den Vögeln sinnierende Blicke nach. Eine Frau wischt sich die feuchten Hände am Kleid ab, schiebt das verrutschte Kopftuch zurecht und begleitet die Vögel mit zärtlichen Augen. Junge Männer laufen mit ihren Jagdgewehren auf die Felder und die umliegenden Hügel hinaus, um einen Vogel zu erbeuten. Die kleinen Jungen jagen barfüssig ... **Roman aus dem Libanon.**

LENOS POCKET

Roman aus dem Libanon
Aus dem Arabischen von Veronika Theis
199 Seiten, broschiert
Lenos Pocket, Band 8
ISBN 3 85787 608 5

„Die Autorin befasst sich in diesem feinfühlig geschriebenen Roman mit den Menschen eines kleinen Dorfes und mit ihren Träumen. Aber vor allem sind es die Träume der arabischen Frauen, die in ihrem Leben nur die Wahl der totalen Unterwerfung oder der Befreiung haben."
Beobachter